डॉ. अमरनाथ

11 सितम्बर, 1953 को गाँव—रामपुर बुजुर्ग, जिला—महाराजगंज, उत्तर प्रदेश में जन्मे डॉ. अमरनाथ ने गोरखपुर विश्वविद्यालय से एम.ए., पी-एच.डी. की उपाधि अर्जित की।

हिन्दी एवं अन्य भारतीय भाषाओं के बीच सेतु निर्मित करने एवं भारतीय भाषाओं की प्रतिष्ठा के उद्देश्य से 'अपनी भाषा' नामक संस्था के गठन और संचालन में केन्द्रीय भूमिका। संस्था की पत्रिका 'भाषा विमर्श' का सन् 2000 से 2020 तक सम्पादन। हिन्दी परिवार को टूटने से बचाने और उसकी बोलियों को हिन्दी के साथ संगठित रखने के उद्देश्य से 'हिन्दी बचाओ मंच' का गठन और उसकी ओर से राष्ट्रव्यापी जन-जागरण अभियान का नेतृत्व। अपने गाँव में 'श्री चंद्रिका शर्मा फूला देवी स्मृति सेवा ट्रस्ट' का गठन और उसके मुख्य ट्रस्टी। ट्रस्ट की ओर से 'ग्राम स्वराज पुस्तकालय' का संचालन, उसकी पत्रिका 'गाँव' का सम्पादन एवं ग्राम केन्द्रित अन्य सामाजिक कार्यों में संलग्न।

'हिन्दी आलोचना का आलोचनात्मक इतिहास', 'हिन्दी आलोचना की पारिभाषिक शब्दावली', 'आजाद भारत के असली सितारे' (दो खण्ड), 'नारी का मुक्ति संघर्ष', 'हिन्दी जाति', 'आचार्य रामचन्द्र शुक्ल और परवर्ती आलोचना', 'आचार्य रामचन्द्र शुक्ल का काव्य-चिन्तन' आदि मौलिक कृतियों का प्रणयन एवं 'समकालीन शोध के आयाम', 'हिन्दी भाषा का समाजशास्त्र', 'बाँसगाँव की विभूतियाँ' आदि का सम्पादन किया।

हिन्दी विभाग, कलकत्ता विश्वविद्यालय के पूर्व आचार्य एवं अध्यक्ष।

ई-मेल : amarnath.cu@gmail.com

रामपुर की रामकहानी

डॉ. अमरनाथ

लोकभारती पेपरबैक्स

लोकभारती पेपरबैक्स में
पहला संस्करण : 2025

लोकभारती पेपरबैक्स : उत्कृष्ट साहित्य के लोकप्रिय संस्करण

लोकभारती प्रकाशन
पहली मंजिल, दरबारी बिल्डिंग, महात्मा गांधी मार्ग
प्रयागराज-211 001
द्वारा प्रकाशित

शाखाएँ : 1-बी, नेताजी सुभाष मार्ग, दरियागंज, नई दिल्ली-110 002
अशोक राजपथ, साइंस कॉलेज के सामने, पटना-800 006
1, अनमोल सोराबजी सन्तुक लेन, धोबी तलाव, मरीन लाइंस, मुम्बई-400 002
वेबसाइट : www.lokbhartiprakashan.com
ई-मेल : info@lokbhartiprakashan.com

विकास कंप्यूटर एंड प्रिंटर्स
ट्रॉनिका सिटी-201 102
द्वारा मुद्रित

मूल्य : ₹350

RAMPUR KI RAMKAHANI
by Dr. Amarnath

ISBN : 978-93-48229-14-4

माई-बाऊजी
के
संघर्ष को याद करते हुए

क्रम

इस पुस्तक के बारे में

रामपुर की रामकहानी, सिर्फ रामपुर की कहानी नहीं है, दरअसल यह बदलते भारत और खासतौर से वैश्वीकरण के बाद हो रहे तीव्र विकास और उसकी दिशा की रामकहानी है; उसी क्रम में, जिस क्रम में मैं गाँव से यात्रा शुरू करके पहले गोरखपुर और फिर कोलकाता जैसे महानगर तक आया और यहाँ आकर बस गया। यहाँ के अमीरों के जीवन को भी मैंने करीब से देखा है और अपने गाँव से भी मेरा सम्बन्ध बराबर जुड़ा हुआ है। अपने बदलते गाँव का चित्र मेरे मानस पटल पर बराबर तैरता रहता है। कभी मुझे यह विकास लगता है तो कभी बदलते भारत की व्यथा-कथा।

फिलहाल, यह प्रचलित अर्थ में मेरी आत्मकथा नहीं है, हालाँकि, इसमें गाँव से लेकर अपनी पढ़ाई, शिक्षण संस्थाएँ, अध्यापन अनुभव और जीवन के असंख्य खट्टे-मीठे प्रसंग बहाने से आ गए हैं।

मैंने पूरी ईमानदारी से अपने गाँव और शहर के बदलाव की कहानी कहने की कोशिश की है। यह सत्यकथा है। कथा के सूत्र जोड़ने के लिए जहाँ बहुत जरूरी हुआ है, वहीं कल्पना का सहारा लिया गया है, वह भी बहुत कम। तथ्यात्मक भूलें भी अनजाने में ही हुई होंगी। कहीं-कहीं चरित्रों के नाम बदलने पड़े हैं। उनकी प्रतिष्ठा का ख्याल तो रखना ही पड़ेगा। तय आप करेंगे कि हमारे गाँव, समाज और देश का विकास किस दिशा में हो रहा है? उसका स्वाद कैसा है? कसैला या मीठा? आपको यह भी तय करना है कि आगे इसकी परिणति कैसी होगी?

इसमें संकलित सभी आलेख 'सबलोग' में समय-समय पर प्रकाशित हो चुके हैं। इसके लिए मैं 'सबलोग' के सम्पादक किशन कालजयी के प्रति हृदय से आभार व्यक्त करता हूँ। अपने गाँव के जिन लोगों ने भी अपेक्षित सूचनाएँ उपलब्ध कराकर लेखन में मदद पहुँचाई है उनके प्रति भी आभार। मेरे गुरु डॉ. वेदप्रकाश

पांडेय जैसे निष्ठावान पाठक इस युग में दुर्लभ हैं। उन्होंने पूरी पुस्तक पढ़कर प्रूफ सम्बन्धी भूलों के परिमार्जन में तो मदद की ही, कई महत्त्वपूर्ण सुझाव भी दिये। मैं उनकी इस उदारता के प्रति हृदय से कृतज्ञ हूँ। सहधर्मिणी श्रीमती सरोज शर्मा ने जो मूल्यवान समय उपलब्ध कराया उसके बगैर इस ग्रंथ का आकार लेना सम्भव न था। इसके लिए 'आभार' शब्द बहुत छोटा है और इसीलिए यह ग्रंथ उनके सहयोग और त्याग के नाम समर्पित है।

प्रेमचन्द जयन्ती
31 जुलाई, 2024

—डॉ. अमरनाथ
पूर्व आचार्य एवं अध्यक्ष
हिन्दी विभाग
कलकत्ता विश्वविद्यालय

पुरनका टोला और सदानीरा

प्रकृति ने हमें याद करने का तोहफा दिया किन्तु उसी के साथ भूलने की सौगात भी दे दी। अगर हमें सब कुछ याद रहता तो हम पागल न हो जाते? किन्तु वक्त की धारा में सब कुछ बह जाता है।

मैंने जब होश सँभाला तो अपने को दो पुरउटियों (पुआल की ऊँची राशि) के बीच अपने से चार साल बड़ी अपनी दीदी की गोद में चिपका हुआ पाया और मेरी माँ जिन्हें 'माई' कहना मैं सीख गया था, दोनो ओर की खाली जगह को पुआलों से ढँक रही थी ताकि डाकुओं की नजर उनके बच्चों पर न पड़े। मैं डर के मारे थर-थर काँप रहा था। मुँह से आवाज निकालने की मनाही थी। टोले के सारे मर्द लाठी भाला लेकर डाकुओं का सामना करने के लिए मोर्चा बाँधे हुए थे। मोर्चेबन्दी के कारण डाकुओं को बिना लूट-पाट के वापस जाना पड़ा था।

वह एक छोटा सा टोला था। किन्तु वहाँ के लोग थे बड़े संगठित। अपने संगठन के बल पर वह छोटी सी बस्ती बहुत वर्षों तक कायम रही किन्तु कबतक टिक पाती? डाकू बार-बार आते थे। मुश्किल से चार किलोमीटर दूर कटहरा का विशाल जंगल है, जहाँ छिपने में उन्हें सुविधा थी। कई बार लूटने में वे सफल भी हो जाते थे। बाध्य होकर एकाएक पूरा गाँव ही वहाँ से उजड़ गया।

मेरे खपड़ैल के छोटे से घर के पिछवाड़े बाँस की कोठ थी जिसे बँसवारी कहा जाता था। बाँस पर चुड़ैल रहती थी। उसकी आवाज यदा-कदा सुनाई देती थी। उसके लम्बे-लम्बे बाल होते थे। वह कभी-कभी बाँस पर छलाँग भी लगाती थी। लेकिन मैंने कभी उसे देखा नहीं। बँसवारी के बगल में एक पोखरी थी। पोखरी यानी, छोटे आकार का तालाब। कहने के लिए तो यह पोखरी थी किन्तु इसका जल कभी सूखता नहीं था। कुछ ही लोग इसे तैरकर पार कर पाते थे। लोग कहते थे कि इसमें बुड़ुआ रहता है जो इसके बीच में जानेवालों की टाँग पकड़ लेता है और डुबो देता है।

उस बुड़ुआ के डर से मैंने कभी इस पोखरी को पार करने की कोशिश नहीं की। पोखरी तो आज भी है किन्तु अब उसमें गहराई नहीं है। घर के पीछे एक बड़ा सा आम का बाग था, बच्चे उसे बगइचा कहते थे। उसमें सबके हिस्से के पेंड़ थे, किन्तु सबसे ज्यादा पेड़ तिरबेनी उपधिया के थे। उसमें एक इमली का विशाल पेड़ था, जिसपर भूत भी रहते थे। किन्तु मैंने भूतों को कभी देखा नहीं। लोग कहते थे कि भूतों के पैर के पंजे पीछे की ओर मुड़े रहते हैं। रात में सीवान में भूत जब चरते थे तो उनके मुँह से आग निकलती रहती थी। लोग देखकर डरते थे। मेरी माँ मुझे 'हनूमान चालीसा' रटा चुकी थी। चुड़ैल और भूतों से बचने का वही एकमात्र अमोघ अस्त्र था। उसमें तो साफ़ लिखा है, "भूत पिसाच निकट नहिं आवै। महाबीर जब नाम सुनावै।" बाद में जब भी मुझे भूतों से डर लगता तो जल्दी-जल्दी हनूमान चालीस पढ़ने लगता और डर उड़नछू हो जाता।

पुरनका टोला सिर्फ छह घरों की बस्ती थी। तिरबेनी उपधिया, छबिलाल भगत, राम समुझ दास, राम हरख और मेरे पिता जी और उनके बड़े भाई के घर यहाँ थे। लोग बताते हैं कि फेंकनी और उनके पति भी यहीं रहते थे। दोनों की मौत एक साथ रात में सोते हुए साँप के काटने से हुई थी। फेंकनी के पति का नाम अब याद नहीं है। तिरबेनी उपधिया के दो बेटे थे रामबृक्ष उपाध्याय और हौशिला प्रसाद उपाध्याय। हौशिला जिन्हें लोग 'होसिला' कहते थे, मुझसे सिर्फ एक माह छोटे थे। सुगर की बीमारी ने उन्हें जल्दी उठा लिया। मेरी उनसे अन्त तक दोस्ती बनी रही। हम दोनों एक साथ भैंस चराते और कुश्ती लड़ते। हमारे बीच इस बात को लेकर अमूमन बहस होती कि उनकी माँ को कौन अधिक मानता है। जब वे अपनी माँ को 'माई' कहकर उन पर दावा ठोंकते तो मैं उनकी माँ को 'बड़की माई' कहकर अपना दावा और भी मजबूत कर लेता। वास्तव में मैं उनकी माँ को बड़की माई कहकर ही पुकारता और वे भी मुझे उतना ही दुलारतीं। मुझे बचपन में पता ही नहीं चला कि वे पराए घर की हैं। नाटे कद, साँवले रंग और चेहरे पर चेचक के दाग वाली बड़की माई के हृदय में प्यार का सागर हिलोरें लेता रहता था। वे मुझे भी अपना बेटा ही मानतीं और होसिला को जो कुछ खाने को देतीं तो मुझे भी उसमें हिस्सा बराबर का होता। बड़की माई लम्बी उमर जीकर दिवंगत हुईं। उनके जीवन के अन्तिम दिन बहुत सुखद नहीं थे। वे बहरी हो गई थीं और जैसी कि आज की रीत है, उनके सामने ही उनके दोनों बेटों में बँटवारा हो गया था।

मेरे दरवाजे पर ओबा माई का थान (स्थान) था। वह थान आज भी है किन्तु अब उन्हें काली माई का थान कहकर पुकारा जाता है। तिरबेनी उपधिया की जिन्हें

मैं 'बड़का दादा' कहता था, ओबा माई में गहरी आस्था थी। वे हर साल चैत की नवमी को धूम-धाम से ओबा माई की पूजा करते थे। उस दिन थान के आसपास की सफाई होती, बड़का दादा खुद इनार (पूरे टोले के बीच एक मात्र पक्का कुआँ) से पानी भरकर लाते और थान की लिपाई करते। उस दिन 'खाँसी' (बकरे) की बलि चढ़ाई जाती थी। मिट्टी की छोटी सी हाथी की स्थापना भी होती थी। उस दिन बड़का दादा के सिर पर ओबा माई जरूर आती थीं। जब ओबा माई उनके सिर आती थीं तो उनका हाव-भाव विचित्र होने लगता था। उनकी आँखें लाल हो जाती थीं। वे तेजी से अपना सिर हिलाने लगते थे और जोर-जोर से बोलने लगते थे। लोगों की भीड़ जुट जाती थी। देखनेवालों के चेहरे पर भय साफ दिखाई देता था। साहसी लोग उनसे भखौती करने लगते थे। भखौती यानी, यदि कोई बीमार है तो उसपर किसने जादू–टोना किया है? या किसी की कोई वस्तु चोरी चली गई है तो उसे किसने चुराया है? उस समय बड़का दादा के मुँह से जो कुछ निकलता उसे सच मान लिया जाता क्योंकि वह कथन ओबा माई का माना जाता था। डरे हुए लोग उनसे उनकी इच्छा पूछने लगते थे। वे तरह-तरह की फरमाइश भी करते जैसे बकरे की बलि, चुनरी, पाँच या दस ब्राह्मणों का भोज आदि। बाद में ओबा माई की फरमाइश पूरी की जाती थी। आजकल नवयुवकों में काली माई के प्रति आस्था बढ़ी है। थान पर पूजा-पाठ भी बढ़ गया है।

पुरनका टोला, जहाँ मेरा जन्म हुआ था, उजड़ा तो जिसे जहाँ जगह मिली बस गया। राम समुझ केदार के टोले पर बस गए और बाकी लोग सुकुल के टोले पर। इन दोनों टोलों के अलावा छह टोले और थे रामपुर में-गदुलहिया, बलुअहिया, सोनपुर, अम्मरपुर, टिकुलहिया और बड़का टोला। इनमें से कुछ दिन बाद टिकुलहिया भी उजड़ गया। टिकुलहिया पर झिंगुरी दास सबसे खेतिहर थे। वे उजड़कर सुकुल के टोले पर आ बसे। उनके उजड़ते ही पूरा टोला उजड़ गया। इस तरह बाद में कुल सात टोले बचे और गाँव की पहचान हो गई 'सातो टोला रामपुर।' आज ये टोले अपने नाम और पहचान दोनों खो चुके हैं। गदुलहिया, जहाँ एक बड़ा सा बाग था और उस बाग में पेड़ों पर बड़े-बड़े असंख्य गादुल (चमगादड़) लटके रहते थे, अब रामपुर चौराहा के नाम से जाना जाता है। वहाँ से आगे बढ़ने पर केदार का टोला मिलता है जिसकी अब अलग से पहचान नहीं रह गई है। रामपुर चौराहे के साथ वह जुड़ चुका है। बलुअहिया उजड़ने के कगार पर था किन्तु अब फिर से आबाद हो रहा है। अम्मरपुर और बड़का टोला जुड़ चुके हैं। चौराहे से लेकर अम्मरपुर तक सड़क के दोनों ओर मकान और दूकान बन चुके हैं। अब कोई इस गाँव को सातो टोला रामपुर कहकर नहीं पुकारता।

गाँव के देवता थे डीह बाबा। डीह बाबा का थान सुकुल के टोले पर आज भी है किन्तु वहाँ जाने के लिए अब रास्ता तक नहीं बचा है। पहले गाँव भर के लोग बड़े उल्लास से डीह बाबा की पूजा करते थे, विशाल पाकड़ के पेंड़ के नीचे। गाँव भर की स्त्रियाँ सामूहिक रूप से कड़ाही चढ़ातीं। लपसी-सोहारी बनता। बच्चे बहुत खुश होते। अब डीह बाबा की सुधि लेनेवाले बहुत कम हैं। इधर कुछ नौजवानों की रुचि जरूर जगी है, किन्तु उनके थान की ज्यादातर जमीन लोगों ने जोतकर अपने खेतों में मिला लिया है। हाँ, उनकी जगह अब भावनन्द बाबा के मन्दिर ने ले लिया है। दो दशक पहले यहाँ भी एक चबूतरा ही था। लेकिन अब वहाँ खूब चहल-पहल रहती है। मुख्य सड़क के किनारे जो है। सच है, देवी-देवताओं की परिकल्पना और निर्माण भी हम अपनी रुचि, प्रकृति और जरूरत के अनुसार करते हैं। देवताओं का भी हमारी ही तरह उत्थान-पतन होता रहता है। वेदों के सबसे बड़े देवता देवराज इन्द्र को तो आज कोई एक लोटा जल भी नहीं देता और आदिवासियों के देवता शिव के लिंग की पूजा गली-गली में हो रही है।

कितनी पुरानी है रामपुर की बस्ती? कहना कठिन है। इसके बगल में सदानीरा सदियों से बह रही है। पिछले कुछ वर्षों से वह गर्मियों में सिकुड़ जाती है। धार क्षीण हो जाती है और अब तो लोग उसे नाला कहने लगे हैं—'रेहाव नाला'। सूखने के लिए तो 'सरस्वती' भी सूख गई। फिर इसकी बिसात ही क्या? किन्तु अन्य नदियों की तरह सदा उफनती रहनेवाली इस नदी के किनारे की मानव बस्ती भी कम पुरानी नहीं होगी। कुछ सौ वर्ष पहले तक यह पूरा क्षेत्र वनाच्छादित था। मेरे बाऊजी यहाँ के खेत को 'रनगढ़वाला खेत' कहते थे। मैंने एक बार पूछा था इस नाम का रहस्य। उन्होंने बताया था कि जंगली जानवरों से खेत की रखवाली के लिए यहाँ ऊँचे मचान बनते थे। इन्हें 'रनगढ़' कहा जाता था। वैसे रनगढ़ नाम का एक उपेक्षित किला कवि केदारनाथ अग्रवाल की प्रिय नदी केन की धारा के बीच में भी है। बाऊजी बताते थे कि एक बार हमारे एक पूर्वज जब रनगढ़ पर सो रहे थे तो जंगली हाथी आ गए। एक हाथी अपना सूँड़ मचान तक ले गया। रखवाले ने हथियार से उसके सूँड़ पर तेज वार किया। घायल हाथी चिंघाड़ते हुए जंगल में भाग गया था। 'रनगढ़' शब्द अब अपना अर्थ खो चुका है। अब किसानों को जंगली जानवरों का नहीं, छुट्टा साँडों का खौफ है।

निस्सन्देह जंगल कटने के बाद ही रामपुर बसा होगा। रामपुर तो समझ में आता है, पर बुजुर्ग? क्या इसके पीछे भी कोई रहस्य है? नहीं पता। सदानीरा के किनारे सदियों से माघी अमावस्या के दिन मेला लगता था। लोग स्नान करके दान दक्षिणा देते और पुण्य कमाते थे। जिस घाट पर नहान लगता था उसे रामघाट कहा जाता था।

रामघाट पर लगनेवाले मेले की प्रतीक्षा बच्चे साल भर से करते थे। गाँव की बहुएँ और जवान लड़कियाँ समूहों में गीत गाती हुई रामघाट जाती थीं—"करे असनान चलअ हो सखी सगरे पर।" नहान के अवसर पर ब्राह्मणों की बन आती थी। वे एक-एक गाय लेकर नदी के किनारे पहुँच जाते, नहाने के बाद जजमान, गाय की पूँछ पकड़कर गोदान करते और पंडित संकल्प पढ़कर जजमान का वैतरणी पार कराना सुनिश्चित कर देते। इसे 'बछिया छुआना' कहा जाता। पूँछ बछिया का ही पकड़ाया जाता। बाछा का नहीं। संकल्प करनेवाले ब्राह्मण को कम से कम बीस आना दक्षिणा मिलता, सीधा अलग से। सीधा में चावल, दाल, सब्जी के नाम पर आलू और उसके साथ हल्दी नमक आदि। एक ब्राह्मण के लिए भर पेट भोजन भर का सामान। उस एक ही दिन में ब्राह्मणों की अच्छी खासी आमदनी हो जाती। मैंने जब थोड़ा पढ़-लिख लिया तो मुझे भी कई बार जजमानों को बछिया छुआने का अवसर मिला। ऐसे अवसरों पर बाऊजी किसी दूसरे की बछिया माँग लाते और मुझे लेकर नदी के किनारे रामघाट पहुँच जाते। संकल्प का मंत्र मैं पढ़ता। उस समय मेरे बाऊजी का बाल ब्राह्मण बेटा संकोच से गड़ जाता जब ब्राह्मण के नाम पर कई बुजुर्ग जजमान उसके पैर छूते और आशीर्वाद लेते।

'सदानीरा' नाम मेरे द्वारा 'रेहाव नदी' के लिए दिया गया है। सदानीरा का उल्लेख शतपथ ब्राह्मण में भी है और महाभारत में भी। किन्तु आज वह नदी कौन सी है? इतिहासकार तय नहीं कर पा रहे हैं। शतपथ ब्राह्मण के अनुसार सदानीरा कोसल और विदेह जनपदों के बीच सीमा बनाती थी। रेहाव की स्थिति ऐसी ही है। महाभारत में गंडक और सदानीरा का उल्लेख अलग-अलग नदियों के रूप में है। गंडक तो आज भी उसी वेग से प्रवाहित है किन्तु सदानीरा?

अब रेहाव नदी की धारा गर्मियों में बहुत क्षीण हो जाती है। किन्तु मेरा अपना मकान ही नहीं, चार-पाँच दशक पहले के इस क्षेत्र के अधिकाँश मकान इसी रेहाव नदी के बालू से निर्मित हुए हैं। कहाँ से आता था इतना बालू? क्या पहाड़ से सम्बन्ध जुड़े बिना नदी में बालू आना सम्भव है? भले ही इसका स्रोत आज किसी पहाड़ से न जुड़ता हो किन्तु हिमालय की पहाड़ियाँ यहाँ से अधिक दूर नहीं हैं। इसके किनारे दूर-दूर तक फैले चरागाहों को मैंने अपनी आँखों से देखा है जहाँ दिन भर हजारों पशु छुट्टा चरा करते थे। यह नदी आगे जाकर त्रिमुहानी घाट पर रोहिन (रोहिणी) में मिल जाती है।

सदानीरा का वर्णन हमारे प्राचीन साहित्य और इतिहास ग्रंथों में जिस आदर के साथ हुआ है उससे लगता है कि हमारा गाँव भी कम पुराना नहीं है। मनुष्य के चरण इस सदानीरा के किनारे भी सदियों पहले पड़े होंगे। आखिर मनुष्य का पहला व्यवसाय तो पशुपालन ही था। खेती करना तो उसने बहुत बाद में सीखा।

सदानीरा का जल और उसके असीमित क्षेत्रों में फैले हुए चरागाह पशुओं और मनुष्यों के लिए सहज सुलभ थे। फिर मनुष्य यदि यहाँ अपनी बस्ती न बसाता तो कहाँ बसाता?

सदानीरा के किनारे मानव ने अपनी बस्ती चाहे जब बनाया हो किन्तु मैंने जबसे होश सँभाला यह नदी मेरें रग-रग में बसी हुई है। मेरे ज्यादातर खेत इसी नदी के किनारे थे। कुछ तो नदी के उस पार भी। मंठें और बागापार घाटे पर के खेत में जाने के लिए नदी पार करना पड़ता था। उस समय नदी पर पुल नहीं था और लोग तैरकर या छाती भर पानी लाँघकर नदी पार करते। मैंने कई बार अपने बाऊजी के कन्धे पर बैठकर नदी पार किया है और कई बार भैंस की पीठ पर बैठकर। इन खेतों में काम करने के दौरान दोपहर में यहीं लिट्टी लगती। उसके लिए आसपास से गोइँठा (सूखा गोबर) इकट्ठा कर लिया जाता। आलू और भंटा (बैंगन) आसपास के खेतों से मिल जाता या तो घर से लेकर आते, नदी के जल से आटा गूँथा जाता, नदी में नहाते, लिट्टी-चोखा खाते और नदी का पानी पीते। उस लिट्टी-चोखा का स्वाद मेरी स्मृतियों से कभी नहीं जाता। इसी नदी में घंटों नहाते हुए मैंने बार-बार अपने बाऊजी की डाँट खाई है। थोड़ा-बहुत तैरना भी सीखा इसी नदी में। इसी नदी के जल से आसपास के खेतों की सिंचाई होती थी। सिंचाई के लिए ढेंकली और बेंड़ी का इस्तेमाल होता था। बाद में पम्पिंग सेट का इस्तेमाल होने लगा। दोपहर में दर्जनों लोग जाल या टाप लेकर मछली मारने जाते और एक-दो घंटों में ही अपनी जरूरत भर की मछली मार लाते। कुछ लोग कँटिया लगाते और आम तौर पर मँगुरी मछली ज्यादा पाते। कभी-कभी जब बरारी मछली फँस जाती तो उनकी खुशी का ठिकाना न रहता। रामबिरिछ भइया नदी के किनारे के बिलों में हाथ डालकर बामी मछली पकड़ते जो साँप जैसी लम्बी होती और अमूमन नदी के किनारे बने बिलों में रहती। मैं मछली-मांस नहीं खाता किन्तु बचपन में मछली मारने की कला देखकर आनन्दित होता। इस नदी को देखकर जहाँ मेरी आँखें जुड़ा जाती थीं आज उसकी दशा पर सिर्फ आँसू बहाती हैं। अब इसमें दूर-दूर तक बालू नहीं दिखता।

अपने समृद्ध अतीत के बावजूद गोरखपुर के दक्खिनवालों की निगाह में यह पूरा इलाका तराई का है। वैसे तो तराई, तलहटी का ही विकसित रूप है और तलहटी से मतलब हिमालय की तलहटी से ही है। सवेरे-सवेरे जब आसमान साफ हो तो यहाँ से हिमालय की चोटियाँ साफ दिखाई देती हैं—बर्फीली भी और हरी-भरी भी। बड़ा सुहाना लगता है उन्हें देखना। किन्तु यहाँ तो तराई का अर्थ पिछड़ा और असभ्य भी लगा लिया गया है। जबकि यहाँ बसनेवाले ज्यादातर लोगों के पूर्वज दक्खिन से ही आए हैं।

हमारी भी एक पट्टीदारी गोरखपुर के दक्खिन खजनी के पास बसडीला गाँव में है। पूर्वजों ने वहीं से यहाँ आकर छोटी सी जमींदारी खरीदी थी। उन दिनों भी बसडीला से बराबर आना-जाना लगा रहता था। मेरे एक पट्टीदार नागा बाबा थे। क्या रुचि थी उनकी। कभी ऊँट, कभी घोड़े और कभी हाथी की सवारी करते हुए वे हर साल आते थे, नागा बाबा कभी दाढ़ी बढ़ाए हुए और कभी नंग-धड़ंग, सिर्फ लँगोट में। बड़ा अच्छा शरीर था उनका। गँठीले जवान थे। गाँव भर के बच्चों से लेकर बूढ़ों तक का मनोरंजन होता था उनसे।

वह संयुक्त परिवार का जमाना था। दस-पन्द्रह लोगों का परिवार आम था। एक परिवार बड़के टोला पर पियारे काका का था। कम से कम पचास लोगों का भोजन एक चूल्हे पर बनता था। उनकी गायों के रहने के लिए जो घारी थी वह गाँव से बाहर सड़क पर बने उनके खेत में थी और मेरे ओसारे से सीधे दिखाई देती थी। सबेरे-सबेरे जब उनकी घारी का दरवाजा खुलता और उसमें से अस्सी-नब्बे गायों का झुंड निकलता तो देखते ही बनता था। उनकी गायों को दुहने में कई लोग शामिल होते थे। बछड़ों के गले में पगहा नहीं होता था। एक ओर गायों का दूध बछड़े पीते रहते थे और दूसरी ओर उन्हें दूहा जाता था। बछड़ा भरपेट दूध पीकर अपने आप छोड़ता था। किसी गाय के गले में भी पगहा नहीं लगता। गाएँ सीधे नदी की ओर जातीं और दिनभर नदी के किनारे के चरागाहों में चरतीं। ज्यादा चरवाहे भी नहीं होते थे। पियारे काका के गायों के साथ गाँव के दूसरे लोगों की गाएँ भी नदी के किनारे ही चरतीं। घर पर नाद में खिलाने की परम्परा तब नहीं थी। अधारे भइया गायों की चरवाही करते। वे बाँसुरी बजाते, फरुआही पर बिरहा टेरते, गाय चराते और शाम होते ही अपने आप गाएँ धीरे-धीरे घर आ जातीं। फिर शाम को उनका दुहा जाना आरम्भ होता जो देर रात तक चलता रहता। कृष्ण अपनी गायों को ऐसे ही चराते रहे होंगे। पियारे काका बाद में साधू हो गए और गाँव छोड़कर कहीं चले गए। उनके बेटे छेदी को गाँव के लोग 'घूरे' कहते थे। वे मेरे बचपन के दोस्त थे, दर्जा पाँच तक साथ में पढ़ाई की थी। उनके निधन का समाचार सुनकर मुझे बड़ा दुख हुआ था।

पटरी पर पढ़ाई

एक दिन बाऊजी गब्बू बढ़ई के यहाँ से काठ की पटरी गढ़वाकर ले आए और अगले दिन राम नयन भैया के साथ पटरी लेकर स्कूल जाने लगा। किन्तु मन नहीं लगता था। तीसरे दिन बीच रास्ते से ही लौट अया। बाऊजी दुआरे पर ही मौजूद थे। देखकर घबड़ा गए और उन्होंने पुचकारकर पूछा, "का भईल? काहें लवटि अइलऽ।" मैंने कह दिया, "हम स्कूले ना जाइब। मन ना करता।" मेरा इतना कहना था कि बाऊजी ने मेरा गलफड़ा पकड़ा, ऊपर उठाया और जमीन पर पटक दिया। इसके बाद भी ताबड़तोड़ कई झापड़ जड़ दिये। मेरी चीख सुनकर माई जब तक आती और उनके हाथ से मुझे छुड़ाती, मेरी इतनी पिटाई हो चुकी थी कि मैं बदहवास था। उस रात मुझे बुखार आ गया। बुखार के नाते अगले दो दिन मैं स्कूल नहीं जा सका था।

अब तो पढ़े बिना जिन्दा ही नहीं रह सकता। विश्वविद्यालय में अर्जित अवकाश निलता है। यदि समय पर न लिया जाय तो वह स्वत: समाप्त होता जाता है। मैं ऐसा शिक्षक था जिसके अर्जित अवकाश नहीं लेने से लैप्स होते रहे किन्तु विश्वविद्यालय जाना और कक्षाएँ लेना नहीं छूटा। 31 मार्च को रिटायर होना था। सेशन नई तक होता था। अतिरिक्त कक्षाएँ लेकर अपने हिस्से का पाठ्यक्रम पढ़ाकर ही अवकाश लिया। छह महीने का मेडिकल लीव मिलता है। लोग डॉक्टर से मेडिकल सर्टीफिकेट बनवा लेते हैं और घर पर मौज करते हैं। मेरा मेडिकल लीव भी लैप्स हो गया क्योंकि उस दौर में बीमार ही नहीं पड़ा।

उन दिनों हमारे गाँव में कोई स्कूल नहीं था। लगभग दो किलोमीटर दूर सोनरा गाँव में प्राइनरी स्कूल था और दूसरी तरफ लखिमा में। दोनों गाँवों की दूरी हमारे गाँव से बराबर थी किन्तु ज्यादातर बच्चे सोनरा गाँत्र के स्कूल में ही पढ़ने जाते थे। एक हफ्ते के भीतर ही गाँव के तीन-चार और बच्चे मेरे साथ हो लिए, जिनमें बड़का

टोले से सीताराम, अकबर अली, बंशीधर, शारदा देवी और हमारे टोले से राममिलन प्रमुख थे। कुछ दिन बाद आरिफ अली भी साथी बन गए। उन दिनों पहली जुलाई को स्कूल खुलते थे और नये बच्चे जुलाई में ही स्कूल जाना शुरू करते थे।

बाऊजी ने जो पटरी गढ़वाई थी उसमें एक मुठिया भी थी जिसमें छेद था डोरी डालने के लिए। माई (माँ को हम 'माई' कहते थे) ने छेद में डोरी भी डाल दिया था। डोरी के सहारे पटरी कन्धे में लटकाई जा सकती थी। स्कूल के पास ही गुमटी में एक दूकान थी जहाँ दुधिया बिकती थी। एक पैसे की दुधिया एक हफ्ते के लिए काफी होती थी। कुछ दिन तो दुधिया और पटरी ही काफी थी पढ़ने के लिए। आखिर गोला ही तो बनाना था और उसके बाद कखगघ। मैं गोला बनाने लगा।

तब स्कूल में शिक्षकों के लिए दो ही तरह के सम्बोधन प्रचलित थे। 'पंडीजी' या 'मुंशी जी'। जो ब्राह्मण शिक्षक होते थे, उन्हें पंडीजी कहा जा जाता था। अमूमन ऐसे शिक्षक कुर्ता-धोती और गांधी टोपी पहनते थे। गैर ब्राह्मण शिक्षकों को हम मुंशी जी कहते थे। हमारे हेडमास्टर साहब एक पंडीजी थे।

एक दिन पंडीजी ने अपनी छड़ी के इशारे से मुझे बुलाया और नाम पूछा भोजपुरी में, "तुहार का नाँव हऽ?"

मैंने डरते-डरते उन्हें बताया, 'अमरनाथ।' पंडीजी ने पिता का नाम भी पूछा था। बाकी कुछ पूछने की जरूरत नहीं थी। गाँव का नाम राम नयन बता चुके थे। अब मेरा नाम स्कूल के रजिस्टर में दर्ज हो चुका था। जन्मतिथि पंडीजी ने अपनी मर्जी से लिख लिया। उन्हें क्या पता था कि एक अप्रैल को दुनिया 'मूर्ख-दिवस' के रूप में मनाने लगेगी। एक तारीख को ही अगर लिखना था तो एक मार्च या एक मई भी लिखा जा सकता था। असली जन्मतिथि, जन्मपत्री में ही दर्ज रह गई। मैंने भी इसे शिरोधार्य कर लिया। इसे बदलने की शक्ति सरकार के पास भी नहीं है।

पंडीजी कक्षा पाँच के बच्चों को पढ़ाते थे, जो स्कूल की सबसे ऊँची कक्षा थी। हम लोग दर्जा एक में थे। उन दिनों केजी, प्री-केजी जैसे विभाजन नहीं थे। कक्षा एक से ही शुरुआत होती थी। कक्षा एक वालों को मुंशी जी पढ़ाते थे। उनके हाथ में भी छड़ी हमेशा रहती थी। यद्यपि वे मारते कम, कान अधिक उमेटते थे। छोटी-छोटी गलतियों पर जब वे बच्चों के कान उमेठते थे तो बच्चों की चीख निकल आती थी। बच्चे उनसे थर-थर काँपते थे। मैं भी डरता था। यद्यपि उन्होंने मेरे कान कभी नहीं उमेठे और न कभी छड़ी से मारा।

मैं पटरी कन्धे में लटकाकर स्कूल चला जाता था। दुधिया कमीज के पॉकेट में रहती थी। अन्य किसी चीज की जरूरत थी नहीं। दोपहर में खाने की छुट्टी होती थी तो मौसी के यहाँ चला जाता था। मेरी रिश्ते की मौसी उसी गाँव में रहती थीं।

मौसी तो सिर्फ प्यार करती थी, भोजन भउजी बनाती थीं—उनकी बड़ी बहू। मौसेरे भाई काशीनाथ शर्मा की पत्नी। वे भी उतने ही प्यार से खिलाती थीं। काशीनाथ भैया कहीं दूर पुलिस में सिपाही थे। भउजी परिवार के साथ रहती थीं। संयुक्त परिवार था। मौसा-मौसी के अलावा पाँच बेटे, भउजी के भी बेटे। रिश्तेदार आते रहते। उनके यहाँ हमेशा एक व्यक्ति के खाने भर का भोजन पड़ा ही रहता था।

कुछ दिन बाद 'सलाखा' की जरूरत पड़ने लगी। सलाखा यानी, एक मोटा धागा, जिसे घुली हुई दुधिया में डुबोकर पटरी को सलाखा जाता था और उससे बनी हुई सीधी रेखा पर नरकट (सरकंडे) की कलम से दुधिया में डुबोकर लिखा जाता था। इसके लिए नियमित रूप से पटरी की पॉलिश भी करनी पड़ती थी। पटरी पर काली चढ़ानी पड़ती थी। काली हम ढेबरी के ऊपर कोसा रखकर या लालटेन के ऊपरी हिस्से पर जमे कालिख को इकट्ठा करके तैयार करते थे। सर्वोत्तम काली यही होती थी। अत्यन्त मुलायम और पानी में डालते ही घुल जानेवाली।

मेरे घर में एक बड़ा ही शानदार लालटेन था। उसपर 'मेड इन जर्मनी' लिखा था। सोचता हूँ कि क्या उन दिनों भारत में लालटेन भी नहीं बनती थी? बड़ी अच्छी रोशनी होती थी उसकी। बड़ा और गोल सा उसका सीसा था। हमारे खपड़ैल के मकान के ओसारे में उस लालटेन को जलाकर लटका दिया जाता था तो उसकी रोशनी दूर सड़क तक जाती थी। मैं उसी की रोशनी में पढ़ता था। लोगों को उसे दिखाने में हमें गर्व की अनुभूति होती थी। मेरे लिए जरूरत भर की काली उसी से मिल जाया करती थी। एक बार उसका सीसा टूट गया था। कई महीने तक उसे जलाया नहीं जा सका। उसका सीसा कहीं मिलता ही नहीं था। कई महीने बाद मेरे ममेरे भाई गोरखपुर से ढूँढ़कर सीसा लाए थे। किन्तु वह भी पहले जैसा नहीं था। डुप्लीकेट था। तबसे हम उसके इस्तेमाल में अतिरिक्त सावधानी बरतते थे। उस लालटेन से हम दोनो भाई पढ़कर गाँव छोड़ चुके थे तबतक वह लालटेन हमारे घर को रौशन करता रहा।

बहुत से बच्चे कोयले को बारीक पीसकर भी काली बनाते थे। उस काली को एक सीसी में पानी डालकर गीला करते थे और उसे कपड़े के टुकड़े में भिगोकर पटरी पर लगाया जाता था। सूख जाने पर उसे चूड़ी के टुकड़े से रगड़कर चमकाना पड़ता था। चूड़ी से रगड़ने और चमकाने में बड़ा मजा आता था। हम स्कूल जाने से पहले घर में ही अपनी पटरी चमका लेते थे। स्कूल में तो सिर्फ सलाखना और लिखना होता था।

मेरी जरूरत को देखते हुए माई ने एक पुरानी गोल-मटोल सीसी और साथ में एक मोटा धागे का टुकड़ा भी दे दिया। चूड़ी के टुकड़े की भी रोज ही जरूरत पड़ती थी। मेरी जरूरतों को देखते हुए बाऊजी से कहकर माई ने साबित दर्जी के

यहाँ से एक झोला सिलवाकर मँगा लिया। झोला बड़ा था। उसमें पटरी, दुधिया, दावात आदि सब कुछ आ जाता था। सलाखा को तो दावात के भीतर ही रखना पड़ता था। कभी-कभी दोपहर की छुट्टी में खाने के लिए माई भूजा दे देती थी। उस दिन मैं मौसी के यहाँ नहीं जाता था। कपड़े की गठरी में बँधा हुआ भूजा भी झोले में आ जाता था।

भूत और चुड़ैल से मुझे बचपन में बहुत डर लगता था। कभी भी अँधेरा होने पर या एकान्त होने पर लगता था कि भूत मेरा पीछा कर रहा है। ऐसी दशा में मैं जोर-जोर से 'हनूमान चालीसा' पढ़ने लगता था। मुझे पूरा 'हनूमान चालीसा' याद था और गायत्री मंत्र भी। माई बताती थी कि हनूमान चालीसा पढ़ने से भूत भाग जाते हैं। उसमें तो साफ लिखा है कि "भूत पिसाच निकट नहिं आवैं, महाबीर जब नाम सुनावैं।" इसपर अविश्वास का कोई कारण न था। परन्तु पराए विचार के लोगों पर धौंस जमाने के लिए, सड़क पर, वयस्कों द्वारा सामूहिक रूप से हनूमान चालीसा का पाठ करते मैंने पहली बार पिछले दिनों देखा। फिलहाल, स्कूल में जब ऊँची कक्षाओं के विद्यार्थियों को पता चला कि मुझे पूरा हनूमान चालीसा याद है तो उन्हें आश्चर्य हुआ था। वे सुनाने का आग्रह करते थे और बदले में दुधिया, सरकंडे की कलम आदि वस्तुएँ ईनाम के रूप में देते थे। मैं दुधिया की लालच में उन्हें बार-बार हनूमान चालीसा सुनाता था। पूरे एक वर्ष तक मैंने काठ की पटरी पर पढ़ाई की थी।

दर्जा एक पास होने के बाद पटरी छूट गई और हमें रोशनाई से कागज पर लिखने का अधिकार मिल गया। इससे मुझे गौरवबोध हुआ। मुझे एहसास हुआ कि मुझसे भी निचली कक्षा में कुछ विद्यार्थी हैं। उन दिनों सादा कागज जिस्ते में मिलता था। कागज को मोड़कर उसे सूई धागे से सिलाई करके हम खुद कॉपी बनाते थे। उसे अब दुधिया से नहीं, कागज की पेन्सिल से और स्केल की सहायता से सलाखा जाता था। स्केल काठ के भी होते थे और थोड़ा ज्यादा पैसा लगाने पर प्लास्टिक के मिलते थे जो पारदर्शी होते थे। लिखने का काम अब रोशनाई से होने लगा किन्तु कलम सरकंडे की ही होती थी, जिसे गढ़कर और पत्ती (ब्लेड) से खत काटकर हम सुन्दर लिखावट के लिए अपने अनुकूल आकार का बना लेते थे। अब हमारी अध्ययन सामग्री में ब्लेड भी जुड़ गया। इमला और सुलेख दो ही तरह का लेखन होता था। इसके अलावा 100 अंक तक गिनती, दस तक पहाड़ा और जोड़-घटाना दर्जा दो के पाठ्यक्रम का हिस्सा था। गिनती, पहाड़ा और जोड़-घटाना के लिए हम स्लेट का प्रयोग करने लगे थे। पटरी की जगह स्लेट ने ले लिया था। स्लेट एक खास तरह के पत्थर का होता था जिसपर लिखने के लिए स्लेटवाली पेंसिल आती थी। उसकी लिखावट को मिटाना आसान होता था।

एक ही पुस्तक में सब कुछ था दर्जा दो के लिए। इसी तरह दर्जा एक में भी एक ही किताब कोर्स में थी। अंग्रेजी की शिक्षा प्राथमिक विद्यालयों में नहीं दी जाती थी। मैंने कक्षा छह से एबीसीडी पढ़ना शुरू किया था।

पढ़ाई के साधन अर्थात कलम, दावात, रोशनाई, कागज आदि हमारे लिए बहुत मूल्यवान थे। प्राणों से भी प्रिय। कागज के संचय की आदत का परिणाम है कि आज अपनी पोतियों द्वारा लक-लक करते सादे कागजों से खेलते और उन्हें व्यर्थ में बर्बाद करते देखता हूँ तो बड़ी पीड़ा होती है। मुझे अपने वे दिन याद आने लगते हैं। अपने विद्यार्थी जीवन में ही नहीं, अध्यापन-काल में भी मैं कागज पर दो बार लिखता था। एक बार कागजवाली पेंसिल से और जब कॉपी भर जाती थी तो दोबारा उसपर कलम से।

स्कूल में बैठने के लिए टाट मिलता था जो जूट का बना होता था। किन्तु सभी बच्चों के लिए टाट सुलभ न होने के कारण कुछ कक्षाओं के बच्चों को अपने बैठने के लिए अपने-अपने घरों से जूट का बैग या ऐसी ही कोई वस्तु लानी पड़ती थी। सभी बच्चे पैदल ही स्कूल जाते थे। स्कूल में पहुँचाने के लिए किसी तरह के वाहन की तो कल्पना ही नहीं की जा सकती थी। साइकिल भी कुछ प्रतिष्ठित और सम्पन्न घरों में ही उपलब्ध थी-बड़ों के लिए।

राजकीय प्राइमरी पाठशाला सोनरा में विद्यार्थियों की संख्या 100 से ऊपर थी। सोनरा, सिसवनिया, रामपुर और बजन्थापुर (बैजनाथ पुर)आदि गाँवो को मिलाकर यही एक प्राइमरी स्कूल था। विद्यार्थियों की संख्या ज्यादा होनी ही थी। पाँचों कक्षाओं को पढ़ाने के लिए अमूमन पाँच अध्यापक रहते थे। प्रधानाध्यापक आम तौर पर विद्यालय में ही रहते भी थे। विद्यालय में एक बड़ा सा हॉलनुमा कमरा था और उसके अलावा तीन ओर से खुला हुआ बरामदा। कक्षा पाँच की कक्षाएँ कमरे में चलती थीं। प्रधानाध्यापक ही उन्हें पढ़ाते थे। बाकी कक्षाओं के लिए कोई निश्चित जगह नहीं रहती थी। अध्यापक अपनी इच्छानुसार स्कूल के बाहर बाग में भी कक्षाएँ लेते रहते थे। हमारा स्कूल आम के विशाल बाग के पश्चिमी छोर पर था। बाग में सौ से भी अधिक देशी आम के बड़े-बड़े पेड़ थे।

स्कूल में दो राष्ट्रीय पर्व धूमधाम से मनाए जाते थे। स्वतंत्रता दिवस और गणतंत्र दिवस। इस दिन सभी विद्यार्थियों को सुबह सात बजे स्कूल में आना अनिवार्य था। सभी लोग अपने-अपने घरों से डंडों में लगा हुआ तिरंगा झंडा लेकर आते थे। तिरंगा सभी बच्चे खुद बनाते थे। इसमें सभी लोग सादा कागज इस्तेमाल करते थे। पूरे गाँव में प्रभातफेरी होती थी। प्रभातफेरी के दौरान हम "झंडा ऊँचा रहे हमारा-विजयी विश्व तिरंगा प्यारा।" गीत गाते थे। बीच-बीच में नारे लगाते रहते थे।

तीन नारे खास तौर पर लगाए जाते थे। 'भारत माता की जय', 'महात्मा गांधी की जय' तथा 'सादा जीवन-उच्च विचार'। गाँव की महिलाएँ अपने-अपने घरों से बाहर आकर हमें देखने के लिए खड़ी रहती थीं। उन्हें देखकर हमारा उत्साह और भी बढ़ जाता था। हम और जोर-जोर से गाने लगते थे। प्रभातफेरी से स्कूल लौटने के बाद हम पंक्तिबद्ध खड़े हो जाते थे। प्रधानाध्यापक हमें उस राष्ट्रीय पर्व का महत्त्व बताते थे। कभी-कभी इस अवसर पर कोई विशिष्ट अतिथि भी शामिल होते थे। अन्त में हमें दो-दो लड्डू मिलते थे। इसके बाद हम अपने घर जाते थे।

बाग के दूसरे छोर पर विशाल तालाब था। गंगाजल की तरह साफ पानी रहता था उसका। गर्मी के दिनों में जब दोपहर की छुट्टी होती थी तो बहुत से विद्यार्थी इस तालाब में नहाते और तैरते थे। मैंने भी कई बार उस तालाब में स्नान किया है। कई बार उसके किनारे जाकर सिर्फ बैठना ही अच्छा लगता था। अनेक विद्यार्थी इस विशाल तालाब को तैरकर पार कर लेते थे। तालाब के बीचोंबीच एक काठ का स्तम्भ था जिससे तालाब की गहराई का पता चलता था। नहानेवालों में सोनरा गाँव के विद्यार्थी ही अधिक रहते थे।

दर्जा चार में पहुँचने पर झोला पीछे छूट गया और हमने बस्ता अपना लिया। बस्ता यानी, मोटे मारकीन के कपड़े का एक चौकोर टुकड़ा जिसमें कुछ कॉपियाँ और पुस्तकें बाँधी जा सकें। हम बहुत ही सुरुचि के साथ उसमें अपनी कॉपियाँ और अन्य पुस्तकें रखकर बाँधते थे। सबसे नीचे दफ्ती रखी जाती थी, ताकि कॉपियाँ मुड़ने न पावें। दफ्तियाँ कपड़े की दूकानों पर मिलती थीं। जब कभी कपड़ा खरीदने घर के लोग जाते थे तो दूकानदार से दफ्ती जरूर माँगते थे। वैसे एक दफ्ती वर्षों चलती थी। बस्ता बाँधने का एक खास तरीका होता था। बाँधने के बाद हम अपने बस्ते को अपने-अपने कन्धों से लटकाकर चलते थे।

दर्जा पाँच तक हम जोड़, घटाना, गुणा, भाग में पारंगत हो चुके थे। बीस तक पहाड़ा, सवैया और डेढ़ा भी अधिकांश बच्चों को याद हो गया था। सुलेख, इमला तथा व्याकरण पर विशेष ध्यान दिया जाता था। स्कूल के प्रांगण में थोड़ी सी भूमि भी थी। उसमें से एक-एक क्यारियाँ दर्जा पाँच के बच्चों को दे दी जाती थीं जिनमें शिक्षकों के निर्देशन में हम अपनी रुचि की फसलें उगाते थे। यही कृषि से सम्बन्धित प्रयोगात्मक कार्य थे। स्कूल में चरखे भी उपलब्ध थे, जिन पर हम सूत कातते थे। सूत गांधी आश्रम में बेचने पर कुछ पैसे भी मिल जाते थे।

स्कूल में फीस एक या दो आना ही लगती थी जिसे हर महीने देना होता था, किन्तु हर महीने कोई नहीं देता था। शिक्षकों का दबाव पड़ने पर बीच-बीच में अपनी सुविधानुसार हम देते थे। परीक्षा के समय तक सबको फीस दे देनी होती थी।

कह सकते हैं कि पढ़ाई लगभग मुफ्त थी और सबके लिए एक जैसी। शिक्षा का व्यापार अभी शुरू नहीं हुआ था। सभी विद्यालय और कॉलेज वित्त पोषित थे। इंटर तक एक ही तरह की पुस्तकें पूरे प्रदेश के सभी स्कूलों में समान रूप से चलती थीं। उन दिनों सरकार का इरादा सुदूर गाँवों में छिपी प्रतिभाओं को भी शिक्षित करके उन्हें मुख्य धारा में लाने का था।

दर्जा पाँच पास करने के बाद मैंने गणेश शंकर विद्यार्थी स्मारक इंटर कॉलेज महाराजगंज में प्रवेश लिया जो महाराजगंज तहसील का एकमात्र इंटर कॉलेज था। वहाँ से जवाहरलाल नेहरू स्मारक डिग्री कॉलेज, महाराजगंज और फिर गोरखपुर विश्वविद्यालय। सारी शिक्षा लगभग मुफ्त। एम.ए. के दौरान तो इतनी छात्रवृत्ति मिल जाती थी कि छात्रावास में रहने के बावजूद कुछ पैसे बचाकर बाऊजी को भेज भी देता था। क्या आज के समय में जन्म लिया होता तो मैं इतना पढ़ पाता? "आजादी का अमृत महोत्सव" किनके लिए 'महोत्सव' है? शिक्षा चन्द लोगों के साहबजादों और साहबजादियों के लिए सुरक्षित कर ली गई है। यह आजादी उन्हीं के लिए है। डॉक्टर और इंजीनियर छोड़िए, आज किसी स्कूल में शिक्षक बनने के लिए भी बी.एड. चाहिए और एक लाख से कम खर्च करके कोई बी.एड. की डिग्री भी हासिल नहीं कर सकता। यानी, अब शिक्षा की ऐसी व्यवस्था बनाई जा चुकी है जिसमें मजदूर और किसान के बच्चे, चाहे जितने भी प्रतिभाशाली हों, पढ़ नहीं सकते। वे मजदूर बनने को अभिशप्त हैं।

मैंने कभी ट्यूशन या कोचिंग नहीं की। उन दिनों विरले बच्चे ही ट्यूशन पढ़ते थे। ट्यूशन पढ़नेवालों को अच्छी नजर से नहीं देखा जाता था। उनके प्रति एक सामान्य धारणा बनी रहती थी कि वे मन्दबुद्धि के हैं। आज देखकर चकित हूँ कि ऐसे घरों के बच्चे भी ट्यूशन पढ़ते हैं जिनके माँ-बाप मजदूर हैं और जैसे-तैसे दो रोटी का जुगाड़ कर पाते हैं। ट्यूशन अब एक फैशन का रूप ले चुका है।

आज सोनरा के हमारे प्राथमिक विद्यालय की प्रोन्नति जूनियर हाई स्कूल के रूप में हो चुकी है। वहाँ जरूरत भर के शिक्षक भी हैं और शिक्षण के साधन भी। मेरे गाँव में भी एक प्राथमिक विद्यालय है। सरकारी विद्यालयों के अलावा हमारे गाँव के अगल-बगल आधा दर्जन से अधिक निजी स्कूल खुल चुके हैं। मुनाफा कमाने के लिए खोले गए इन स्कूलों में प्रशिक्षित शिक्षक नहीं मिलेंगे किन्तु विद्यार्थियों के ड्रेस कोड का सख्ती से पालन होता है। पाठ्य-सामग्री स्कूलों से मिलती है और अंग्रेजी माध्यम के नाम पर उनके अभिभावकों का बेरहमी से शोषण किया जाता है। बच्चे अंग्रेजी की शब्दावली और व्याकरण रटने में ही अपना बचपन गवाँ रहे हैं।

भउजी

'भउजी'। इस शब्द में गजब की मादकता है। कान में इस शब्द के पड़ते ही बदन में सनसनाहट दौड़ जाती है। देवर-भउजाई के रिश्ते की गर्माहट असल में गाँव में ही महसूस की जा सकती है।

मेरी उम्र लगभग चार साल की रही होगी जब पहली बार मैंने भउजी का दीदार किया। शाम का धुँधलका हो रहा था। मेरे घर के सामने की कच्ची सड़क पर डोली आकर रुकी। कहारों ने अपनी-अपनी लाठियाँ बगल के पेड़ों से लगाकर खड़ी कर दीं और आसपास जहाँ-तहाँ बैठकर सुस्ताने लगे। छोटे-छोटे बच्चे डोली के इर्द-गिर्द धमा-चौकड़ी मचा रहे थे। डोली में दूल्हन उनके लिए कौतूहल का विषय थी। उन दिनों बच्चे डोली देखते ही जोर-जोर से चिल्लाकर गाने लगते, "ए दुलहिनिया गाजर खो, तोर भइया अइलें नइहर जो।" यहाँ तो डोली सामने रखी थी और उसमें दूल्हन भी। जब तक दूल्हन डोली से बाहर नहीं निकलेगी बच्चे हटनेवाले नहीं थे। वहाँ आसपास सयाना कोई नहीं था। घर की महिलाएँ दूल्हन की अगवानी करने की तैयारी कर रही थीं। दूल्हन का पहले परछावन होगा। ननद या सास की बाँह पकड़कर दूल्हन डोली में से उतरेगी और परछावन के बाद चौकठ के भीतर कदम रखेगी। इस सब की तैयारी में समय तो लगेगा ही।

एक कहार ने समय की नब्ज पहचानते हुए दूसरे से कहा, "इसके पहले इतनी दूर की डोली नहीं ढोई थी। बाप रे बाप ! पडरौना कोई बीस कोस तो रहा ही होगा।" डोली पडरौना के पास के गाँव 'रहसू' से आई थी। पहले गाँव के लोग कोस से ही दूरी मापते थे। पडरौना आज कुशीनगर जिले में पड़ता है। मेरा अनुमान है कि हमारे घर से कोई एक सौ किलोमीटर तो होगा ही। दूसरे कहार ने सुर में सुर मिलाया, "भिनसहरे सुकवा उगते ही बिदाई हो गई थी। तब से लगातार डोली में जुते हैं। कन्धे का घट्ठा भी दर्द करने लगा। अब तो घर के पास आ गए हैं।

ईनाम मिलना चाहिए। अब बिना ईनाम के डोली नहीं उठाएँगे।" कहारों की संख्या छह थी। इससे कम में डोली नहीं चल पाती थी। डोली के दोनो ओर दो-दो कहार डोली ढोते थे और दो साथ-साथ चलते थे—कन्धा बदलने के लिए। सभी कहार दूल्हन को सुनाते हुए एक दूसरे से ईनाम की माँग की रट लगाने लगे।

असल में कहारों को जो पारिश्रमिक तय था वह तो उन्हें मिलना ही था। दूल्हे राजा आसपास कहीं चले गए थे। सयाना कोई दूसरा वहाँ था नहीं। बच्चों का शोरगुल और धमा-चौकड़ी जारी थी। कहारों का लक्ष्य दूल्हन ही थी। और किसी से वे माँग भी नहीं सकते थे। ईनाम की माँग का यह उपयुक्त अवसर था। अचानक डोली के ओहार से बाहर गोरी दूधिया रंग की मेंहदी रची कोमल हथेली बाहर आई। हथेली में कुछ पैसे थे। एक कहार ने उस हथेली के नीचे अपना हाथ फैला दिया और पैसे उसकी हथेली में आ गिरे। सभी बच्चे उत्सुकता से हथेली निहारने लगे। उन बच्चों में मै भी शामिल था। डोली के बाहर निकलनेवाली वह कोमल हथेली आज भी मेरे मानस पटल पर यथावत अंकित है। भउजी का यह मेरा पहला दीदार था। उनके चेहरे का नहीं, उनकी हथेली का।

ननदों ने बड़े दुलार से अपनी बाँहों के सहारे हँसी-मजाक करते हुए भउजी को घर में प्रवेश कराया। दूसरे दिन से गाँव की औरतों का आना-जाना शुरू हो गया, जो कई दिन तक चलता रहा। जैसे-जैसे गाँव की औरतें दूल्हन का मुँह देखकर और मुँहदेखाई देकर जाने लगीं, भउजी की सुन्दरता की चर्चा गाँव में होने लगी। अपनी माँ को भी मैने बाऊजी से बतियाते हुए सुना कि, " बड़कू की बहू बड़ी सुन्दर आई है।" भइया को गाँव के लोग 'बड़कू' ही कहते हैं। क्योंकि वे उम्र में सबसे बड़े बेटे हैं। इसी भाव से छोटे बेटे को 'झिनकू' कहा जाता है। मैं अपने इन दोनों चचेरे भाइयों को 'बड़कू भैया' और 'झिनकू भइया' कहकर पुकारता हूँ।

यद्यपि भउजी के आने से वर्षों पहले ही हमारे बाऊजी और बड़का बाऊजी में घर का बँटवारा हो चुका था और उन दोनो का अपना-अपना अलग घर भी बन चुका था किन्तु माहौल में अपनापन बरकरार था। हमारा एक-दूसरे के घरों में आना-जाना खाना-पीना सामान्यत: होता रहता था। बड़कू भैया दर्जा दस में पढ़ रहे थे। मैं अमूमन उनसे गणित के सवाल पूछने जाया करता था। हालाँकि उनसे हमारी दूरी बराबर बनी रही। वे हमें सरल व्यक्ति कभी नहीं लगे। जबकि इसके ठीक विपरीत भउजी का स्वभाव बेहद सौम्य था और मुझे बराबर आकर्षित करता रहा। हमारे परिवार में आनेवाली सबसे बड़ी भउजी की जो छाप मेरे ऊपर पड़ी उसने भउजी नामक रिश्ते की संवेदना को अत्यन्त मोहक बना दिया। बचपन में भउजी का देखा हुआ वह रूप माधुर्य मुझे उन्हें अप्रतिम मानने को विवश करता रहा।

उनका दुधिया गोरा रंग, हिरनी जैसी चंचल आँखे, लम्बे घने बाल, पतली लम्बी नाक, पतले होंठ और गठा हुआ छरहरा बदन मेरे मन पर अमिट छाप छोड़ गया। भउजी का रूप-रंग जैसा था, भगवान ने उन्हें उतना ही सुमधुर स्वर भी दिया था। भउजी जब अपनी सुरीली आवाज में कोई गीत टेरतीं तो समाँ बँध जाती। उनका स्वर सबसे अलग था। दूसरी महिलाएँ केवल उनका साथ देने के लिए गातीं। जनेऊ हो या विवाह, फागुन हो या सावन, कोई अवसर भउजी की स्वर लहरियों से खाली नहीं जाता था। फागुन लगते ही भउजी का फगुआ शुरू हो जाता था। जब घर के सभी पुरुष खा-पीकर सो जाते थे उस समय भउजी आसपास की कुछ महिलाओं को साथ लेकर फगुआ गाना शुरू कर देती थीं। उनके द्वारा गाए जानेवाले फगुआ के कुछ बोल आज भी फागुन लगते ही मेरे कानों में रह-रहकर कौंधने लगते हैं। "जनि जा हो कन्त परदेस बसन्त नेराने"। / "सखि आज नन्द जी के द्वार भीर भई भारी।"/ "हेरें बिकल सुदामा भुलाने। अरे, मोर निजुकी दई रिसियाने मड़इया हेराने"। "मोहन धरि रूप जनाना, चले बेचन चुड़िया सहाना, नगर बरसाना"। इसी तरह सावन में कजरी-"बदरवा उमड़ि घुमड़ि जनि बरसो, डर मोहें लागे अटरिया ना / एक तो पिया परदेस में छाये, दूजे बिजुरी तूँ चमकाये, तीजे रात अँधेरिया ना।" आदि। सोहर, कजरी, झूमर, चौताल, विवाह के गीत आदि के साथ ही रोपनी के गीत, जँतसार आदि श्रम गीतों का भी अद्‌भुत भंडार हैं भउजी।

पिछले बीस-पचीस वर्षों से गाँवो में बाजारवाद ने जो पैर पसारा है, उससे वहाँ से जाँत खत्म हो गए और उसी के साथ गाँव की महिलाओं में ब्लड प्रेशर, सुगर, कमरदर्द, पेचिस आदि रोग महामारी की तरह फैल गए हैं। जँतसार का एक मार्मिक गीत मैंने भउजी के कंठ से सुना है। उसकी पंक्तियाँ आज भी स्मृति में बसी हुई है।

"झीनी झीनी गेहुँआ हो बाँस के चँगेलिया हो, ननदी भउजिया गेंहुँआ पीसेली हो राम।

गेहुँआ पिसत हमें छिटके गरमिया हो, केहू ना बेनिया डोलावे हो राम।"

जँतसार में मुख्य रस करुण होता था। जँतसार के असंख्य गीत 'जाँत' के साथ ही खत्म हो गए और इसी के साथ लोक-साहित्य की यह अमूल्य धरोहर हमने खो दी। बहरहाल, चाहे फागुन में फगुआ का मौसम हो या सावन में कजरी का अथवा चैत में चैता का, भउजी जब गाने बैठतीं तो दो-ढाई घंटे गाने के बाद ही महफिल उठती। इसी तरह भउजी के द्वारा गाया जाने वाला एक अत्यन्त मार्मिक सोहर है जिसके बारे में मैं विस्तार से कहने का लोभ संवरण नहीं कर पा रहा हूँ। गीत की पंक्तियाँ हैं,

छापक पेड़ छिउलिया त पतवन गहबर हो,
तेहि तर ठाढ़ि हरिनियाँ त मन अति अनमन हो।
चरतै चरत हरिनवाँ त हरिनी से पूछहि हो,
हरिनी की तोर चरहा झुरान कि जल बिनु मुरझिउ हो।

इस सोहर में घने जंगल में उदास अनमन भाव से खड़ी हिरणी से उसका साथी हिरण पूछ रहा है—"प्रिये, क्या पानी के बिना तुम्हारा चेहरा मुरझाया हुआ है? अथवा चरहा ही सूख गया है? आखिर तुम उदास क्यों हो?"

हिरणी अपने साथी हिरण से अपनी उदासी का कारण बताती हुई कहती है कि, "न तो मेरा चरहा सूखा है और न जल का ही अभाव है, मैं तुम्हारी चिन्ता में सूख रही हूँ। कल राजा दशरथ के घर उनके बेटे की छट्ठी है। उस दिन उनके यहाँ बहुत बड़ा भोज होगा, खुशी मनाई जाएगी। उस भोज में मांस पकेगा और उसके लिए वे लोग तुझे मार डालेंगे। मैं उसी चिन्ता में उदास हूँ।"

अन्तत: छट्ठी के भोज के लिए हिरण को मार डाला जाता है। उसका मांस बन रहा है। उसकी गन्ध दूर तक फैल रही है। हिरणी राजा दशरथ के घर उनकी प्रधान रानी कौशल्या के पास एक फरियाद लेकर जाती है। उसे उम्मीद है कि वे स्त्री हैं एक स्त्री का दुख जरूर समझेंगी। रानी बड़े आसन (मचिया) पर बैठी हैं। हिरणी उनसे निवेदन करती है,

मचिये पर बैठें कोसिल्ला रानी हरिनी अरज करे हो,
रानी मँसुआ त सीझे कड़हिया, खलरिया हमें देतिउ हो।

अर्थात "हे रानी जी ! मेरे प्रिय साथी हिरण का मांस तो आपके यहाँ कड़ाही में पक ही रहा है। उसका स्वाद आपके यहाँ भोज में लोगों को मिलेगा ही। आप कृपा करके मेरे प्रिय साथी हिरण की चमड़ी हमें दे दें। मैं इसे ले जाकर पेड़ पर लटका दूँगी और उसी चमड़ी को देख-देखकर अपने मन को धीरज बँधाती रहूँगी मानो मेरा साथी हिरण जिन्दा है।"

पेड़वा से टँगतीं खलरिया त हेरि-फेरि देखतिउँ हो,
रानी देखि-देखि मन समुझइतीं जनुक हिरना जीअत हो।

समस्त उत्तर भारत में राम-कथा के प्रति जैसा आदर भाव है वैसा अन्य किसी भी मिथकीय वृत्त पर नहीं है। राम-सीता हमारे आराध्य हैं। उनसे हम चरित्र की भी शिक्षा लेते हैं। ऐसी राम-कथा के प्रति जिस तरह की आलोचनात्मक दृष्टि इस

सोहर के रचनाकार की है वह हमें चकित करती है। लोक कवि जानता है कि राजसत्ता शोषित पीड़ित प्रजा के प्रति तनिक भी उदार नहीं होती। कौशल्या हिरणी के इस तुच्छ आग्रह को भी ठुकराती हुई कहती हैं,

जाहु-जाहु हरिनी घर आपन खलरिया नाहीं देइब हो,
हरिनी खलरी से खजड़ी छवइबें त राम ओसे खेलिहें हो।

हिरणी बेचारी उदास दुखी मन से लौट जाती है। उधर अयोध्या में हिरण की चमड़ी से खजड़ी बनती है, राम उससे खेलते हैं। जब-जब खजड़ी बजती है हिरणी उसे अकनते हुए चुपचाप जहाँ की तहाँ खड़ी रह जाती है और अपने प्रिय साथी हिरण को याद करने लगती है,

जब-जब बाजे खजड़िया सबद सुनि अकनइ हो,
हरिनी ठाढ़ि ढेकुलिया के नीचे हरिनवा के बिसुरइ हो।

निश्चित रूप से राम-कथा के प्रति यह आलोचनात्मक दृष्टि लोक कवि की ही हो सकती है और ऐसे लोक कवियों की संवेदनाएँ लोक भाषाओं में ही व्यक्त होती हैं। आमतौर पर कौसल्या की छबि समाज में एक संवेदनशील, दयालु, पुत्र-वत्सल और आदर्श माँ की है। किन्तु यहाँ इस लोक कवि के मन में कौसल्या एक रानी हैं जिनमें दया लेश मात्र भी नहीं है।

हमारी स्पष्ट मान्यता है कि लोक-साहित्य हमेशा प्रतिपक्ष का साहित्य होता है। वह व्यवस्था-विरोध का साहित्य होता है।

मुझे बाद में पता चला भउजी का नाम भी 'सरस्वती' ही है। वे सचमुच सरस्वती की प्रतिमूर्ति हैं।

भउजी जब मुझे 'बाबू' कहकर बुलातीं तो लगता जैसे अमृत की वर्षा हो रही है। दरअसल पडरौना की बोली ही खाँटी भोजपुरी है। हमारे यहाँ की भोजपुरी में अवधी का पुट मिला हुआ है। इसलिए भोजपुरी की मिठास का स्वाद भउजी की बोली में सहज सुलभ था।

हमारे यहाँ देवर-भउजाई के रिश्ते की परिकल्पना भी अद्‌भुत है। एक ओर भउजाई को माँ जैसा सम्मान देने को कहा गया है तो दूसरी ओर इन दोनो में हँसी-मजाक का रिश्ता भी होता है। देवर, 'द्विवर:' से ही विकसित हुआ है। जिसका अर्थ ही है 'दूसरा वर'। भउजी से मेरा रिश्ता भी इसी तरह का रहा है। मेरे संकोची स्वभाव ने भउजी से मजाक करने की इजाजत कभी नहीं दी। हाँ, फगुआ आने पर भउजी के ऊपर रंग डालने जरूर जाता। भउजी भी पूरी तैयारी

के साथ प्रतीक्षा करतीं, धैर्य से रंग डलवातीं और मुझपर भी डालतीं। रंग डालने के बाद वे मुट्ठीभर कटे हुए सूखे मेवे खाने को जरूर देतीं। अभावों में भी उन्होंने अपना तहजीब नहीं छोड़ा। इसके बाद मैं अपनी छोटकी भउजी अर्थात झिनकू भैया की पत्नी को रंग डालता, फिर दूसरी भउजाइयों को। दूसरी भउजाइयों में राम बिरिछ भैया (रामबृक्ष उपाध्याय) की पत्नी, शंकर भैया (शंकर कँहार) की पत्नी, सत्नरायन (सत्यनारायण स्वर्णकार) भैया की पत्नी और उसके बाद बड़का टोला पर अर्जुन भैया, विद्याधर भैया और पाँड़े भैया की पत्नियों को रंग डालने जरूर जाता। जिनके घर रंग डालने जाता उनमें से अधिकांश के घर मालपुआ और गुझिया खाने को जरूर मिलता। अलग-अलग घरों में बनने के कारण मालपुआ और गुझिया के स्वाद में भिन्नता मिलती। सच है, सौन्दर्य वैविध्य में ही होता है। इधर वर्षों से गाँव में होली नहीं मनाई और भउजी के साथ फगुआ खेलने की प्यास, प्यास ही बनी रही। मन उदास है।

भउजी के हाथ का भोजन भी उतना ही स्वादिष्ट होता है। उनके दरवाजे पर जाने से वे भोजन जरूर पूछती हैं—ऊपर के मन से नहीं, खिलाने की लालसा से और अमूमन मेरे मना करने के बावजूद जो कुछ बना होता है परोसकर ले आती हैं, कोशिश करती हैं अँचार आदि देकर उसे स्वादिष्ट बनाने की। उन्हें बराबर लगता है कि उनके घर का खाना मुझे पसन्द नहीं आ रहा है। उन्हें नहीं पता कि स्वाद वास्तव में खिलानेवाले की अभिरुचि और प्रेम में मिला होता है, तरह-तरह के पकवानों में नहीं।

मुझे बराबर लगता है कि भउजी उस घर के लायक नहीं थी। उनका जीवन हमेशा अभावों में कटा। उनके पति कुर्क अमीन के रूप में वर्ष में कुछ महीने ही काम करते थे और किसानों से वसूले गए धन के अनुपात में ही कमीशन के रूप में उन्हें पारिश्रमिक मिलता था। उनके दोनो बेटे भी स्थाई और सम्मानजनक नौकरी नहीं पा सके। खेती भी इतनी नहीं कि उसके सहारे जिन्दगी कट सके। आजकल तो बड़े-बड़े किसान तक कर्ज में डूबे हुए हैं। भउजी ने अपने बेटों के लिए मुझसे कई बार सिफारिश की है। उन्हें नहीं पता कि उनके द्वारा एक बार किया गया संकेत ही मेरे लिए काफी है, किन्तु मैं क्या करूँ? मेरे पास किसी को नौकरी देने का कोई पावर नहीं है। विश्वविद्यालयों, महाविद्यालयों और स्कूलों में शिक्षकों की नियुक्ति के लिए साक्षात्कार लेने जरूर जाता हूँ किन्तु साक्षात्कार देने की योग्यता तो उन्हें अर्जित करनी ही पड़ेगी। वहाँ भी हम योग्यता को नजरन्दाज नहीं कर सकते। भउजी के दोनों बेटों में वह योग्यता नहीं आ पाई।

आज भउजी अस्सी पार कर चुकी होंगी। मैं इकहत्तर वर्ष का हो चुका हूँ। मुझसे कम से कम दस साल बड़ी तो वे होंगी ही। इतने अभावों में अपने एकरस पति के साथ रहते हुए भउजी ने अपना जीवन ससम्मान काट लिया है। उनके बारे में मैने अबतक कोई प्रवाद नहीं सुना है। हमारे घर से भी कभी-कभी विभिन्न मुद्‌दों पर कोई न कोई विवाद होता रहा किन्तु अन्तत: हमारे रिश्ते पूर्ववत कायम हैं। अब भी जब हम गाँव जाते हैं तो हमारी भउजी हमें छोड़ने जरूर आती हैं और अपने स्नेह से हमें सराबोर कर देती हैं। आज भी बिदाई के समय हमारी आँखें डबडबा जाती हैं।

अपनी भउजी का प्यार जिसे नहीं मिला वह अभागा है। वैसे तो गाँव में सम्बन्धों से ही व्यक्ति की पहचान होती है। भैया, काका, दीदी, भउजी, बहिनी, बाबू, अइया, दादा, दादी से भिन्न गाँव में किसी का नाम लेकर पुकारते मैने बहुत कम देखा, चाहे वे किसी भी जाति-बिरादरी के हों। अपने से छोटों को ही उनके नाम से पुकारा जाता है। सुखदेव काका जाति के चमार थे और पूरे बीस साल तक उन्होंने हमारी हलवाही की किन्तु मैने कभी उन्हें नाम लेकर नहीं पुकारा। हमेशा उन्हें काका ही कहा और उनकी पत्नी को काकी। मेरी माँ उन्हें सम्मान में 'रउआ' कहकर पुकारती थी। बीस साल तक हलवाही करने के बावजूद बाऊजी का उनसे किसी तरह का विवाद होते मैंने नहीं देखा। जातिगत भेदभाव के बावजूद रिश्तों की यह गँवई मिठास भी अद्‌भुत है। विरुद्धों के सामंजस्य का सौन्दर्य। रिश्तों का यह अपनापन गाँव में अब बहुत कम हो गया है।

मुल्ला की तावीज

हमारे टोले के नंग-धड़ंग बच्चों के कमर में भगई भले न हो, काले रंग के धागों से बनी करधनी जरूर रहती थी। उस करधनी में कउड़ी और छेदहा पैसा के साथ मुल्ला की दी हुई तावीज भी बँधी रहती थी। किसी बच्चे की तबीयत नासाज हुई तो पहला काम होता था मस्जिद में जाकर मुल्ला जी से झाड़-फूँक कराना। इस काम में मुल्ला तनिक भी आनाकानी नहीं करते थे। विश्वास इतना कि मुल्ला के झारने से बच्चे स्वस्थ भी हो जाते थे। शहर से मैं जब भी गाँव जाता, मुल्ला बड़े अदब और धैर्य से हमारे परिवार का हालचाल पूछते। मुल्ला अब इस दुनिया में नहीं हैं। वे हमारे टोले की नूरी मस्जिद में अपने अन्तिम दिनों तक पूरी निष्ठा से अजान करते रहे। उनका असली नाम 'सेठई' था। इस नाम से भला कौन बता सकता है कि वे मुलमान थे?

गाँव के चौकीदार थे जान मोहम्मद। वे बगल के गाँव 'रेहावे' के मूल निवासी थे, किन्तु उनका मन हमारे गाँव में ही लगता था। उनके जीवन का बड़ा हिस्सा हमारे गाँव में ही बीता। सबसे अच्छा फगुआ वही गाते थे। फागुन लगते ही ढोल की थाप सुनाई देने लगती थी। भोजन के बाद शाम होते ही किसी के भी बरामदे में पड़ोस के लोग इकट्ठा हो जाते और रात बारह बजे तक फगुआ का समूह गान चलता रहता था। प्राय: सबके घरों में ढोल, झाल या करताल अर्थात् कोई न कोई बाजा जरूर रहता था। होली के दिन सवेरे के पहर कनई (कीचड़) और राख (सम्मत जलने से बची हुई राख) से होली खेली जाती और दोपहर के बाद रंग की होली। इस दिन दोपहर तक सबको खुली छूट होती जोगीरा के नाम पर गालियों की तुकबन्दी करने की। मुझे जोगीरा बिलकुल पसन्द नहीं था। मैंने कीचड़ की होली कभी नहीं खेली। दोपहर के बाद लोग समूह में फगुआ गाते, भाँग घुला हुआ रस पीते और मस्ती करते।

आजकल लोगों के घर में न ढोलक है और झाल, और न फगुआ गाने की ललक। गाँव के सैकड़ों नौजवान विदेशों में हैं, फूल अब भी खिलते हैं, आम अब भी बौराते हैं, कोयल अब भी कूकती हैं, वसन्त अब भी आता और जाता है किन्तु परदेशियों की विरहिणियाँ अब नहीं गातीं, "जनि जा हो कन्त परदेस बसन्त नेराने।" फागुन भी बीत जाता है और चैत भी। न ढोलक की थाप पर फगुआ सुनाई देता है और न फगुआ के विदा होने पर उदास कर देनेवाला चैता।

खलील चाचा (खलील खाँ) के दरवाजे पर चबूतरा अब भी है। गाँव का सबसे बड़ा ताजिया उन्हीं के यहाँ बनता था, इसी चबूतरे पर। जिस दिन से ताजिया बनना शुरू होता उसी दिन से रात में ढाँक-तासा बजना भी शुरू हो जाता। मोहर्रम के दिन की पहली रात को जब मेरे टोले और बड़का टोले के ताजियों के मिलन के लिए गाजे-बाजे के साथ जुलूस निकलता तो मात्र महिलाओं के गीतों से ही मातम फूटता। बच्चों से लेकर बूढ़े तक जुलूस में उत्साह से शामिल होते। बच्चे मोमबत्ती और फूलझड़ी जलाकर आनन्द लेते। पायख रात से ही हाथों में मोरछल लेकर ताजियों की परिक्रमा करने लगते। माएँ इमाम बाबा को कोई न कोई मनौती मान लेतीं और पूरी होने पर सन्तान की जिम्मेदारी बन जाती उसे निभाने की। किसी को दो साल, किसी को तीन या पाँच साल और किसी-किसी को तो जवान होने तक इमाम साहब का पायख बनना पड़ता। इसमें हिन्दू-मुस्लिम का कोई भेद नहीं था। मेरे गाँव का एक टोला सोनपुर है, जहाँ एक भी घर किसी मुसलमान का नहीं है। किन्तु इस टोले पर भी ताजिया बनता था और यहीं के लोग पायख भी बनते थे।

गाँव के उत्तर सदानीरा (रेहाव नदी) के किनारे कर्बला का बड़ा मेला लगता था। यहीं आसपास के दर्जनों गाँवों के ताजिए आते थे। उनमें से सबसे ऊँचे और सुन्दर ताजिए को देखनेवालों की भीड़ लगी रहती थी। हर ताजिए के साथ ढाँक-ताशा बजता। लोग लाठी भाँजने का प्रदर्शन करते और थकरी खेलते। बड़के टोला पर के छतिबल काका जब उछल-उछलकर ढाँक बजाते तो तमाशबीनों की भीड़ लग जाती। इस्माईल भैया भी ढाँक बजाने में माहिर थे। मैं जब इंटर में पहुँचा तब जाकर समझ में आया कि मोहर्रम वास्तव में मुसलमानों का त्योहार है।

हमारे गाँव में एक तिहाई से अधिक आबादी मुसलमानों की है। लगभग चार दशक पहले गाँव में न कोई मन्दिर था और न मस्जिद। आज गाँव में तीन मस्जिद हैं। मेरे टोले तथा गदुलहिया पर बनी मस्जिदें तीस-पैंतीस साल पहले की हैं। बड़का टोले पर तो अभी निर्माणाधीन है। मेरे टोले पर एक मदरसा भी है जो दस-बारह वर्षों से चल रहा है। इसमें अन्य विषयों के साथ दीनी तालीम भी दी जाती है। इसी के बगल में ईदगाह है जिसकी जमीन मुस्लिम समुदाय के लोगों ने आपस के आर्थिक सहयोग

से खरीदी हैं। भावनन्द बाबा का मन्दिर सड़क पर होने के कारण चहल-पहल का केन्द्र बना रहता है। सोनपुर में भी एक छोटा सा काली मन्दिर बना है, कुछ वर्ष पहले। मायावती के शासनकाल में, जब दलित उभार अपने चरम पर था, बड़के टोला पर एक बौद्ध मन्दिर भी बन गया है। इसी टोले पर हिन्दू और इस्लाम, दोनों धर्मों के पाखंडों पर प्रहार करनेवाले पन्द्रहवीं सदी के आधुनिक संत कबीर के पन्थ का एक मठ भी है जो अपनी अप्रासंगिकता की कहानी कहता हुआ उजाड़ पड़ा है।

मुझे याद है, मेरा नाम जी.एस.वी.एस. इंटर कालेज में डॉ. ऐनुल हक ने लिखवाया था। वे मुझे अपनी बाइक पर बैठाकर सीधे प्रिन्सिपल महेन्द्रनाथ द्विवेदी के कक्ष में ले गए थे। प्रिन्सिपल साहब ने उनका बड़ा सम्मान किया था। डॉ. ऐनुल हक महाराजगंज के प्रतिष्ठित डॉक्टर थे। मेरी माँ दमा की मरीज थी। उनका इलाज डॉ. ऐनुल हक ही करते थे। वे अपने चैम्बर के अलावा बुलाने पर क्षेत्र में जाकर भी मरीजों को देखा करते थे। वे जब किसी दूसरे मरीज को देखने भी मेरे गाँव आते तो मेरे घर कहकर खाना बनवाते और दो रोटी खाकर ही जाते। एक बार जब मैं महाराजगंज से उन्हें लेकर घर लौट रहा था तो रास्ते में सागिर काका (सागिर अली) मिले। वे हमारे टोले के प्रतिष्ठित व्यक्ति थे। उनका घर सड़क के किनारे ही था। उन्हें देखकर डॉ. साहब ने बाइक रोक दी। सलाम-दुआ हुआ। सागिर काका ने जब उनसे कहा कि वे आज उनके घर दो रोटी खाकर जायँ तो डॉ. ऐनुल हक ने हँसते हुए कहा था, "मैं मियाँ-चियाँ के यहाँ नहीं खाता।"

मजहबी कट्टरता या तो हमें तालिबान बनाती है या हमसे बाबरी मस्जिद गिरवाती है। आजादी के साथ हमारा देश बँट गया, मुहम्मद अली जिन्ना की जिद के कारण। धर्म की राजनीति करने वालों का आचरण और स्वभाव धार्मिक नहीं होता। जिन्ना अपने कर्म से मुसलमान नहीं थे। वे दाढ़ी नहीं रखते थे, नमाज पढ़ना नहीं जानते थे, शराब पीते थे और सूअर का मांस भी खाते थे। (द्रष्टव्य, क्यों हिन्दू से मुस्लिम बन गए थे जिन्ना के पिता! hindi.news18.com, December 24, 2018) किन्तु उन्होंने जमकर मजहब की राजनीति की। उन्होंने 16 अगस्त, 1946 को जब धर्म के आधार पर देश बाँटने के लिए 'डाइरेक्ट ऐक्शन डे' का फरमान जारी किया तो पूरे बंगाल में मौत का तांडव मच गया। पूर्वी बंगाल का मुस्लिम बहुल जिला नोआखाली और पश्चिम बंगाल का महानगर कलकत्ता श्मशान बन गए। मुस्लिम लीग के इशारे पर कलकत्ता में सिर्फ 72 घंटे में 20 हजार से अधिक लोगों का कत्ल हुआ था, तीस हजार से अधिक लोग घायल हुए थे और कई लाख बेघर हो गए थे। यही हाल पंजाब का भी था। साम्प्रदायिकता का यह तांडव पूरे देश में साल भर चलता रहा-कहीं थोड़ा कम, कहीं ज्यादा।

इस दौरान हुई हिंसा में कम से कम दस लाख लोगों को बेरहमी से काट दिया गया था या जलाकर मार डाला गया था। लगभग पौने दो करोड़ लोगों ने अपना पुश्तैनी घर-परिवार छोड़कर अपने कभी न भरनेवाले जख्मों के साथ अपने सम्प्रदाय वाले देश में जाकर शिविरों में शरण ली थी।

जिन्ना को जरूर फायदा हुआ। पाकिस्तान में वे 'कायदे आजम' कहे गए। मेरे गाँव के पास के भी एक बड़े मियाँ साहब सब कुछ छोड़कर पाकिस्तान चले गए। सम्भव है, वे वहाँ सुखी रहे हों, किन्तु दोनो देशों के करोड़ो आम इंसान बरबाद हो गए। निदा फाजली ने ठीक कहा है—

हिन्दू भी मजे में हैं, मुसलमाँ भी मजे में,
इंसान परेशान यहाँ भी है वहाँ भी।

हमारे गाँव में पहले जहाँ एक स्कूल तक नहीं था वहाँ अब डिग्रीधारियों की संख्या बहुत बढ़ गई है। किन्तु अब हिन्दू बच्चे पायख बहुत कम बनते हैं। मुसलमान भी फगुआ में रंग खेलने से परहेज करने लगे हैं। गाँव में मजाल है कि सुबह पाँच बजे के बाद कोई सो सके। मस्जिदों के अजान से आपकी नींद नहीं खुली तो कहीं न कहीं होनेवाले देवी जागरण या हरिकीर्तन से नींद जरूर उचट जाएगी। लाउडस्पीकर का वाल्यूम किसका कितना ज्यादा होगा-इसकी होड़ लगी रहती है। तो क्या निदा फाजली ने जिस ओर संकेत किया है, वही अलगाव का मूल कारण है? क्या पढ़े-लिखे लोग ही भेद पैदा करते हैं? निदा फाजली कहते हैं,

बच्चों के नन्हें हाथों को तुम चाँद सितारे छूने दो
दो-चार किताबें पढ़कर वर्ना हम जैसे हो जाएँगे।

भला तालीम बुरी कैसे हो सकती है? तालीम वह बुरी है जो हमें इन्सान नहीं, हिन्दू और मुसलमान बनाती है। क्या इंसान बनानेवाली तालीम पर विचार के लिए हम तैयार हैं?

फिलहाल, हम खुशनसीब हैं कि हमारे गाँव में लोगों के दिल हमेशा से जुड़े रहे हैं और आज भी भाईचारे में कहीं कोई दरार नहीं ने आने पाई है। खदेरू देवान इसके गवाह हैं। वे 'रामचरितमानस' और 'महाभारत' से कहानियाँ चुनकर उन्हें अपने शब्दों में ढालकर भजन बनाते और गाते हैं। वे अपने भजनों की ऐसी सांगीतिक प्रस्तुति करते हैं कि सुननेवालों की प्यास बुझती ही नहीं, इच्छा बढ़ती जाती है। कभी-कभी तो रातभर भजन होता रहता है। उनकी भजन मंडली में सत्यनारायण, फूलचन्द, सन्तराम, रामशिव, चेंपई भगत और सिंहासन के साथ मुंशी रजा भी हैं।

यह मंडली सट्टा पर दूर-दूर तक शादी-ब्याह अथवा अन्य मांगलिक अवसरों पर भजन गाने जाती है। वे केवल हिन्दुओं से सम्बन्धित भजन ही नहीं, हजरत मोहम्मद के जीवन की कहानियों को भी उतना ही रस लेकर गाते हैं।

एक बार मैंने उनसे पूछा, "आप मुसलमान होकर हिन्दू देवी-देवताओं की कथाएँ तथा भजन गाते हैं तो क्या आपके मुसलमान भाई नाराज नहीं होते?" उन्होंने कहा था, "बिलकुल नहीं। वे खुश होते हैं और उन्हें भजन सुनकर अच्छा लगता है। महाभारत और रामायण की कथाओं में तो त्याग और प्रेम की ही बातें कही गई हैं, अन्याय और अत्याचार से लड़ने की ही तो सीख दी गई है। इन महापुरुषों की कहानियों से हमें बहुत शिक्षा मिलती है।"

ममहर का मोह

अँजोरिया रात थी। सुकवा उगने से पहले ही मामा के साथ मैं ममहर की ओर चल दिया। माई की आँखों से आँसू थमने का नाम ही नहीं ले रहे थे। बाऊजी ने मेरे सिर पर हाथ फेरा। अगले कम से कम बीस दिन तक मेरी कोई खबर उन्हें मिलनेवाली नहीं थी। पोस्ट कार्ड आने में पन्द्रह दिन तो लग ही जाते थे। कार्ड बहुत बार नहीं भी मिलता था। हाँ, बैरन भेजने पर उसका मिलना तय था किन्तु चिट्ठी का खर्च चिट्ठी पानेवाले को ही देना पड़ता था और इसे अच्छा नहीं माना जाता था।

मामा ने पुचकारते हुए मुझसे कहा, “घबड़इहे नऽ, सिसवा ले पैदर चलेके परी...गाँव से सिसवा मिले खातिर (सुगर फैक्ट्री के लिए) गन्ना लेके रोज टायर आवेला आ खाली लौटेला। सिसवा से हमनीके टायर से चलल जाई।” उन दिनों मेरे मामा के गाँव का गन्ना भी सिसवा सुगर मिल पर ही गिरता था। शायद मामा ने माई को सुनाकर ही ऐसा कहा होगा ताकि उनकी बहन अपने दिल के टुकड़े को लेकर थोड़ी आश्वस्त हो सके। उन दिनों बैलगाड़ी को टायर ही कहा जाता था।

मामा के यहाँ जाने को मैं उतावला था। उन दिनों छुट्टियों में ममहर जाने के अलावा कोई विकल्प ही नहीं था। दर्जा पाँच की परीक्षा कल ही खत्म हुई थी। आगे दो महीने की छुट्टी। अब तो स्कूल जुलाई में खुलेगा और दस-पन्द्रह दिन तो नाम लिखाने में ही चला जाएगा। राम औतार मामा सबसे छोटे थे। मँझले चन्द्रबली मामा भी उन्हीं के साथ रहते थे। चारो लोगों में वही एक अविवाहित थे। मुँह पर गहरे चेचक के दागवाले चन्द्रबली मामा भैंस चराते, दूध दही खाते और पहलवानी करते। अपनी छोटी बहन का मोह उन्हें साल में कम से कम दो बार यहाँ ले आता। जब इच्छा होती गले में गमछा डालते, अपनी मोटी लाठी में एक ओर दही की मोटरी और दूसरी ओर झोला लटकाए चले आते। आलस तो उन्हे छू तक नहीं पाया था।

मामा के यहाँ मुझे बहुत अच्छा लगता था। खास तौर पर छोटकी मामी की मीठी बोली और उनका मोहक प्यार। मेरा ज्यादातर समय उन्हीं के यहाँ गुजरता था। मामा के यहाँ का आकर्षण इसलिए भी था कि मुझे अपने ममेरे भाइयों और उनके दोस्तों के साथ गुल्ली-डंडा, ओल्हा-पाँती, छुपउवल और गुच्ची खेलने में बड़ा मजा आता था। आम खाने को तो उनके यहाँ भी मिलता ही था क्योंकि उनके यहाँ भी बीजू आम का बड़ा बाग था और खूब फलता भी था।

मामा को मेरे यहाँ आए दस दिन हो गए थे। मेरे लिए उन्हें तीन दिन और रुकना पड़ा था।

मेरा ममहर कुशीनगर जिले में पडरौना-खट्टा मार्ग पर नेबुआ के पास धरमपुर गाँव में है। उन दिनों वहाँ जाने का रास्ता बड़ा टेढ़ा था। पहले गोरखपुर जाना पड़ता था। फिर वहाँ से पडरौना के लिए ट्रेन थी। पडरौना से फिर प्राइवेट बस हर दो घंटे पर मिलती थी। हर वक्त बस लगी रहती थी। सवारी भी बैठाती रहती थी। आधे घंटे पहले स्टार्ट भी हो जाती थी, हिलने-डुलने भी लगती थी, सवारियों के मन में चलने का भ्रम भी बनाए रखती थी किन्तु जाती थो सवारी भर जाने के बाद ही। पूरा दिन लग जाता था। किराया अलग से।

मामा के यहाँ जाने का एक रास्ता और था। किसी साधन से घुघली जाइए। वहाँ से ट्रेन पकड़कर खड्डा और खड्डा से फिर पडरौनावाली बस से नेबुआ उतर जाइए। वहाँ से पैदल। ट्रेन दिनभर में सिर्फ दो बार जाती थी सुबह-शाम। सुबह ट्रेन छूट गई तो सब बेकार। घुघली -खड्डा होकर जाने से दूरी कुछ कम हो जाती थी फिर भी अस्सी किलोमीटर से कम तो पड़ेगा नहीं। उन दिनों ज्यादातर लोग पैदल ही आते-जाते थे।

मामा के साथ चलने में मुझे बीच-बीच में दौड़ना पड़ता था। वे चाहे जितना भी धीरे चलें कुछ ही मिनटों में आगे बढ़ जाते थे। मुझे दौड़कर उनके पास पहुँचना पड़ता था। सूरज उगते-उगते हम मोहनापुर पहुँच गए। मामा ने पूछा, "कुछ खइबऽ"

मुझे भूख तो लगी ही थी थोड़ा सुस्ताना भी चाहता था। मैंने 'हाँ' में सिर हिलाया। उन्होंने झोले में से भूजा निकाला। माई ने भूजा के साथ भेली भी दिया था और नमक-मिर्च-लहसुन की चटनी तथा लाल मरचे का अचार भी। एक छोटा सा शिव मन्दिर था जिसके पास इनार था। हम वहीं बैठ गए। भूजा-भेली खाने के बाद इनार के जगत पर रखे ताँबे के गगरे में उगहन फँसाकर मामा ने पानी भरा। शीतल जल। मैं तृप्त हो गया। खुद मामा ने भी छककर पानी पिया और हम चल दिये। लगभग दो घंटे लगातार चलने के बाद मेरे पैर जवाब देने लगे। मैं बार-बार मामा से पूछता, "सिसवा कबले आई?" "थोरे दूर अउर बा। मिल के चिमनी दूरे से देखाई देई।"

कहकर मामा मुझे पुचकारते और तेजी से आगे बढ़ जाते। इसी बीच भोंपू की क्षींण ध्वनि कानों में पड़ी। मामा ठहर गए। मुझसे कहा, "कान पारि के सुन। भोंपू बाजताऽ। सिसवा अब बेसी दूर नइखे।" और हम दिन के नौ बजते-बजते सिसवा पहुँच गए।

मैं बुरी तरह थक चुका था किन्तु सिसवा से टायर मिल जाने की उम्मीद में थकान का अहसास जाता रहा।

सिसवा पहुँचने के साथ ही मामा से मैं बार-बार पूछने लगा, "मामा, टायर कहाँ बा?" "आगे थोड़े दूर पर बाऽ।" कहते हुए वे हर बार हाथ से आगे की ओर संकेत करते और आगे बढ़ जाते। चलने की मेरी हिम्मत नहीं रह गई थी। मैंने उनसे कई बार पूछा और उन्होंने हर बार यही जवाब दिया, "आगे थोड़े दूर पर बाऽ। मिल जाई।" इसी तरह चलते-चलते जब शहर पार हो गया और टायर नहीं मिला तो मेरी आँखों में आँसू आ गए। मामा का हृदय भी थोड़ा द्रवित हुआ। ठहर गए, "चल कुछ खा लिहल जाय आ बैठ के अगोरल जाय।" एक इनार देखकर हम वहाँ बैठ गए। मामा ने सत्तू निकाला। सिलवर की छोटी सी थाली में उसे गूँथा, नमक मिलाया और कच्चे प्याज के साथ हम खाने लगे। सत्तू खाने के बाद शरीर में थोड़ी स्फूर्ति आई। "बुझाता कि आजु गन्ना लेके टायर आइल नइखे।" मामा ने जैसे मेरे ऊपर वज्र से प्रहार कर दिया हो। "अब त पैदरे जाएके परी।"

मामा मेरे प्रति इतने निर्दयी कैसे हो गए? मैं तो मामा से बेइन्तिहा प्यार करता हूँ। मेरे मन में सवाल उठने लगे। मामा जब तक रहते हैं, उनका पाँव दबाने के बाद ही बाऊजी का पाँव दबाता हूँ। बाऊजी अमूमन मना भी कर देते हैं किन्तु मामा कभी मना नहीं करते। मामा का पाँव दबाने के लिए मुझे लाठी का सहारा लेना पड़ता था। लाठी के सहारे खड़े होकर दोनों पैर से मुझे उनका पूरा शरीर दबाना पड़ता था। किन्तु उनका शरीर दबाने में मुझे भी आनन्द आता था। इसका कारण था उनका स्नेह। वे जब भी आते लाठी में टाँगकर दही जरूर लाते जो मुझे बेहद प्रिय था। वे तीन-चार रजिया का सजाव दही साफ मारकीन के कपड़े में कसकर बाँध लेते और अपनी लाठी में पीछे की ओर लटका लेते। मेरे घर आने में उन्हें आठ से दस घंटे लगते। इस दौरान दही की मोटरी से सारा पानी निथर कर चू गया होता। घर आने के बाद माई जब दही की मोटरी खोलती तो उसे देखकर ही मैं उछल पड़ता। मैं उसे बिना पानी डाले ही खाने लगता। मामा के साथ ही मोटरीवाली दही मेरी स्मृतियों का विषय बनकर रह गई।

बच्चों द्वारा बड़ों का शरीर दबाना जिसे 'चाँपना' कहा जाता था, अब हमारी संस्कृति का हिस्सा नहीं रह गया है। इससे बड़ों की थकान तो मिटती ही थी,

परिवार में स्नेह और अपनापन का भाव गहराता रहता था। बचपन का यह लगाव लम्बे समय तक परिवार को जोड़े रखता था। अभावों में भी संयुक्त परिवार, सदस्यों में सुरक्षा की गारंटी तो होता ही था उससे परिवार में बड़े-बुजुर्गों का आदर-सम्मान भी बना रहता था। बुढ़ौती तब इतनी तकलीफदेह नहीं होती थी। अब तो गाँवों में भी बड़ों के पाँव दबाने की परम्परा तेजी से खत्म हो रही है।

दिन के एक बजते-बजते हम मामा के घर पहुँच गए। देखते ही छोटकी मामी ने मुझे अँकवार में भर लिया और मामा को खरी-खोटी सुनाने लगीं। उन्होंने खटिया पर मुझे बैठाया। परात में पानी भरकर ले आईं और उसमें रखकर मेरे दोनो पैर मल-मल कर धोने लगीं। मेरे पाँव सूज गए थे। एक ओर वे मेरे पाँव धो रही थीं और दूसरी ओर मामा को इस बात के लिए खरी-खोटी सुना रही थीं कि वे मुझे पैदल लेकर क्यों आए।

मामा शान्त थे। उन्होंने झोला खूँटी में टाँगा, गमछा उतारा और खटिया पर बैठ गए। बासदेव भैया उनके लिए एक लोटा पानी और भेली लेकर आए। सभी लोग भोजन कर चुके थे किन्तु जरूरत भर की सब्जी बची थी। मामी ने रोटी बनाया और हम लोग रोटी-सब्जी और दही खाए साथ में भेली भी।

परात में पाँव रखकर धोने और भोजन करने के बाद मेरी थकावट तत्काल कुछ कम जरूर हो गई किन्तु रात में मुझे बुखार आ गया। दूसरे दिन शाम तक मैं सामान्य हो सका। मैंने देखा है कि जब भी कोई मामा या ममेरे भाई मेरे घर आते तो माई भी परात या बड़े थाल में जल लेकर सबसे पहले उनके पाँव धोती। हालाँकि इससे भी पहले उनके पाँव पकड़ कर वह रोती। इसे भेंटना कहा जाता। मैके से किसी के आने पर उनका पाँव पकड़कर भेंटने की परम्परा तो हमारे गाँव का आम रिवाज था। महिलाएँ, महिलाओं से मिलने पर एक दूसरी के गले में बाँहें डालकर और पुरुषों से मिलने पर उनके पाँव पकड़कर जोर-जोर से रोतीं थीं। गाँव में कहीं से किसी स्त्री के रोने की आवाज आती तो पहला संकेत यही समझा जाता कि किसी के घर मैके से कोई पाहुन आया है। हाँ, भेंटने की इस रुलाई में मैंके के लोगों, उनके साथ बिताई स्मृतियों और उनके द्वारा बेटी की सुधि न लेने की शिकायत जरूर रहती। इसे कारन करके रोना कहा जाता। बाद में जब मैं अपनी दीदी के यहाँ जाता तो वह भी मेरा पाँव पकड़कर और कारन करके रोती। ऐसी दशा में मेरी आँखों से भी आँसू टप-टप चूने लगते। भेंट करने के बाद दीदी भी परात में पानी लेकर आती और एक-एक करके मेरे पाँव धोती। वह पहले एक पाँव परात में रखकर उसे मल-मलकर धोती फिर उसे अपनी साड़ी के पल्लू से ही पोंछती और उसके बाद दूसरा पाँव। इस बीच वह घर का सारा समाचार एक-एक कर पूछती रहती।

इसके बाद जलपान आता। सोचता हूँ, हमारी पीढ़ी ही वह कमबख्त अन्तिम पीढ़ी है जिसने सदियों से चली आनेवाली प्रेम प्रदर्शित करने की इस उदात्त परम्परा को अलविदा कह दिया। मिलने पर भेंटने की परम्परा तो मुझे कभी अच्छी नहीं लगी किन्तु मिलने पर आतिथेय द्वारा अपने अतिथि के पाँव धोने की परम्परा में एक ऐसा जादुई सम्मोहन था जो रिश्तों में तनिक भी ढील नहीं आने देता था। पुराना सब कुछ त्याज्य नहीं होता और नया सब कुछ ग्राह्य नहीं। गोस्वामी तुलसीदास जी का केवट भगवान राम के चरण पखारने की जिद करता है तो यह उसके पिछड़ेपन की निशानी नहीं है। क्या कृष्ण पिछड़े थे जो अपने मित्र सुदामा के पाँव धोते हुए रो रहे थे,

पानी परात को हाथ छुयो नहिं, नैनन के जल सों पग धोए

हाँ, सिर्फ स्त्रियों द्वारा ही पाँव धोने की परम्परा स्त्रियों की दयनीय दशा का अवश्य संकेत करती है और इस दृष्टि से यह परम्परा छूट गई तो अच्छा ही हुआ। वैसे भी पहले लोग पैदल ही आते-जाते थे और इसीलिए थके रहते थे। अब तो थकावट पाँव में नहीं, मन में होती है। लोग न तो किसी के यहाँ जाना चाहते हैं और न चाहते हैं कि कोई उनके यहाँ आए। पहुनई करने की परम्परा अब बीते दिनों का विषय बन चुकी है।

फिलहाल, थकावट दूर करने के इस अमोघ अस्त्र का प्रयोग मैं आज भी नियमित रूप से करता हूँ और कहीं से आने पर सबसे पहले मल-मलकर अपने पाँव धोता हूँ।

मामा के यहाँ पैदल जाने की मेरी वह पहली और अन्तिम घटना थी। मेरे मामा के घर से लगभग दस किलोमीर दूर पडरौना-खड्डा मार्ग पर ही पिपरा बाजार के पास चितहा में मेरे बाऊजी का ममहर है। वहाँ से भी मुझे उतना ही प्यार मिलता था। रामदास काका मेरे बाऊजी के ममेरे भाई थे। खेतिहार भी थे और खुद सरकारी विद्यालय में अध्यापक भी। उनके यहाँ भी बारहो मास दुधारू पशु रहते थे। आम का बड़ा सा बाग भी था। मुझे इन्हीं दो चीजों की जरूरत थी। काकी भी मुझे बहुत मानती थीं। भोजन के साथ कँहतरी वाली सजाव दही साढ़ी सहित देने में संकोच नहीं करती थीं। रामदास काका जब भी स्कूल से आते तो सबसे पहले मुझे ढूँढ़ते, "अमरवा कहाँ है?" मुझे वे 'अमरवा' कहकर ही पुकारते। उन्हें डर लगा रहता था कि कहीं मैं उनके किसी पेड़ से गिर तो नहीं गया हूँ। पेड़ पर मैं कम चढ़ता था किन्तु उनके बगीचे के लगभग सभी आम के पेड़ों पर चढ़ जाता था। ज्यादातर पेड़ छोटे आकार के थे। इसी क्रम में एक बार मैं उनके एक पेड़ से गिर चुका था।

धरमपुर से चितहा मैं हमेशा पैदल ही आता-जाता था, यद्यपि उस रोड पर प्राइवेट बसें नियमित रूप से चलती थीं। किन्तु उन दिनों सबसे मूल्यवान जो वस्तु थी वह था पैसा। मैं स्वयं चार पैसा बचाने की फिराक में रहता था ताकि पढ़ाई के लिए किताब-कॉपी खरीद सकूँ।

धरमपुर और चितहा मिलाकर पूरे डेढ़ महीने रहा। जून के अन्तिम सप्ताह में लौटने की योजना बनी। रामदरस भैया ने साइकिल से खड्डा पहुँचाया, ट्रेन का टिकट खरीदकर दिया और ट्रेन पर बैठाकर वापस लौटे। अकेले ट्रेन से यह मेरी पहली यात्रा थी। इसके पहले माई के साथ ट्रेन से यात्रा कर चुका था किन्तु उन यात्राओं की कोई स्मृति नहीं थी। ट्रेन में बैठाकर रामदरस भैया ने जब मुझे अकेले विदा किया तो मैं रो रहा था। रुलाई विछोह के कारण कम थी भय और आशंका के कारण अधिक। किन्तु कोयले के भाप से चलनेवाले इंजन ने जब सीटी दिया और छुक-छुक करके आगे बढ़ा तो शरीर में अजीब सी सिहरन हुई। रामदरस भैया ने भली-भाँति समझा दिया था, "तुम्हें घुघुली स्टेशन पर उतरना है। बीच में तीन स्टेशन और पड़ेंगे। घुघुली स्टेशन से उतरकर पूछ लेना। महाराजगंज के लिए सीधी सड़क है और वहाँ से गाँव का रास्ता जानते ही हो। जरूरत पड़ने पर दूकानदारों से या पुलिसवालों से पूछना।"

रामदरस भैया को पुलिसवालों पर कुछ ज्यादा ही भरोसा था। बाद में वे भी उत्तर प्रदेश पुलिस में सिपाही हो गए थे और दारोगा होकर रिटायर हुए।

इसके बाद मामा के यहाँ हमेशा मैं ट्रेन से ही जाता था। अमूमन अकेले। घुघुली तक पैदल, वहाँ से खड्डा तक ट्रेन से और खड्डा से नेबुआ तक बस द्वारा। नेबुआ पहुँचने से पहले ही कहने पर कंडक्टर हमें सड़क के किनारे उतार देता था। दरअसल मामा के गाँव से मुख्य सड़क को एक कच्ची सड़क जोड़ती थी। हम वहीं उतर जाते थे और वहाँ से पैदल मामा के गाँव।

गाँव में जब तक रहा, हर साल गर्मी की छुट्टियाँ मामा के यहाँ ही बीतती थीं। किन्तु एक बार गाँव जो छूटा तो छूटता ही चला गया। पढ़ने के लिए गोरखपुर, नौकरी के लिए बड़हलगंज और फिर कलकत्ता। लगभग चार दशक हो गए। इस बीच एक-एक करके चारो मामा चले गए, छोटकी मामी भी चली गईं मगर एक बार ममहर जाने की अभिलाषा पूरी नहीं हो सकी। आज भी एक बार मामा के यहाँ जाकर उस गाँव की धूल माथे से लगाना चाहता हूँ। मेरी दशा आलम की गोपियों जैसी हो गई है।

जा थल कीन्हें बिहार अनेकन ता थल काँकरी बैठी चुन्यों करैं
नैनन में जो सदा रहते तिनकी अब कान कहानी सुन्यों करैं।

किन्तु मेरी इच्छा तो वहाँ बैठकर कांकरी चुनने की ही है। क्या पूरी होगी?

कउड़ा

मुंशी प्रेमचन्द की प्रसिद्ध कहानी है 'कफन', जिसमें बाप-बेटे-घीसू और माधव अपनी झोंपड़ी के बाहर अलाव में भुना हुआ आलू खा रहे हैं और बेटे की जवान बहू बुधिया प्रसव-वेदना से रह-रहकर चीख रही है। प्रसव-वेदना से चीखते-चिल्लाते वह झोंपड़ी में ही मर जाती है और ये दोनो बाप-बेटे भुने हुए आलू खाकर अलाव के पास ही सो जाते हैं।

इस कहानी को पढ़ने के बाद मैं वर्षों तक प्रेमचन्द को यथार्थवादी कथाकार मानने को तैयार नहीं था। मैंने देखा है, गाँव के लोग इतने बेरहम नहीं होते। चाहे जितने भी गरीब हों, यदि किसी के घर की बहू प्रसव-पीड़ा से कराह रही हो तो गाँवभर की स्त्रियाँ उसे घेर लेंगी। देख-भाल दवा-दारू में लग जाएँगी। बच्चा जनने या दर्द से निजात दिलाने के लिए उनके पास तरह-तरह के नुस्खे होते हैं। दर्द से कराहती स्त्री को वे अकेला कभी नहीं छोड़ेंगी। घर के पुरुष भी घीसू-माधव की तरह नहीं होते। वे अपनी बहू को बचाने में कुछ भी उठा नहीं रखते। बहुत बाद में मैं समझ सका कि दरअसल प्रेमचन्द यह बताना चाहते हैं कि शोषण पर आधारित हमारी व्यवस्था ही ऐसी है जिसके कारण घीसू और माधव जैसे काहिल, कामचोर और बेरहम पैदा होते हैं। सारा दोष हमारी व्यवस्था का है।

किन्तु, प्रेमचन्द की कहानी का इतना अर्थ मैं तत्काल समझ गया था कि अलाव की आँच में ऐसी चुम्बकीय शक्ति होती है जिसके समीप आनेवाला हर इंसान उससे चिपकता ही चला जाता है। स्त्री-पुरुष हों या बच्चे, सबके कपड़ों का कोई न कोई कोना अलाव में जला हुआ मिल जाता था। जलने की गन्ध से पता चलता था कि उनका ओढ़ा हुए चद्दर, साड़ी का पल्लू या पैजामे की डोरी अलाव की आग में जल रही है। वे जल्दी-जल्दी बुझाते। एक बार अलाव के किनारे बैठ जाने के बाद उसे छोड़कर जाना बड़ा कठिन होता था।

इसीलिए जिन्हें जल्दी होती थी वे खड़े-खड़े ही पाँव सेंक लेते थे। हालाँकि, झिंगुरी काका के रहते यह सम्भव नहीं था। एक बार तो ठंड से ठिठुरते हुए गया कहार के पैर पर उन्होंने कईन के टुकड़े से मार दिया था, "अगिनदेवता को पैर दिखा रहे हो?" छनमना कर रह गए थे गया।

हमारे यहाँ अलाव को 'कउड़ा' कहते हैं। घीसू और माधव की तरह मैं भी कउड़ा में भुने हुए आलू का दीवाना था। जाड़े के मौसम में जब दरवाजे पर कउड़ा लगता था तो बगल के खेत में नया आलू भी तैयार होने लगता था। मैं सबेरे-सबेरे बिस्तर से उठते ही खेत में जाता, घोहे में से खोदकर आलू निकाल लाता और उसे भूनने के लिए कउड़ा के भीतर धान की भूँसी वाली आग में डाल देता। डेढ़-दो घंटे में आलू भुनकर तैयार हो जाता। कउड़ा में भुने हुए आलू का सोंधापन अद्भुत होता। गरमा गरम इस आलू को हम नमक से खाते अथवा चोखा बना लेते। चोखा बनाते समय हम उसमें नमक, हरा मिर्च, लहसुन के पत्ते और धनिया और सोया के पत्ते की पिसी हुई चटनी डालते और थोड़ा सा कड़ुआ तेल। हमारे जैसे अधिकांश लोगों को इस तरह का चोखा मिल जाने के बाद और किसी तरह की सब्जी की जरूरत नहीं पड़ती।

कउड़ा जाड़े में ठंड से बचने का सबसे सरल और अमोघ साधन तो था ही, उसकी पूरी एक संस्कृति थी। मेरे बाऊजी के जीवन का बड़ा हिस्सा कउड़ा के किनारे आग तापते बीत गया किन्तु वह आग तापनेवाला समय कभी व्यर्थ नहीं गया। किसान के जीवन में खाली हाथ बैठने के लिए कोई जगह नहीं थी। किसान के जीवन का मंत्र था, "ऊठऽ त कोड़ऽ बइठऽ त चिखुरऽ" और किसानों के घर की महिलाओं के लिए, "ए बहुरिया साँस लऽ, ढेंका छोड़ऽ जाँत लऽ।" यानी, आराम करने का अर्थ था काम का बदलाव। ऐसे काम का चयन जिसमें काम करनेवाले अंगों को कुछ देर के लिए आराम मिल जाय। खेत की गोड़ाई खड़े होकर ही की जा सकती है, इसलिए थकान लगने पर बैठ जाने और बैठकर घास चिखुरने का सुझाव दिया गया है ताकि कमर और पैर को आराम मिल सके और काम भी होता रहे। इसी तरह ढेंकी पर धान कूटने का काम खड़े-खड़े ही किया जा सकता है लिहाजा यदि थकान हो जाय तो जाँत पर बैठकर आटा पीसने का काम कीजिए इससे पैर को भी आराम मिलेगा और आटा पीसने का काम भी होता रहेगा।

हमारे गाँवों की बड़ी से बड़ी समस्याओं का समाधान कउड़ा के किनारे बैठे-बैठे हो जाता था। बेटे-बेटियों की शादियाँ, परिवार से लेकर गाँव-जवार के आपसी झगड़े, खेतों-पशुओं आदि की खरीद-बिक्री, वर्षों से चले आ रहे पट्टीदारी के झगड़े, कउड़ा तापते और बतकही करते हल।

मैं जब थोड़ा बड़ा हो गया तो कउड़ा लगाने की जिम्मेदारी मेरी हो गई। बल्कि यों कहें कि मैंने खुद आगे बढ़कर वह जिम्मेदारी ले ली थी। असल में कउड़ा लगाने में मुझे बड़ा मजा आता था। जाड़ा शुरू होते ही कउड़ा लगने लगता था और फगुआ के बाद तक बिना नागा वह रोज लगाया जाता था। सबसे पहले घर के दरवाजे के आसपास कहीं भी उपयुक्त जगह देखकर कउड़ा के लिए गड्ढा खोदा जाता था-गोल आकार में लगभग पौन फुट गहरा। एक बार गड्ढा खोद देने के बाद वह पूरे सीजन भर इस्तेमाल होता था। मौसम बीतने के साथ-साथ वह गड्ढा मिट्टी से भर दिया जाता था और अमूमन वही गड्ढा अगले सीजन में फिर दोबारा इस्तेमाल होता था।

कउड़ा लगाने का काम मैं शाम को दिन डूबने से आधा घंटा पहले ही शुरू कर देता था। सबसे पहले उस गड्ढे में गोहरा को तोड़कर आवश्यकतानुसार डालता, उसके ऊपर धान की भूसी, फिर पइया धान का कुछ अंश, फिर पुरकेसा और अन्त में सबसे ऊपर पुआल अथवा पेड़ों के सूखे पत्ते या गन्ने के सूखे पत्ते आदि। कउड़ा तैयार करने के बाद उसमें आग लगाता-बड़ी शान से। जब कउड़ा धधककर जलने लगता तो आसपास के लोग अपने आप खिंचते चले आते। शंकर भैया, गया, दुखी काका, राम नयन, बड़कू भैया और कभी-कभी उपधिया के टोले से झिंगुरी काका। यद्यपि इनमें से अधिकांश घरों में कउड़ा लगता था किन्तु बतकही की लालच सबको अमूमन मेरे घर खींच लाती। मेरा घर सबके बीच में पड़ता था और मैं खूब रुचि से कउड़ा भी लगाता था। डर के मारे मेरे रोएँ खड़े जाते थे जब राम बिरिछ भैया पुरनका टोला के बँसवारी में रहनेवाली चुड़ैल का आँखों देखा हाल बयान करने लगते। उन्होंने उसे देखा है, ऐसा उनका दावा था। वे कहते, "वह काली भुजट्ट थी, बड़े-बड़े दाँत थे, हुँड़ार जैसा मुँह था, लम्बे-लम्बे जमीन तक घिसटनेवाले बाल थे, सफेद लक-लक करती साड़ी पहने हुए थी, किन्तु उसके पंजे पीछे की ओर मुड़े हुए थे। मुझे वह बुला रही थी, जब वह मुँह खोलती तो उसके मुँह से आग निकलती थी। मैं हनुमान चलीसा पढ़ते हुए भागा। इसीलिए वह पीछे से दौड़ा नहीं सकी और मैं सीधे घर आकर दादा से चिपक गया।" उनके विश्वास दिलाने पर मैंने भी हनुमान चालीसा रट लिया और कई बार उनसे निहोरा किया, "मुझे भी एक दिन बँसवारीवाली चुड़ैल को दिखाने ले चलिए न, मुझे तो पूरा हनुमान चालीसा याद है, चुड़ैल क्या कर लेगी?" उन्होंने कई बार आश्वासन भी दिया किन्तु दिखाने नहीं ले गए।

कउड़ा तापते हुए जब लोग तरह-तरह की झूठी–सच्ची कहानियाँ कहते तो हम लोग बड़ी उत्सुकता से सुनते। हमें खूब आनन्द आता। शुरू में, आग धधकते समय

लोग खड़े-खड़े ही कउड़ा तापते और कुछ देर बाद जब आग की लपटें सिमट जातीं तो कउड़ा को घेरकर बैठ जाते।

कउड़ा के किनारे बैठने के लिए आम तौर पर बींड़ा का इस्तेमाल होता था। बींड़ा, पुआल का बनाया जाता था। पहले पुआल की एक चोटी जैसी बना ली जाती थी और उसके बाद उस चोटी को कलात्मक ढंग से लपेटकर बींड़ा तैयार कर लिया जाता था। जरूरत के अनुसार बींड़ा छोटा या बड़ा बनाया जाता था। इसमें कोई खर्च नही आता और एक बार बना लेने के बाद बींड़ा पूरे सीजन भर आसानी से चल जाता था। झिंगुरी काका बींड़ा बनाने में माहिर थे। शंकर भैया भी अच्छा बींड़ा बनाते थे। कउड़ा के किनारे बैठने के लिए बींड़ा जैसा आरामदेह और मुलायम कुछ भी नहीं था।

पहले बता चुके हैं कि कउड़ा में जिस मूल्यवान वस्तु का इस्तेमाल सबसे पहले किया जाता था उसे 'गोहरा' कहते हैं और इसके टुकड़े को 'करसी'। इसे ही कुछ लोग 'उपला' और 'कंडी' भी कहते है। 'चिपरी' भी इसी की एक प्रजाति है जो दीवालों पर सूखने के लिए चिपका दी जाती है और चार-पाँच दिन में सूख जाने पर इस्तेमाल की जा सकती है।

चिपरी या करसी के अलावा हम अलाव में 'गोइँठा' का भी इस्तेमाल करते थे। उन दिनों परती खेत बहुत होते थे। उन खेतों में और रेहाव नदी के किनारे के मैदानों में भी गाय-भैंस के झुंड चरा करते थे खुल्ला। वे चरते-चरते गोबर भी करते रहते थे। ऐसे गोबर जब वहीं खेतों में सूख जाते थे तो गरीब घरों की महिलाएँ उन्हें बीन लाती थीं। ये छोटे-बड़े टुकड़ों में होते थे, शायद इसीलिए इन्हें गोइँठा कहा जाता था। पिपराही काकी का भोजन तो गोइँठा के सहारे ही बनता था। उनके पास खेती बहुत कम थी इसीलिए छब्बे काका ने कभी कोई गाय या भैंस नहीं पाला। काकी हमारे बगइचा में से लकड़ियाँ बीन लाती थीं और सरेह में से गोइँठा। गोइँठा से भरी हुई खाँची अपने सिर पर रखकर, अपने दोनो हाथों को ऊपर करके उसे पकड़ी हुई जब जवान और अल्हड़ काकी मेरे खेत के किनारे से होकर मटकती हुई गुजरतीं तो मेरी पलकें, झपकना भूल जातीं। एक बार तो उन्होंने टोक ही दिया था, "ए, बाबू! का निहारताड़ऽ? जवान मेहरारू नाई देखलेबाड़ऽ का?" और मैं झेंप गया था। ऐसी गँठीली और हँसमुख काकी का भी छब्बे काका छोटी-छोटी बातों को लेकर आए दिन सरेआम पिटाई कर दिया करते थे। जब भी काका उन्हें मारते, काकी उन्हें चिल्ला-चिल्लाकर तरह-तरह की गालियों से नवाजतीं किन्तु खुद कभी हाथ नहीं उठातीं। एक बार जब काका उनकी पिटाई कर रहे थे और काकी चिल्ला रही थीं तो बदरी काका से नहीं रहा गया। वे पहलवान आदमी थे।

छब्बे काका की ओर दहाड़ते हुए झपटे। यह देखते ही काकी चंडिका बन गईं और डपटते हुए बदरी काका के सामने खड़ी हो गईं, "हमार मरद हमके मारताऽ, तुहार का फाटताऽ? के हवऽ बीच में टपकेवाला?" और बदरी काका अपना सा मुँह लेकर लौट गए थे।

चूल्हे में एक-दो लकड़ी के टुकड़ों के साथ गोइँठा जोड़ देने पर भोजन बन जाता था। गोहरा या चिपरी बनाने से लेकर गोइँठा बीनने का काम भी जाड़े के दिनों में ही होता था। उन दिनों रबी की फसल कम बोई जाती थी क्योंकि सिंचाई के साधन बहुत कम थे। कच्चे कुएँ खोदकर ढेंकली के सहारे रबी की फसल की सिंचाई करना बहुत कठिन था। खेती ज्यादातर मौसम की बारिश पर ही निर्भर थी। इसीलिए खरीफ की फसल पर ही सारा जोर होता था। जाड़े में ज्यादातर खेत परती रहते थे जिनमें पशुओं के झुंड चरा करते थे।

गोहरा तथा चिपरी हर घर में तैयार होती थी। जाड़ा शुरू होते ही गोहरा बनना शुरू हो जाता था। गोबर में पुरकेसा को उचित अनुपात में मिलाकर महिलाएँ उसे लम्बे-लम्बे आकार का बना लेती थीं। उन्हें धूप में छल्ली बनाकर रखा जाता था, सूखने के लिए और क्रमशः आकार बढ़ाते हुए। ऐसा दूसरे-तीसरे दिन करना पड़ता था—जब थोड़ा गोबर इकट्ठा हो जाता था। दस-बारह तह हो जाने के बाद उसके ऊपर से गोबर का ही लेप कर दिया जाता था। अब 'खन्हा' तैयार। बरसात आने से पहले खन्हें का गोहरा घरों में रख लिया जाता था और कउड़ा के अलावा बरसात भर जलावन के काम आता था और सबसे मजेदार यह कि लिट्टी-चोखा लगाने के काम। गोहरा पर बननेवाली लिट्टी और आलू बैगन के चोखे का स्वाद अलौकिक होता था।

जाड़े में खिचड़ी (मकर संक्रान्ति) के आसपास ठंड अपने शबाब पर होती थी। सूरज आँख-मिचौनी खेलने लगता था। धूप के लिए लोग तरसने लगते थे। कुहरा से सारा आकाश आच्छादित हो जाता था। ऐसी ठंड से बचने के लिए हम बच्चे जोर-जोर से समूह में गाकर भगवान से प्रार्थना करने लगते थे।

दई-दई घाम करऽ, खिचड़ी बिहान करऽ,
तोहरे बलकवा के जड़वऽ ताऽ
गोइँठा बिनि बिनि तापऽ ताऽ

रात में सूता पड़ने के घंटों बाद तक भी कई लोग कउड़ा तापते रहते। जैसे-जैसे आग की आँच कम होती उसे कुरेदते रहते। सबसे अन्त में बाऊजी कउड़ा तापकर उठते। उठने से पहले वे आसपास की सारी राख इकट्ठा करके कउड़ा के ऊपर छाप देते।

इसका फल यह होता कि सबेरे उठकर जब फिर से वे कउड़ा तापने के लिए जाते और ऊपर की राख हटाते तो फिर से वही आँच तापने को मिलती। इतना तापने के बावजूद कउड़ा के आग की आँच दिन में दोपहर तक बनी रहती।

बहरहाल, मैं कह रहा था कि कउड़ा सिर्फ ठंड से बचने के लिए एक साधन मात्र नहीं था बल्कि, वह एक संस्कृति थी जो लुप्त हो गई। कउड़ा को लेकर न जाने, कितनी कहावतें लोगों की जबान पर रहती थीं जैसे "जेकर कउड़ा तापै / तेकर अंड़ुआ दागै।" अब भी ज्यादा ठंड बढ़ती है तो शहरों में म्युनिसिपैलिटी वाले जगह-जगह लकड़ियाँ जला देते हैं और उसे अलाव कहते भी हैं, किन्तु वास्तव में अलाव कुछ और ही होता था। वह चितवनि औरे कछू...।

पहले जाड़े में पहनने के लिए बहुत कम लोगों के पास स्वीटर होता था, कितने बच्चे तो 'भगई' पहनकर जाड़े में भी घूमते रहते थे। किन्तु गाँवों में ठंड से मौत की खबर सुनने को बहुत कम मिलती थी। इसका सबसे बड़ा कारण था कउड़ा। सुबह-शाम दोनों वक्त कउड़ा। बूढ़ों की ठंड भी भाग जाती थी कउड़ा देखकर। यद्यपि जाड़ा खुद कहता है,

लइकन के हम छूअब नाहीं जवनका लगें गुरुभाई,
बुढ़वन के हम छोड़ब नाहीं चाहे केतनों ओढ़े रजाई।

शाम होते ही कउड़ा तापने लोग बैठ जाते और रात में भोजन के बाद बिस्तर पर। सुबह उठते ही फिर कउड़ा के किनारे। जिस बिस्तर पर सोते वहाँ जाड़ा नहीं पहुँच पाता। वह बिस्तर पुआल का होता। बिस्तर लगाने का काम भी मेरा ही था। हफ्ते में एक बार लगाता। पुरवट से पुआल ले आता और बरामदे में पुआल की मोटी परत-इतनी मोटी कि उसपर गद्‌दा बिछ जाने पर छोटे बच्चे जब धमाचौकड़ी मचाते तो उसमें धँस से जाते। कभी-कभी मेरा भी उसमें धँसने का मन करता। बिना खर्च के इतना आरामदेह बिस्तर पता नहीं कहाँ खो गया। पुआल की मोटी परत को बराबर करने के बाद ऊपर से गद्‌दा या गुदरा जिन्हें घर की महिलाएँ पुराने कपड़ों को सजाकर खुद सिल लेतीं। पुआल के उस बिस्तर पर आनेवाली नींद का बखान नहीं किया जा सकता। चाहे जितना भी जाड़ा हो, सोने और कुछ देर बाद ही दन्दा जाने के बाद जाड़े की हिम्मत नहीं होती थी कि वह पास में भी फटक सके। सम्पन्न घरों के जो लोग मसहरी (खाट) पर या तख्ते पर सोते, वे भी उसके ऊपर पहले पुआल की एक परत जरूर बिछा लेते ताकि उन्हें जाड़ा न लगे।

पुरवट लगाना एक कला थी जो लगभग सबको आती थी। पुआल की ढेर इस तरह सजाया जाता कि बरसात भर चाहे जितना भी पानी बरसे, पुआल तनिक

भी नहीं भीगता था। दरअसल पुआल की ढेर सजाने के बाद अन्त में सबसे ऊपर के हिस्से को बीच में ऊँचा और दोनो तरफ ढाल कर दिया जाता था, ठीक छप्पर की तरह। बरसात में पानी दोनों तरफ सरककर गिर जाता था। जिसके खलिहान में पुरवट जितनी ही ऊँची होती थी उसे उतना ही धनी मान लिया जाता था। हमें भी अपनी ऊँची पुरवट देखकर गौरव का बोध होता था। एक बार तो जब मैं अपनी पुरवट से पुआल निकाल रहा था, तिरबेनी काका आ गए। उन्हें चुहल सूझी। पूछ बैठे, "बाबू, सुनते हैं कि पढ़ने में बहुत तेज हो। हमारे सवाल का जवाब दे दो तो जानें" और पूछ बैठे, "जब हाहाकार और महाकार में युद्ध हो रहा था तो मेदिनी कहाँ थी? "मैंने तो हाहाकार और महाकार का नाम भी नहीं सुना था। मैं भौचक्का होकर उन्हें देखने लगा। फिर ठहाका लगाते हुए उन्होंने ही जवाब भी दिया। "पुरवट पर थी।" मैं समझ न सका तो उन्होंने समझाया, "हाहाकार और महाकार दो कुत्ते थे जो आपस में लड़ रहे थे और मेदिनी बिल्ली का नाम था जो उनके डर से उछलकर पुरवट पर चढ़ गई थी।" मैं भी हँसने लगा।

हम रोज ही पुरवट से पुआल निकालकर पशुओं के चारे के लिए ले आते। बाऊजी गँड़ासी से छाँटी काटते, दोनों बैलों के खाने भर का। रोज यही काम था। बाद में जब चारा काटनेवाली मशीन आ गई तो मशीन चलाने में मैं सहयोग करने लगा।

अब लोग जाड़े में ठिठुरते हैं, दिन चढ़ जाने तक अपने विस्तरों में दुबके रहते हैं और ठंड से बीमार होकर मरते भी हैं क्योंकि ठंड से बचने का अचूक साधन कउड़ा को वे बचा न सके या हम कह सकते हैं कि बढ़ते मशीनीकरण व्यवस्था ने कउड़ा की संस्कृति को अपने हित में खत्म कर दिया। अब चाहकर भी हम कउड़ा नहीं लगा सकते क्योंकि कउड़ा के लिए साधन अब गाँवों में नहीं है। न चिपरी है, न गोहरा है, न पुरकेसा है, न पइया है और न पुआल है।

पहले हमारे घरों में ढेंकी होती थी और घर की महिलाएँ खुद धान कूट लेती थीं। इससे एक ओर शरीर की कसरत भी हो जाती थी और धान की भूँसी कउड़ा लगाने तथा घर में चूल्हे के लिए इस्तेमाल की जानेवाली लकड़ी के सपोर्ट में भी काम आती थी। घरों से ढेंकी जब गायब हुई तो आसपास की धान कूटनेवाली मशीनों में भी धान कुटाने पर भूसी मिल जाती थी और हमारे काम आती थी, किन्तु अब तो हर घर के सामने धान कूटने की मशीनें, ट्राली में सजाकर लोग ले आते हैं और साल भर तक खाने के लिए धान कूट कर दे जाते हैं। धान की भूँसी कूटनेवाले लोग ही लेकर चले जाते हैं। लिहाजा, धान की भूसी भी अब गाँव से नदारत हो गई। अन्य चीजें हैं पइया, पुरकेसा और पुआल। अब खेत में ही कम्पायन से धान

की कटाई हो जाती है और खेत में ही उसकी ओसउनी भी। सिर्फ धान घर में आता है। कम्पायन से काटने पर डंठल का बड़ा हिस्सा खेत में ही खड़ा रह जाता है जिन्हें बाद में जला दिया जाता है। इससे सबसे बड़ा नुकसान यह होता है कि डंठल जलाते समय खेत के लिए अत्यन्त उपयोगी किसान के दोस्त केचुए तथा अन्य कीड़े-मकोड़े जलकर मर जाते हैं। खेत की उर्वराशक्ति नष्ट हो जाती है। पुआल घर में आता ही नहीं। घरों में पशु भी नहीं हैं इसलिए पुआल की जरूरत पशुओं के चारे के रूप में भी नही होती। कउड़ा अब कथा-कहानियों में ही बचा है। कउड़ा अब लौटेगा भी नहीं और न उसकी संस्कृति। हे कउडा! तुम्हें मेरी भावभीनी श्रद्धांजलि।

कमली के विवाह में ड्रामा

कमली के विवाह में बारात बरवाँ से आई थी लेकिन सट्टा रामपुर के नाच का ही था। झिंगुरी काका के घर के बगल में पीपल के पेड़ के नीचे तम्बू लगा था। डोलड़ाल होने के लिए पुरनका टोला की पोखरी नजदीक पड़ती थी।

पुरनका टोला यद्यपि उजड़ चुका था किन्तु टोले का इकलौता इनार अभी भी इस्तेमाल में था। राम बिरिछ भैया के पिता जी, जिन्हें मैं 'बड़का दादा' कहता था, डोलड़ाल होने के बाद रोज सबेरे उसी इनार के जल से दतुअन करते, नहाते और मेरे उजड़ चुके घर के सामने स्थित काली माई के थान पर हाथ जोड़कर बैठ जाते और थोड़ी देर तक ध्यान लगाने के बाद ही घर लौटते। नहाने का उनका ढंग निराला था। वे गगरा के मुँह में उगहन फँसाकर सर्कवासीं लगाते और ताबड़तोड़ तीन-चार गगरा पानी भरकर अपने सिर पर उँड़ेल लेते। एक ही हाथ से उलटकर वे जब पीतल के गगरे का पानी सीधे अपने सिर पर उँड़ेलते तो उनके मुँह से "हर हर गंगे" की ध्वनि स्वत: फूटने लगती। जेठ के महीने में भी कुएँ का पानी इतना ठंडा रहता कि उस पानी से एक बार नहा लेने के बाद सारी थकावट दूर हो जाती और चार-पाँच घंटे तक शरीर में ताजगी बनी रहती।

धुँधलका होते-होते द्वारपूजा होने लगी थी। बारात तो दिन डूबने से पहले ही गाँव के बाहर आ गई थी। द्वारपूजा के लिए बारातियों को थोड़ा इन्तजार करना पड़ा था। फिर अगुआनी हुई। घरतिहा लोग बारात की अगुआनी के लिए गाँव के बाहर तक गए थे। अगुआनी के समय अंग्रेजी बाजा बज रहा था। एक पगड़ीधारी आदमी 'सिंहा' भी बजा रहा था। कुछ लोग 'सिंहा' को 'धुतुंगा' भी कहते थे। अब वह बाजा दिखाई नहीं देता है। समधी और उनके भाइयों को माला पहनाकर स्वागत किया गया। बाकी बारातियों का यथायोग्य हाथ जोड़कर।

हमारे गाँव में पटनवारों के चार घर थे। चारों सबसे खेतिहर। बड़का टोला पर खेदू दास और हरदुआर दास, केदार काका के टोले पर रामचन्दर दास और मेरे अर्थात सुकुल के टोले पर झिंगुरी दास। हरदुआर दास की गाँव में प्रतिष्ठा खेती के बल पर ही थी और वे कई बार गाँव के निर्विरोध प्रधान बने थे। रामचन्दर दास भी बड़े खेतिहर थे और वे भी कई बार प्रधान रहे। उन्हें लोग फरिसगाट कहते थे क्योंकि वे काफी दिनों तक फारेस्ट गार्ड रह चुके थे। गाँव में जो सरकारी प्राइमरी स्कूल है उसकी नींव उन्हीं के कार्यकाल में पड़ी थी। मेरा वे बहुत सम्मान करते थे और गाँव की प्रगति के सम्बन्ध में समय-समय पर मुझसे भी राय-मशविरा किया करते थे। गाँव में सरकारी स्कूल खोलने के प्रेरकों में मेरी भी भूमिका थी। अपने टोले के झिंगुरी दास को मैं झिंगुरी काका कहता था। इनमें सबसे सम्पन्न खेदू दास ही थे। उन्हें 'महतो' कहा जाता था। खेदू दास को मैंने नहीं देखा है किन्तु उनकी पत्नी 'महतीन' को देखा है। भारी डीलडौल वाली साँवले रंग की महतीन विधवा होने के कारण सफेद सूती साड़ी पहनती थीं और अपने विशाल बखरी खपड़ैल घर के ओसारे में आसन जमाती थीं। उनकी आवाज भी बिलकुल मर्द जैसी थी। उनका कोई बेटा नहीं था। एक बेटी थी जो शादी के बाद अपने ससुराल चली गई थी। महतीन अमूमन अकेले ही रहती थीं। उनके घर के ओसारे में एक विशाल पलँग पड़ा रहता था, लोग उसे मसहरी कहते थे। उस जमाने में भी सबके सामने उस मसहरी पर विराजने में महतीन को किसी तरह का संकोच नहीं होता था। उन्हें कभी-कभी हुक्का गुड़गुड़ाते हुए भी देखा जा सकता था। उनका शानदार हुक्का उनकी मसहरी के बगल में पड़ा रहता था। महतीन का असली नाम सम्पाती था।

झिंगुरी काका भी खेतिहर थे। वे बाऊजी के सखा थे और उनकी पत्नी माई की सखी। इस दोस्ती में मैंने कभी खटास आते नहीं देखा। उनके बेटे प्रेम सागर पटेल ने अपने पिता के नाम पर गाँव में ही एक विद्यालय खोल रखा है, जी.डी. जूनियर हाई स्कूल।

झिंगुरी काका की एक ही बेटी थी। इसीलिए बेटी के बिआह में उन्होंने खुलकर खर्च किया था। द्वारपूजा में हाथी भी आया था और एक सौ से ऊपर बाराती भी। सभी बारातियों को बुनियाँ और सेव के साथ उन्होंने भरपेट शर्बत भी पिलाया था। शर्बत में दही डाला गया था। जेठ का महीना था। सभी बारातियों ने कई-कई गिलास शर्बत पिये थे।

द्वारपूजा के बाद बाराती तम्बू के नीचे आकर अपना-अपना डेरा जमा लिए। दुलहा, सहबाला, समधी और उनके अन्य सगे रिश्तेदारों के लिए तम्बू के मध्य भाग में बिछी दरी के साथ ऊपर से कुछ मुलायम गद्दे भी लगा दिये गए थे।

बाकी बारातियों के लिए तम्बू के नीचे अलग-अलग गद्दे और उन पर चद्दर। कुछ चारपाइयाँ भी थीं जिन्हें ग्रामवासियों से माँगकर इकट्ठा कर लिया गया था। कुछ बुजुर्ग और सम्मानित लोगों ने उन पर आसन जमाया था। एक मुलायम गद्देवाली खास चारपाई थी जिसपर समधी के गुरु ने आसन जमाया था। घंटा भर आराम करने के बाद भोजन के लिए आमंत्रण आया। बाराती हमारे अतिथि थे। उनके भोजन करने के बाद ही घराती भोजन कर सकते थे। भोजन के लिए बाराती बैठ गए। पुरइन के पत्ते पर दही चिउड़ा परोस दिया गया। पुरइन का पत्ता इसी उद्देश्य से सुरहा ताल से मँगाया गया था। दही-चिउड़ा खाने के तुरन्त बाद गरम-गरम पुड़ी सब्जी दी जानी थी। उन दिनों यही परम्परा थी। यज्ञ-परोजन में दही-दूध की कमी नहीं पड़ती थी। उधर घर में परदे के पीछे महिलाएँ गारी गा रही थीं,

"केकरे अँगना जेवनार बनल बा कवन भँड़ुआ जेवन आयो, हाय सिया राम से भजो।

झिंगुरी बाबू के अँगना जेवनार बनल बा, समधी भँड़ुआ जेवन आयो, हाय सियाराम से भजो।"

"आया है कैसा जमाना जी वाह वाह
समधी पटेल राम ऐसे हुए हैं,
अपने बहिनी के करेंलें बयाना जी वाह वाह।"

गाढ़ा दही चिउड़ा और भेली सबके सामने परोसा हुआ था, सबको भूख भी लगी थी किन्तु सभी बाराती चुपचाप बैठे थे। दुलहा भोजन नहीं कर रहा था। रिसियाया हुआ था। उसे मनाना जरूरी था। दुलहा के भोजन करने के बाद ही दूसरे लोग भोजन कर सकते थे। दुलहा के सामने एक चमचमाती हुई एचएमटी घड़ी और टू बैंड का नेल्को ट्रांजिस्टर लाकर रख दिया गया। नई चमचमाती हुई सायकिल भी बाहर ओसारे में खड़ी कर दी गई। दस-दस के दो और एक रुपये का एक नोट भी दुलहा के सामने रख दिया गया। इसके बाद भी सभी लोग मिन्नत कर रहे थे। दुलहे का मुँह सीधा नहीं हो रहा था। महिलाएँ भी भूखी थीं। उन्हें तो घरातियों के खा लेने के बाद ही भोजन करना था। गारी का लक्ष्य अब न खानेवाला दुलहा हो गया था।

"चिट्ठी बाँचि ल हो बाबू बरवाँ के, चिट्ठी बाँचि ल
तुहार बहिनी छिनार, घूमें नदुआ बजार
खाएँ पेंड़ा नमकीन, मरद खोजें शौकीन
अबहिन बाड़ी कमसिन, चिट्ठी बाँचि ल।"

"रहरी के तीन पत्ता, तीनों कचनार हो,
दुलहा के तीन बहिनियाँ, तीनो छिनार हो।"

अन्त में गुरु बाबा को बुलाया गया। उन्होंने डाँटते हुए खाने का आदेश दिया तब जाकर दुलहे ने कौर उठाया। इसके बाद बारातियों ने भोजन किया। बाराती भोजन करके जब जाने लगे तो गारी गानेवाली महिलाओं के स्वर में और भी उमंग छा गया था।

"भागा भागा बहनचोद भागाऽ। अपने दीदी के भँडुआ भागा..."

गुरू महराज के साथ पुरोहित और एक अन्य ब्राह्मण देवता केवल दही-चिउड़ा खाए। पूड़ी सब्जी को उन दिनों कच्चा भोजन माना जाता था जिसको खाने से छूत लगती थी। दही-चिउड़ा खाना निरापद था। वह पक्का भोजन था। इसीलिए उन दिनों ब्राह्मण लोग आमतौर पर पक्का भोजन ही करते थे। बारातियों के भोजन कर लेने के बाद घराती भोजन करने बैठे। बाऊजी के साथ मैं भी भोजन करने लगा। बाऊजी तो दही-चिउड़ा ही खाए किन्तु मुझे पुड़ी सब्जी खाने की छूट थी। अभी बालक जो था। जनेऊ नहीं हुआ था। भोजन के बाद मैं वहीं नाच देखने लगा। मेरी स्मृति में नाच देखने का यह पहला अनुभव था।

कमली के बिआह में आई नाच में मैं पहली बार भागीरथी को मेहरारू बनकर तबले पर थिरकते देखा था। उन दिनों लड़कों को ही साड़ी पहनकर लड़कियों का भी रोल करना पड़ता था। भारतेन्दु हरिश्चन्द्र के फुफेरे भाई और प्रख्यात लेखक बाबू राय कृष्णदास की पौत्री डॉ. प्रतिभा अग्रवाल को भी कलकत्ता जैसी सांस्कृतिक नगरी में नाटकों में स्त्री का रोल करने के लिए बड़े पापड़ बेलने पड़े थे। वह कहानी एक दिन उन्होंने मुझे बताया था। फिर गाँवों में होनेवाले ड्रामों में अभिनय के लिए लड़की के भाग लेने की तो कल्पना भी नहीं की जा सकती थी।

भागीरथी को बुजुर्ग लोग 'नाचन' कहकर भी पुकारते थे। परदे के पीछे से ज्यों ही नाचन थिरकते हुए मंच पर आए, दर्शकों के शरीर में करंट दौड़ गया, सीटियाँ बजने लगीं और जहाँ-तहाँ नचदेखवा खड़े हो गए। बैठाने के लिए लोगों को बड़ी मशक्कत करनी पड़ी।

"सरौता कहाँ भूल आए प्यारे ननदोइया-2"

सिर्फ एक ही पंक्ति पर लगभग आधे घंटे तक तरह-तरह से ठुमका लगाते जिस दिन मैंने नाचन को देखा था उसी दिन से उन पर ऐसा फिदा हुआ कि आसपास के गाँवों में उनकी नाच का सट्टा सुनकर देखने जाने से नहीं रोक पाता था। छरहरे बदन के गोल चेहरेवाले नाचन को जब भी साड़ी पहनकर मंच पर उतरते देखता तो खड्डा-सिसवा रेल में यात्रा के दौरान सूरदास से सुने गीत की नायिका राधा की मूर्ति आँखों के सामने तैरने लगती। "लकलक पातर गोर राधे, पातर लकलक गोर।"

राधा क्या नाचन से ज्यादा सुन्दर रही होंगी? "अँखिया बुझाला जे ठाकुर जी हउवें।" राधा की आँखों का नहीं पता किन्तु राधा बने नाचन की आँखें सचमुच ठाकुर जी को फेल करती थीं। नाचन के माथे की बिन्दी, नासिका की कील, षोडशी जैसे उरोज और जूड़े के बन्धन से मुक्त होने को छटपटाती नागिन जैसी लटकती लटें, इसके अलावा सजने-सँवरने की जरूरत ही क्या थी नाचन को?

नाचन धरिकार जाति के थे। लगभग भूमिहीन पिता के पाँच भाइयों में दूसरे नम्बर पर। उन दिनों धरिकार अछूतों में भी सबसे निचले पायदान पर माने जाते थे। गाँव के चमार अपने को धरिकारों से ऊँचा समझते थे। दलितों के भीतर के इस स्तर-भेद को देखकर ही डॉ. भीमराव अम्बेडकर जैसे असाधारण योद्धा ने जाति प्रथा के खिलाफ लड़ाई में अपने हथियार डाल दिये थे और थक हारकर बौद्ध धर्म में दीक्षित हो गए थे।

नाचन के पाँचो भाई एक से बढ़कर एक टठगर और बलिष्ठ थे, अपने पिता धुतू की तरह। उनके माता-पिता दोनो परानी गाँव के अनेक ब्राह्मणों-ठाकुरों की तुलना में अधिक सुन्दर और साफ रंगवाले थे। बेना-डगरा बनाना और बेचना उनका पुश्तैनी पेशा था। नाचन को छोड़कर उनके चारों बेटे झरिया की कोइलरी में चले गए और रिटायर होने के बाद ही लौटे। बीच-बीच में वे गाँव आते थे और अपने रोब-दाब का प्रदर्शन करके चले जाते थे। नाचन को नाच का ऐसा चस्का लगा कि उन्ही के बलपर गाँव में लोगों ने नाच की मंडली बनाई और लगन के दिनों में घूम-घूमकर सट्टा नाचने लगे।

कमली के बिआह में लैला-मजनूँ का ड्रामा हुआ था। नाचन ने लैला का रोल किया था। भिनसहरा होने तक ड्रामा चला था लेकिन बाराती के साथ नचदेखवा उसके बाद भी जमे रहे और तबतक नाचन को नचाते रहे जब तक पूरब की ओर लालिमा नहीं छाने लगी।

नचनिया और तबलची को उन दिनों सबसे ज्यादा मेहनत करनी पड़ती थी। रात में तो नाचना पड़ता ही था नचनिया को दिन में भी नाचना पड़ता था। खास तौर पर मरजाद के दिन शिष्टाचार के समय। दोपहर में भोजन के बाद तिजहरिया को जब शिष्टाचार होता था और दोनों पक्ष के लोग सभा में शास्त्रार्थ करते थे तो उसके बाद नचनिया को भी बारातियों के मनोरंजन के लिए नाचना पड़ता था। इस समय नचनिया ज्यादा सज-धजकर मंच पर नहीं उतरता था किन्तु नृत्य का प्रदर्शन तो करना ही पड़ता था। शिष्टाचार के दौरान बारातियों और घरातियों की ओर से आए नाऊ अपने-अपने पक्ष के लोगों पर बड़े-बड़े पंखों से हवा करते थे। शास्त्रार्थ के बाद मेवे बाँटे जाते थे, खास तौर पर कटे हुए गड़ी-छुहाड़ा के टुकड़े।

इत्र भी छिड़के जाते थे। बच्चे गरी-छुहारा बाँटनेवाले के हाथों की ओर टूट पड़ते थे। मुझे भी एक मुट्ठी गड़ी-छुहाड़ा हासिल हो गया था किन्तु इसे पाने में बाऊजी की मुख्य भूमिका थी जो वहाँ मौजूद थे। उन्होंने मुझे उस सभा में पढ़ने के लिए "गजाननं भूत गणादि सेवितं...।" वाली गणेश बन्दना रटा दिया था जिसकी सस्वर प्रस्तुति करके मैं बहुत गौरवान्वित था।

घरतिहा की ओर से पंडित थे रामबिरिछ भैया। वे पड़ोसी भी थे। भोजन के बाद जब शादी होने लगी तो महिलाएँ घेरकर बैठ गईं। शादी कराने में रामबिरिछ भैया भी अपनी पंडिताई दिखाने लगे। आधी रात होते-होते दुलहिन और दुलहा दोनो ऊँघने लगे। दोनों बच्चे थे। दोनों की उमर लगभग पन्द्रह साल की थी। खेलने-खाने की उमर थी। शादी के महत्त्व से दोनों अपरिचित थे। दुलहे को बार-बार मुँह धोकर आने को कहा जाता, लेकिन फिर भी नींद अपना प्रभाव नहीं छोड़ती। अन्त में बाऊजी ने हस्तक्षेप किया.

"ए राम बिरिछ, जल्दी खतम करऽ, लइके सूतत बाँड़ें। उनके ऊपर तोहरे पंडिताई के कवनो असर नाईं बा।"

राम बिरिछ भैया को अपनी भूल का अहसास हुआ और उन्होंने जल्दी जल्दी अग्नि के फेरे लगवाए, कन्यादान और उसके बाद सेनुरदान का रसम पूरा कराया।

❑

इस बार गाँव गया तो भागीरथी को भव्य विग्रहवाले साधु के वेश में देखा। सफेद सँवारी हुई दाढ़ी, लम्बी जटा, ललाट पर चन्दन का तिलक, गले में तुलसी की माला, बगल में कमंडल और एक दंड धारण किये भागीरथी पहुँचे हुए संत लग रहे थे, किन्तु साधु का बाना धारण करके भी सरल ह्रदय नाचन गाँव नहीं छोड़ सके। यदि सधुआने के साथ ही उन्होंने गाँव भी छोड़ दिया होता और किसी मठ पर जाकर आसन जमाया होता तो निस्सन्देह आज सैकड़ों क्या हजारों मे उनके चेले होते और लाखों करोड़ों में खुद भी खेल रहे होते। पहली नजर में उनके विग्रह की भव्यता किसी को भी आकृष्ट कर लेगी। अब तो उनका आठवाँ दशक समाप्त होने को है, कान जवाब देने लगे हैं और जवानी के दिनों की यादें भी।

मैं अपने पुराने दिनों की नृत्य कला के बारे में बातें करने के उद्देश्य से भागीरथी से मिलने गया था। मुझे देखते ही उन्होंने पहुँचे हुए संत की तरह बड़े अदब के साथ बैठने का आग्रह करते हुए कहा, "बन्दगी साहेब"।

हमेशा 'अम्मर बाबू' कहकर पुकारनेवाले भागीरथी भैया की जबान से 'साहेब' शब्द सुनकर मैं भी 'भैया' कहने का साहस न कर सका।

"संत जी, अपनी जवानी के दिनों में जब आप ड्रामा खेला करते थे, उसके बारे में अपने कुछ अनुभव बताइए। कौन-कौन से ड्रामा खेलते थे आप लोग?"

'चन्द्रभूप', 'सुनकेसर', 'सोरठी बिरजाभार', 'सदाबृज सारंगा', 'गरीब के किस्मत', 'गोपीचन्द' और..." याद करने लगे संत जी। "बाबू अब याद नाहीं आवता..." संत का बनावटी चोला छोड़कर अपने असली रूप में आ गए थे भागीरथी भैया।

"तोहरे साथे अउर के रहल ड्रामा के टीम में?"

"चौक के मुस्तफा, सिसवनिया के फूलचन्द नेटुआ, अपने गाँव के निद्धू, बीपत और..."

"साड़ी पहिन के नाचि तऽ फूलोचन्द खूब बढ़ियाँ करें।" उन्होंने थोड़ी दूर पर बैठकर बेचने के लिए मूँगफली भून रहे फूलचन्द की ओर संकेत किया। "सोरठी बिरजाभार तवऽ इनहीं के अगुआई में होत रहे।"

फूलचन्द के मुरझाए चेहरे पर मुस्कान थिरक आई। वे हमारी बातें सुन रहे थे। उन्होंने बताया कि, "ड्रामा लिखने का काम पड़री के खलील मास्टर और रहमद मियाँ तथा बउलिया के उसमान गनी करते थे। लोग कॉपी में उतार लेते थे और उसी से रिहर्सल करते थे। ड्रामे की कोई किताब नहीं थी उन दिनों।"

"भक्त चन्दा नाटक भी खेलते थे हमलोग। अपने गाँव के झिन्नू भी बहुत अच्छा नाचते थे।" फूलचन्द ने यह भी जोड़ दिया।

बाद में जैसे-जैसे याद आता गया भागीरथी भैया जोड़ते गए। "जग्गू के पूत रघुनाथ अहीर बहुत अच्छा नाचते थे और जोगीड़ा गाते थे। अधारे भैया फरुआही बहुत बढ़िया गाते थे। छब्बे काका ढोल अच्छा बजाते थे। वे ढोल छाते भी थे। काली माई की पूजा में जो खसी कटती थी उस खसी के चमड़े की ढोल बनती थी। छब्बे काका भगत थे, कंठीधारी थे, किन्तु खसी के चमड़े से ढोल छाने का का काम बड़ी रुचि से करते थे। बोलते-बोलते भागीरथी भइया अतीत में कहीं खो गए...।"

माई जब जिन्दा लौट आई

1976 के नवम्बर की दूसरी तारीख। शिक्षकों में सूचना फैल गई कि इस माह का वेतन भी पन्द्रह से पहले नहीं मिलेगा। डेढ़ सौ रुपये महीने की सैलरी, वह भी समय से नहीं। अगस्त और सितम्बर को मिलाकर ठीक दो सौ रुपये सैलरी मिली थी, वह भी अक्टूबर के तीसरे हफ्ते में। पचास रुपये से ज्यादा की तो मित्रों ने मिठाइयाँ खा लीं थीं। किन्तु इन दिनों पैर जमीन पर नहीं पड़ता था। इतनी जल्दी किसी को नौकरी मिलती है क्या? पन्द्रह दिन ही तो हुए थे रेजल्ट निकले और मैंने प्रोफेसरी ज्वायन कर ली, भले ही एडहॉक हो।

पॉकेट में सिर्फ बीस रुपये बचे थे। जगन्नाथ भैया ही सहारा थे। अगस्त में ही उनसे पचास रुपये उधार लिया था जब उन्हें पवित्रा डिग्री कॉलेज, मानीराम, गोरखपुर में ज्वायन करने की खुशखबरी देने गया था। किन्तु आगे के पन्द्रह दिन कैसे कटेंगे? भैया को सैलरी कल मिली होगी। भैया ऑफिस से निकल गए तो उधार नहीं मिलेगा। घर पर भाभी के सामने उनकी एक नहीं चलती है। भैया के बोलने से पहले ही भाभी बहाना बना लेती हैं। कॉलेज से रोडवेज जी.एम. ऑफिस की कम से कम पन्द्रह किलोमीटर की दूरी मैंने अपनी पुरानी साइकिल से सिर्फ एक घंटे में तय कर ली थी, वह भी ऑफिस टाइम पर। जगन्नाथ भैया यानी मेरे ममेरे भाई, गोरखपुर में मेरे अभिभावक, रोडवेज जी.एम. ऑफिस में क्लर्क।

शाम के छह बज चुके थे। जगन्नाथ भैया अभी भी ऑफिस में ही थे। मुझे पता था कि वे छह बजे से पहले कभी ऑफिस छोड़ते ही नहीं हैं। काबिल क्लर्क हैं। जी.एम. साहब जब तक रहते हैं उन्हें भी रुकना पड़ता है। पता नहीं, कब किस काम के लिए साहब का बुलावा आ जाय।

"पाय लागी भैया," कहते हुए पैर छुआ और अभी बैठा भी नहीं था कि उन्होंने चिट्ठी पकड़ा दी, जिसे किसी कंडक्टर ने कुछ देर पहले ही उन्हें लाकर थमाया था।

"माई की हालत अत्यन्त खराब है। उसने मुँह देखने के लिए आपको बुलाया है। पत्र पाते ही चले आइए।" गाँव से विश्वम्भर (प्रो. विश्वम्भरनाथ शर्मा, भूगोल विभाग, बी.एच.यू.) ने सिर्फ ये तीन वाक्य लिखकर किसी कंडक्टर के माध्यम से भिजवाया था।

माँ को हम 'माई' कहते थे। मैंने पत्र देखा। भैया उसे पढ़ चुके थे। कुछ क्षण के लिए मैं गम्भीर हो गया। भैया कोई कागज तैयार करने में इतने व्यस्त थे कि मुझसे बात करने की भी फुर्सत नहीं थी। 'बैठो' कहकर उन्होंने हाथ से संकेत किया और काम में लग गए। काम खत्म हो जाने के बाद मुझसे बात करने का उनका इरादा था। किन्तु मेरी आँखों में तो माँ का चेहरा नाच रहा था, कानों में उसी की पुकार सुनाई दे रही थी। मेरे लिए एक-एक पल काटना कठिन था। मैंने उन्हें बीच में रोका और इलाज के लिए माँ को गोरखपुर ले आने की उनसे राय माँगी। उन्होंने स्पष्ट कहा, "मैं तो आज ही ससुराल जा रहा हूँ। तुम्हारी भाभी की चाची का निधन हो गया है। मैं चार दिन बाद लौटूँगा। तुम्हारी भाभी वहीं रहेंगी। यहाँ और किसके भरोसे लाओगे? वहीं महाराजगंज में इलाज कराओ।"

भैया पर उनकी बुआ अपनी जान छिड़कती हैं। इतनी बेरुखी क्यों? उन्हें तो पता है कि अब तक महाराजगंज से ही दवा होती रही है। अस्पताल के नाम पर वहाँ एकमात्र प्राथमिक स्वास्थ्य केन्द्र हैं जहाँ ढंग का कोई डॉक्टर तक नहीं। अस्पताल से सिर्फ मिक्सचर मिलता है और दो-तीन तरह की नीली-पीली विटामिन की गोलियाँ, चाहे रोगी को उल्टी-दस्त हो रहा हो या मियादी बुखार।

भैया से कुछ पैसे माँगने की बात जबान के भीतर दबी रह गई। तीन महीने पहले उनसे 50 रुपये उधार लिया था, उसे ही वापस न कर सका था।

मैं वहीं से अपने क्वार्टर अलीनगर चला आया। अपने पार्टनर राजकिशोर तिवारी की प्रतीक्षा करने लगा। वे ऑफिस से घूमते हुए आराम से सात-आठ बजे तक लौटते हैं।

परीक्षा देने के साथ ही मैं संत कबीर छात्रावास छोड़ चुका था और उन दिनों अलीनगर मोहल्ले में तिवारी जी के साथ एक कमरे में शेयर करके रहता था। फार्मासिस्ट की नौकरी करनेवाले राजकिशोर तिवारी अकेले रहते थे और हर शनिवार को अपने घर फाजिलनगर चले जाते थे। सब्जी चावल उनका प्रिय भोजन था। मैं केवल सब्जी काट देता और जरूरत पड़ने पर आटा सान देता। भोजन वही बनाते। उनके साथ रहने से मुझे पढ़ने का भरपूर समय मिलता। हाँ, सोने से पहले वे बाँसुरी जरूर बजाते। बाँसुरी से विद्यापति के गीतों की धुन जब वे निकालते तो उतनी देर के लिए मेरी पढ़ाई बन्द हो जाती।

तिवारी जी के आने पर मैंने सारी घटना उन्हें सुनाई, उनसे पचास रुपये उधार लिया, झोला उठाया और बस स्टेशन। महाराजगंज पहुँचा तो रात के दस बज चुके थे। उन दिनों सूरज डूबते ही महाराजगंज से गाँव आना-जाना बन्द हो जाता था। बेलहिया पोखरी पर कई बार डाकुओं ने लोगों के कपड़े तक उतरवा लिए थे।

मेरे पाँव मऊपाकड़ कुटी (राम जानकी मन्दिर मऊपाकड़) की ओर मुड़ गए। महन्त जी (बाबा रघुनाथदास जी) अभी सोये नहीं थे। इतनी रात मुझे देखकर चौंके। मैंने उन्हें सब कुछ बता दिया। उन्होंने बताया कि चौके में रोटियाँ बची होंगी। लेकर खा लीजिए और मन्दिर के बगल के स्टोर रूम में चौकी पड़ी है, उस पर सो जाइए। ओढ़ने के लिए उन्होंने एक कम्बल भी दिया। जब मैं बी.ए. कर रहा था तो पढ़ाई के लिए कुछ महीने कुटी पर ही रुका था। महन्त जी मुझे बहुत मानने लगे थे। किसी अनहोनी की आशंका में मैं रातभर करवटें बदलता रहा। चौकी के नीचे राशन वाले कनस्तरों के बीच चूहों का एक जोड़ा रह-रहकर धमाचौकड़ी मचाता और चिंचिआने लगता। अपने साम्राज्य में मेरी अहेतुक उपस्थिति उन्हें बिलकुल पसन्द न थी। वैसे तो मेरी आँखें माई को देखने के लिए उतावली थीं हीं। नींद कैसे आती?

सुबह कानों में मफलर लपेटा, झोला उठाया और सूरज उगने से पहले ही घर पहुँच गया। ओसारे में माँ लेटी थी। धौंकनी की तरह साँसें चल रही थीं। किन्तु आँखें बन्द थीं। आँखें खोलने की ताकत भी नहीं बची थी। मैंने उसके पाँव छुए और ललाट सहलाने लगा। उसकी आँखें खुलीं और झर-झर आँसू बहने लगे। मुझे देखकर गद्गद थी किन्तु उठकर बैठने की शक्ति उसमें नहीं रह गई थी। उसे पता था कि अब वह बचेगी नहीं। अन्तिम समय वह मुझे देखना चाहती थी और मैं उसके सामने खड़ा था। उसकी पलकें रह-रहकर उठतीं और फिर कुछ क्षण के लिए शान्त। रह -रहकर होंठ भी फड़फड़ाते किन्तु बिना आवाज के। मगर आँसू थे कि रुकने को तैयार ही नहीं। ज्ञान्ती ने बताया कि “अन्न छोड़े उसे बाईस दिन हो चुके हैं। सिर्फ तुलसी के पत्ते का काढ़ा एक -दो घूँट लेती है।”

माँ वर्षों से बीमार थी। कई बीमारियाँ थीं उसे, लेकिन दमा प्रमुख थी। उसे जब साँस फूलता तो देखनेवालों की भी हिम्मत छूट जाती। शरीर में अब केवल हड्डियाँ बची थीं। दवा से सभी लोग थक चुके थे। आगे दवा की चर्चा ही व्यर्थ थी। पैसे के नाम पर घर में कच्ची कौड़ी नहीं बची थी। सभी लोग उसके अन्तिम साँस की प्रतीक्षा कर रहे थे।

विश्वम्भर ने बताया कि बाऊजी खेत में नहर से पानी चलाने गए हैं। खेत उन दिनों बिखरे हुए थे। किस खेत में गए हैं पता करना मुश्किल था। ढूँढ़ते-ढूँढ़ते मैं नदी के किनारे तक चला गया देखा कन्धे पर कुदाल रखे लँगड़ाते हुए बाऊजी आ रहे हैं।

उनके पैर में घाव था किन्तु काफी दिन बाद नहर में पानी आया था और सिंचाई के बिना गेहूँ सूख रहा था।

पाँव छुआ। बाऊजी की बनावटी मुस्कान मानो मेरा हौसला आफजाई कर रही थी।

"कब अइलऽ हऽ?"

"सबेरवें अइलींहँऽ।" कहते हुए मैंने संक्षेप में सारी कहानी कह दी। रास्ते में ही माँ को गोरखपुर ले जाने की बात मैंने उठाई तो उन्होंने पैसे के अभाव और बीमारी के लाइलाज होने की ओर संकेत करते हुए न ले जाने का सुझाव दिया। दवा करते-करते हम थक चुके थे और वे अब निराश हो चुके थे।

मैंने जिद की। उनसे किसी तरह माँ को महाराजगंज तक पहुँचाने के लिए कहा। झिंगुरी काका आए और राम बिरिछ भैया को मैं बुला लाया। जिस चारपाई पर माँ सोई थी उसी के चारो पायों में रस्सी बाँधी गई और बीच में एक बाँस का भंडा. महाराजगंज तक ले जानेवालों की कमी नहीं थी। राम बिरिछ भैया, झिंगुरी काका, गामा काका, सुखदेव काका और शंकर भैया भी आ गए। इन लोगों ने माँ को महाराजगंज बस स्टेशन तक तो पहुँचाया ही, बस आने पर उठाकर उसमें बैठाया भी।

जब हम माँ को लेकर जाने की तैयारी कर रहे थे तब तक गाँव की कई महिलाएँ भी आ चुकी थीं। सबकी आँखों में आँसू थे। कई मुँह पर आँचल लगाए सुबक रही थीं। उन्हें लग रहा था, शायद यह उनकी अन्तिम यात्रा है। ज्ञान्ती ने सीधा छुवाया और सन्ध्या दौड़कर तुलसी का पत्ता ले आई। मुँह में तुलसीदल के साथ गंगाजल भी डाला गया। कन्धे से भंडा लगाते ही विश्वम्भर और दोनों बहनें फफक-फफककर रोने लगीं। माँ की चारपाई को लोगों ने कन्धों पर पालकी की तरह उठा लिया और ईश्वर का नाम लेकर आगे बढ़े।

पैसे की व्यवस्था बिलकुल न हो सकी। हाँ, बाऊजी ने बाद में धान बेचकर 50 रुपये भेजने का आश्वासन दिया था और दस दिन बाद उसे विश्वम्भर के हाथों भेजा भी। बस से गोरखपुर और वहाँ से रिक्शे से जगन्नाथ भैया के क्वार्टर पर पहुँचते-पहुँचते मुझे रात के नौ बज गए। महाराजगंज के बाद माँ को सँभालनेवाला मैं अकेला बचा था किन्तु जब भी जरूरत होती कोई न कोई सहारा देनेवाला मिल जाता। उन दिनों गरीबी बहुत थी। क्या गरीबी का मनुष्यता से कोई अनिवार्य रिश्ता है? अगर गरीबों में मनुष्यता अधिक होती है तो अमीरी किस काम की? क्वार्टर के सामने रिक्शा रुकते ही शैलेन्द्र को पुकारा, पड़ोस के काशी भैया भी आ गए। रिक्शे से उतारकर माँ को हम कमरे तक ले आए।

इस्माईलपुर में भैया का एक कमरे का क्वार्टर था। हाँ, कमरा बड़ा था। उसी में दो चारपाई लगी थी और दीवाल के किनारे गृहस्थी के सामान। खाना चूल्हे पर बनता था, बरामदे में। भाभी के साथ भैया अपनी ससुराल जा चुके थे। घर में सिर्फ शैलेन्द्र था-उनका दर्जा सात में पढ़नेवाला भतीजा। सन्तान-विहीन भैया-भाभी का वही सहारा था और भविष्य भी। किन्तु भैया उससे सीधे मुँह बात न करते थे। टेढ़ा बोलना, बात-बात पर हाथ उठाना, मारते समय उसके सिर के बाल पकड़कर जोर-जोर से हिलाना उनका स्वभाव था। दूसरों से मधुर व्यवहार करनेवाले भैया इस बच्चे को देखते ही कठोर क्यों हो जाते हैं? समझ नहीं सका। अपने फूफा से वह सहमा-सहमा रहता था। उसकी बुआ भी अपने पति का ही साथ देती थीं। मुझे देखते ही शैलेन्द्र के चेहरे पर खुशी छलकने लगती थी।

मैंने बड़े सबेरे शैलेन्द्र को जगाया। दो मोटी रोटियाँ पकाईं। हरा मिर्च लहसुन और नमक की चटनी से हम एक-एक रोटी खाए, रिक्शा बुलाया और माँ को लेकर जिला चिकित्सालय पहुँचा। जिला चिकित्सालय में इलाज कराने के लिए जाने का मेरा यह पहला अनुभव था। बहिरंग विभाग में दिखाने के लिए आठ आने की पर्ची बनी। जल्दी ही नम्बर आ गया। डॉ. अवस्थी ने देखा और भर्ती कर लिया। एक रुपया बहिरंग से भीतरी विभाग तक पहुँचाने का देना पड़ा। मुझे फीमेल वार्ड के इमरजेन्सी में 5 नंबर बेड मिल गया। शैलेन्द्र को माँ के पास बैठाकर मैं बक्शीपुर मोदी (मोदी विश्वविद्यालय बुक स्टाल) के यहाँ अपने एक दूसरे ममेरे भाई (रामदरस भैया) को फोन करने गया। वे गोरखपुर में ही राजघाट थाने पर सिपाही के रूप में तैनात थे। पता चला कि वे भी पन्द्रह दिन की छुट्टी पर चले गए हैं। मैं हताश होकर पैदल ही लौट रहा था तब तक सड़क के दूसरे किनारे से आवाज आई,

"ऐ बबवा! कहाँ जा रहा है?"

आवाज सदानन्द (प्रो.सदानन्द प्रसाद गुप्त, पूर्व कार्यकारी अध्यक्ष, उ.प्र. हिन्दी संस्थान) की थी। मुझे वह 'बाबा' की जगह 'बबवा' कहता है। उन दिनों मैं घंटों पूजा करता था, चुटिया में गाँठ बाँधता था और विश्वविद्यालय में पढ़ने भी लाल टीका लगाकर जाता था। दोस्त मुझे 'टीका बाबा' कहते थे। सदानन्द को देखकर मेरी बाछें खिल गईं। वह अपने छोटे भाई के साथ डी.ए.वी. कॉलेज की ओर जा रहा था। मैंने सारी कथा संक्षेप में बता दी। अपने भाई को वहीं छोड़कर वह मेरे साथ हास्पिटल आ गया। मैंने शैलेन्द्र को छुट्टी दे दी ताकि वह घर जाकर कुछ भोजन पका ले। सायं सात बजे तक सदानन्द माँ के पास ही बैठा रहा। मैं इधर-उधर व्यवस्था में लगा रहा। सायं सात बजे जब शैलेन्द्र आया तब जाकर

सदानन्द को छुट्टी मिली। उन दिनों अस्पताल में मरीज के साथ एक तीमारदार हमेशा रह सकता था।

इस बीच पता चला कि डॉ. अवस्थी सायं पाँच बजे राउंड पर आए थे और माँ को तिरछी नजर से देखते हुए चले गए थे। कोई दवा नहीं लिखी। इतना ही नहीं, माँ के बगल में एक ठाकुर परिवार की महिला भर्ती थीं, उन्हें ध्यान से देखा था, दवाएँ लिखी थीं, नसीहत दी थीं। उस महिला के घरवाले मेरी माँ की उपेक्षा पर व्यंग कसे थे। मैं तिलमिलाकर रह गया था।

सुबह साढ़े सात बजे सदानन्द आ गया। हम दोनो उसी समय डॉ. अवस्थी के घर गए जो कैम्पस में ही रहते थे। एक घंटे की प्रतीक्षा के बाद डॉ. अवस्थी बाहर निकले। मैंने संक्षेप में अपनी परिस्थिति उन्हें बता दी और उन्हें पन्द्रह रुपये दक्षिणा कहकर दिया। वहीं से नौतनवा के लिए ट्रेन पकड़ा। सदानन्द खाना खाकर बारह बजे तक आने का आश्वासन देकर क्वार्टर गया। उन दिनों सदानन्द गीतावाटिका में रहता था और वहीं बासे में भोजन करता था।

नौतनवा के पास लोहसी गाँव है जहाँ मेरी बड़ी बहन की ससुराल है। अपनी दीदी को लेकर जब मैं हास्पिटल पहुँचा तो रात के बारह बजनेवाले थे। शैलेन्द्र माँ के बेड के नीचे सो रहा था। मैंने उसी समय शैलेन्द्र को क्वार्टर पहुँचाया। दीदी के भरोसे छोड़कर अब मैं माँ की देखभाल से निश्चिन्त हो चुका था। शैलेन्द्र ने बताया कि सायं माँ को देखने डॉ. अवस्थी आए थे। उन्होंने बाजार से खरीदने के लिए दवाएँ भी लिखी थीं। सदानन्द ने खुद दवाएँ खरीदी भी थीं और दो खुराक दवा दी जा चुकी थी। सदानन्द भी अपने वादे के अनुसार दोपहर बारह बजे तक आ गया था और शैलेन्द्र के आने पर रात आठ बजे घर गया।

अब माँ के स्वास्थ्य में धीरे-धीरे सुधार होने लगा। मेरे एक अन्य ममेरे भाई के सुपुत्र कृष्ण मोहन भी उन दिनो गोरखपुर में ही सिपाही थे। उन्होंने अपने अधिकारियों से कहकर अपनी ड्यूटी हास्पिटल में ही लगवा ली। जगन्नाथ भैया भी आ गए। 20 दिन तक अस्पताल में रहने के बाद माँ बाहर निकली। गाँववालों को मेरी माँ के जिन्दा लौट आने पर आश्चर्य था।

जब तक अस्पताल में भर्ती रही, डॉक्टर के निर्देशानुसार माँ को दोनो वक्त का भोजन और नाश्ता नि:शुल्क मिलता था। एक्स-रे सहित खून की जाँच अस्पताल की ओर से ही मुफ्त हुई। कुछ ऐसी दवाएँ जो अस्पताल में सुलभ नहीं थीं, उन्हें ही बाहर से खरीदना पड़ता था। इस तरह माँ की बीमारी में तीन सौ रुपये से ज्यादा खर्च नहीं हुए थे। सोचता हूँ कि आज जब हम आजादी का अमृत महोत्सव मना रहे हैं, माँ बीमार पड़ती तो कितना खर्च होता? और क्या सरकारी अस्पताल में ऐसा इलाज हो पाता?

लोहिया ने लिखा है, "निजी स्कूलों को बन्द कर देना चाहिए और सरकारी स्कूलों को ही सुधारना चाहिए ताकि सभी जाति और वर्ग के बच्चे समान शिक्षा प्राप्त कर सकें।"

ऐसा ही सुझाव मुंशी प्रेमचन्द ने भी दिया है, "मैं चाहता हूँ ऊँची से ऊँची तालीम सबके लिए मुफ्त हो ताकि गरीब से गरीब आदमी भी ऊँची से ऊँची लियाकत हासिल कर सकें और ऊँचे से ऊँचा ओहदा पा सकें। यूनिवर्सिटी के दरवाजे मैं सबके लिए खुले रखना चाहता हूँ। सारा खर्च गवर्नमेंट पर पड़ना चाहिए।"

यही सुझाव क्या अस्पतालों के लिए भी उचित नहीं है? आजादी का अमृत महोत्सव मना रहे आजाद भारत की जनता को गुणवत्तायुक्त मुफ्त शिक्षा और मुफ्त उत्तम इलाज की सुविधा क्यों नहीं मिल सकी? स्वास्थ्य बीमा योजनाओं के नाम पर जनता का जो धन बीमा कम्पनियों को बाँटा जा रहा है उसी धन से यदि सरकारी अस्पतालों को साधनसम्पन्न बना दिया जाता, सुयोग्य डॉक्टर और अच्छे स्टाफ नियुक्त कर दिये जाते तो जनता को गली-गली खुले प्राइवेट अस्पताल-रूपी कसाईबाड़ों के चंगुल में फँसकर जबह क्यों होना पड़ता?

सदानन्द का उधार चुकाने में मुझे पाँच महीने लग गए थे। किन्तु उसने कभी माँगा नहीं, यद्यपि उसकी भी आर्थिक दशा मुझसे कुछ ज्यादा अच्छी नहीं थी।

प्रो. भगवतीप्रसाद सिंह जैसे संत प्रकृति और संत साहित्य के मर्मज्ञ विद्वान के निर्देशन में भाई जी श्री हनुमानप्रसाद पोद्दार और 'कल्याण' जैसी पत्रिका पर शोध कार्य करनेवाला मेरा यह सबसे अज़ीज़ दोस्त धीरे-धीरे हिन्दुत्व का प्रबल आग्रही हो गया और दूसरी ओर हॉस्टल में भी खड़ाऊँ पहनने वाला, घंटों पूजा करने और उसके बाद ही अन्न ग्रहण करनेवाला मेरे जैसा कर्मकांडी, मार्क्स और गांधी की सम्मिलित भूमि पर भारत के भविष्य की खोज करने लगा। समय के प्रवाह में बढ़ती हमारी वैचारिक दूरी ने दोस्ती में भी खटास पैदा कर दी। सच है, राजनीति अपनी धुन पर सबको नचाती है। हम ही कहाँ बच सके?

जद्दू पंडित का कुनबा

हर साल फगुआ के दिन तिजहरिया होते-होते जद्दू पंडित, कुमार कोइरी के ओसारे में परमानेंट पड़े रहनेवाले तख्ते पर पत्रा लिए हुए विराजमान हो जाते थे। बाद में दुक्खी काका बड़े आग्रह से उन्हें उठाते और चद्दर बिछाते ताकि वे आराम से बैठ सकें और आनेवाले साल के बारे में पत्रा देखकर भविष्य बाँच सकें। धीरे-धीरे लोगों की भीड़ जमा होने लगती। जाड़े के अलावा और किसी मौसम में जद्दू पंडित के शरीर पर मैंने कपड़ा नहीं देखा। वे सिर्फ सफेद चमकती हुई महीन मरदानी किनारी धोती पहनते और आवश्यक होने पर उसी का एक हिस्सा अपने कन्धे पर डाल लेते बिलकुल गांधी जी की तरह, किन्तु वे गांधीवादी नहीं थे। गेहुँआ गोरे रंग के मँझले कदवाले जद्दू पंडित खड़ाऊँ पहनते थे। उनकी छाती पर घुँघराले बालों के गुच्छ और उनके ऊपर से मोटे धागोंवाला जनेऊ, जिनमें सदा चाभी का एक गुच्छा लटका रहता था, जद्दू पंडित की पहचान बन चुका था। गाँव में शायद अकले वही थे जिनकी पीठ पर भी भेंड़ों जैसे सफेद बाल उगे हुए थे। हाँ, सिर के बाल जरूर गायब थे-कनपटी तक। लोग कहा करते कि जद्दू पंडित की चाल बिलकुल जवाहरलाल नेहरू जैसी है। बड़े फुर्तीले थे वे। उनके साथ कदम से कदम मिलाकर चलनेवाला गाँव में कोई नहीं था। इसीलिए कहीं भी जाना हो, जद्दू पंडित अकेले ही जाते। जहाँ पूरा गाँव भोजपुरी बोलता था जद्दू पंडित सदा खड़ीबोली में बात करते। उनके रहते दूसरों को बोलने का मौका कम ही मिलता। वैसे तो गाँव में ब्राह्मणों के कई घर थे और उनमें से कई पढ़े लिखे भी थे किन्तु गाँव में एकमात्र वही पहुँचे हुए ज्योतिषी थे। घर के शुद्धीकरण में भी उन्हें महारत हासिल थी। घर बनाने से पहले गाँव के लोग घर के लिए चिह्नित की हुई जमीन की शुद्धता के बारे में निश्चिन्त हो जाना चाहते थे और उसकी शुद्धता की गारंटी जद्दू पंडित ही दे सकते थे। लोगों के बने हुए घरों में से

मैने जद्दू पंडित को हड्डियों के टुकड़े निकालते देखा है। जिन लोगों के परिवार में कोई लाइलाज बीमारी होती, गरीबी पिंड न छोड़ती या कोई असामयिक विपत्ति पड़ती तो लोग जद्दू पंडित के पास जाते। जद्दू पंडित उनकी भविष्यवाणी करते, कारण बताते और साथ में मुक्ति के उपाय भी सुझाते। मसलन् हवन पूजा कराते, थोड़ा खर्चा पड़ता किन्तु लोगों की समस्याएँ अमूमन दूर हो जातीं। यही कारण था कि जद्दू पंडित की पंडिताई आसपास के गाँवों तक फैल चुकी थी। दूसरे गाँवों में भी उनका आना-जाना लगा रहता था। उन्हें फुर्सत बहुत कम मिलती थी। जद्दू पंडित का पूरा नाम था पंडित यदुनाथ शर्मा।

थोड़ी देर बाद घर की मालकिन यानी, काकी एक लोटे में भेली (गुड़) का रस बनाकर ले आतीं। रस में भरपूर मात्रा में दही फेटकर मिलाया गया होता। दही-दूध की कमी उनके यहाँ कभी नहीं रही। एक जोड़ी बैल, टायर (बैलगाड़ी) और कम से कम एक दुधारू भैंस मैंने उनके घर हमेशा देखा। कुमार कोइरी खेतिहर थे। उनके बेटे यानी, दुक्खी काका के जवान होने पर खेती में अच्छी पैदावार होने लगी थी। पंडित जी के बार-बार मना करने के बावजूद फूल के बड़े गिलास में काकी रस उँड़ेल देतीं और देखते-देखते जद्दू पंडित तीन चार गिलास गटक जाते। फिर पेट पर हाथ फेरते और बन रसवाला लम्बा पंचांग पलटने लगते।

धीरे-धीरे तख्ते के आसपास लोगों की अच्छी खासी भीड़ जम जाती। बगल से शंकर भैया (शंकर कहार) और भउजी, तिरबेनी भगत, बदरी काका, गयादीन भगत, राम सूरत, छब्बे काका और काकी, कोइराना के ज्यादातर मरद, स्त्रियाँ और लरिकोर युवतियाँ भी आसपास घेरकर बैठ जातीं। सबको भविष्य के बारे में जानने की उत्सुकता रहती। अपनी धोती के एक कोने को हाथ में पकड़े बड़कू भइया भी 'पंडित बाबा पा लागी' कहते हुए आकर उनके बगल में ही तख्ते पर विराजमान हो जाते। बड़कू भैया यानी देवेन्द्र मणि। उम्र में जद्दू पंडित से वे काफी छोटे थे किन्तु उस महफिल में वही एक पढ़े-लिखे थे, ब्राह्मण थे और पत्रा बाँचना भी जानते थे। इसलिए उनको देखते ही जद्दू पंडित की निगाहें चौकन्नी हो जातीं, क्योंकि बड़कू भैया क्रास क्वेश्चन करने में माहिर थे। सबसे अन्त में बाऊजी आते। कभी-कभी बाऊजी को ढूँढ़ते हुए उपधिया के टोले से झिंगुरी काका भी।

बहरहाल, लोग यथायोग्य अपने-अपने आसन ग्रहण कर लेते। बड़कू भैया सहित अन्य ब्राह्मणों के अलावा बाकी लोग नीचे बिछी हुई चटाइयों और दरियों पर जगह बनाकर बैठ जाते। नई उमर की महिलाएँ भी जद्दू पंडित से कोई लाज नहीं करतीं और घूँघट डाले उनके इर्द-गिर्द बैठ जातीं -अपना-अपना भविष्य जानने। जद्दू पंडित सबसे पहले आने-वाले साल में होनेवाली वर्षा और फसल के बारे में बताते,

फिर लगन और साइत, इसके बाद राशि नाम पूछकर सबका भविष्य, और अन्त में सबके हाथ की रेखाएँ देखकर उनका भविष्य। ज्योंही, जद्दू पंडित बताते कि इस साल रोहिन में अच्छी बारिश का जोग है त्योंही, लोगों के चेहरों पर खुशी की चमक नजर आने लगती। बाऊजी घाघ की कई कहावतें बोल जाते जैसे कि—

रोहिन बरसे मृग तवे अद्रा कछु-कछु जाय,
कहें घाघ सुनु घाघिनी श्वान भात नहिं खाय।

यानी खूब अच्छी फसल होगी। इसी तरह

रात निबद्दर दिन में बद्दर, पुरुआ बहे लब्बर-झब्बर।
कहें घाघ हम होइबें जोगी, कुआँ के पानी से धोइहें धोबी।

यानी, सूखा पड़ेगा।

फल यह होता कि दूसरे लोग भी कहावतें कहने लगते। जद्दू पंडित को रोकना पड़ता। क्योंकि उन्हें दूसरे टोलों पर भी जाना होता। डेढ़ से दो घंटे में जद्दू पंडित सबको निपटा देते और इसी के साथ लोग अपने-अपने घरों से सीधा लाने लगते। सीधा यानी, अरवा चावल, अरहर की दाल, सब्जी के नाम पर आलू-प्याज और साथ में नमक भी। उस समय खड़ा (रोड़ा) नमक चलता था, मानो सीधे समुद्र से लाया गया हो। बाजार में नमक के पैकेट बिकने का चलन नहीं था। कुछ लोग दच्छिना मात्र से काम चला लेते।

जिस बरस जद्दू पंडित का निधन हुआ था, उस साल भी उन्होंने दुक्खी काका के ओसारे में तख्ते पर बैठकर देश-काल के बारे में भविश्यवाणी की थी। सबका भविष्य बाँचा था। हाथ देखा था, अगले बरस होनेवाली बरसात के बारे में भी भविष्यवाणी की थी और बताया कि किस नक्षत्र में कितना पानी बरसेगा, फसल कैसी होगी। इसके अलावा लगन किस-किस महीने में है—जब शादियाँ हो सकेंगी। गौना, नये घर की नींव तथा दूसरे मांगलिक कार्य के लिए भी शुभ-साइत देखा था और लोगों ने मन ही मन अपनी योजनाएँ बनाई थीं। हर बार की तरह इस बार भी यह सब वे लोगों को बिना पूछे बताते गए। अन्त में राशिनाम के अनुसार व्यक्तिगत रूप से सबका भविष्य बाँचा, हाथ की रेखाएँ देखीं, पूरे ब्योरे के साथ। जिनका भाग्य अच्छा नहीं है, जिनकी राशि में राहु-केतु या सनीचर सवार है, उससे मुक्ति के उपाय भी उन्होंने बताए थे। फिर कुछ ही दिन बाद उन्हें मियादी बुखार हुआ और देखते-देखते जद्दू पंडित ईश्वर को प्यारे हो गए। अपने बारे में उन्होंने कोई भविष्यवाणी नहीं की थी। उनके निधन के बाद मेरे बाऊजी भी उनकी शवयात्रा में

रामघाट तक गए थे और लौटकर दुखी मन से बताया था कि उनके दोनों बेटों की जन्मपत्री जद्दू पंडित ने ही बनाई थी, उन्होंने यह भी बताया था कि जब मेरे छोटे भाई यानी, विश्वम्भरनाथ शर्मा का जन्म हुआ तो बाऊजी जद्दू पंडित को अपने घर बुला लाए थे। विश्वम्भर के जन्म के समय ओसारे में जद्दू पंडित मौजूद थे। उनके धरती पर गिरने से पहले एक लड़की पैदा हुई थी। लड़की के जन्म लेने की खबर जैसे ही गँवहिन ने दिया, जद्दू पंडित ने ओसारे में बैठे-बैठे तुरन्त कहा कि अभी एक बच्चा और होगा और वह लड़का होगा और वही हुआ। जद्दू पंडित ने ही लड़की का नाम 'उर्मिला' रखा जो पाँच साल की होकर मरी। विश्वम्भर उल्टा पैदा हुए थे। वर्षों तक साल (पीठ का दर्द) झरवाने के लिए गाँव के लोग विश्वम्भर के पास आया करते थे। ऐसी मान्यता थी कि उलटा जन्म लेनेवालों के पैर से छूने पर दर्द भाग जाता है। लोगों का विश्वास फलित भी होता था। "अब उनके जैसा पंडित कोई नहीं है।"-कहते-कहते बाऊजी की आँखें डबडबा गई थीं।

जद्दू पंडित दो भाई थे। उनके छोटे भाई का नाम फागू पंडित था। जद्दू पंडित की अपनी कोई सन्तान नहीं थी। अपने छोटे भाई के बच्चों को ही वे अपनी सन्तान मान चुके थे। पंडिताइन भी इसी में सन्तुष्ट थीं। फागू इतना ही पढ़े-लिखे थे कि अपना हस्ताक्षर कर लेते थे। वे रामपुर में रहते भी कम थे। उनका मूल घर तो खजनी थाने के पास के बसडीला गाँव में था, जहाँ से आकर रामपुर में उनके पूर्वजों ने जमींदारी खरीदी थी।

जद्दू और फागू दोनों भाइयों के बीच में दो सन्तानें थी राममिलन शर्मा और श्यामधर शर्मा। राममिलन रूप-रंग और चाल-ढाल में अपने पिता पर गए थे। उनमें वह व्यवहार कुशलता न थी जो जद्दू पंडित में थी। बहुत प्रयास के बावजूद वे दर्जा दस नहीं पास कर सके। श्यामधर छोटे थे। दर्जा दस में एक बार फेल हुए थे, किन्तु परिश्रमी बहुत थे। टोले के बिलकुल दक्षिण तरफ उनका घर था और उत्तर तरफ मेरा। श्याम्धर भोजन के बाद रोज शाम को लालटेन लेकर मेरे घर आ जाते थे साथ में पढ़ने। मैं जल्दी सो जाता था। वे देर तक पढ़ते थे और जल्दी जग भी जाते थे। अपने परिश्रम के बलपर श्यामधर हाई स्कूल पास हो गए। फिर आई.टी.आई. किया और रेल की नौकरी पा गए। किन्तु जद्दू पंडित के निधन के बाद दोनो भाई संगठित नहीं रह सके और उनमें बँटवारा हो गया।

जद्दू पंडित की खपड़ैल की बड़ी सी बखरी थी। सम्पन्नता तो थी ही। उनके एक रिश्तेदार के सुपुत्र भी उनके घर रहकर ही महाराजगंज में पढ़ते थे। नाम था रामचन्दर। मैने सुन रखा था कि वह गुंडई भी करते हैं, किन्तु कभी देखा नहीं था। महाराजगंज पढ़ने जाते हुए वे रास्ते में यदा-कदा मुझसे मिल जाते थे।

मैं दर्जा दस में पढ़ता था और वे इंटर में। तब महाराजगंज को जोड़नेवाली सड़क कच्ची थी और पढ़ने हम पैदल ही जाते थे-पगडंडी पकड़कर। मऊपाकड़ के कुछ पहले से ही एक ट्यूबवेल की नाली थी जिससे होकर हमें मुख्य सड़क तक जाना पड़ता था। एक दिन हम दोनों बातें करते हुए ट्यूबवेल की नाली पकड़े जा रहे थे कि मैने देखा कि सात-आठ नौजवान हाथों में हाकी की स्टिक लिए तेजी से दौड़ते हुए हमारी ओर आ रहे हैं। मैंने रामचन्दर का ध्यान उस ओर आकृष्ट किया और पूछा, "भैया, वे लोग इधर ही क्यों आ रहे हैं?" उन पर निगाह पड़ते ही रामचन्दर "वे मुझे ही मारने आ रहे हैं।" कहते हुए कुछ दूर स्थित महाराजगंज इंटर कॉलेज की ओर भागने लगे। वे ताकतवर और लम्बे कद के थे, तेजी से भाग रहे थे। मेरे पास उतना दम नहीं था। मैं थोड़ी दूर भागकर रुक गया। एक-दो नौजवान हाकी की स्टिक लिए मुझे मारने दौड़े तो उनके बीच से एक ने चिल्लाकर कहा, "उन्हें न मारो। वे बाबा के लड़के हैं।" और मैं पिटते-पिटते बच गया। दूसरी ओर रामचन्दर दौड़कर कॉलेज के प्रिन्सिपल महेन्द्रनाथ द्विवेदी के कक्ष में घुस गए। महेन्द्रनाथ द्विवेदी बड़े प्रतिष्ठित प्रिन्सिपल थे। उनके कक्ष में घुसने की हिम्मत मारनेवालों में नहीं थी। मजबूर होकर उन्हें वापस लौटना पड़ा। इधर मैं डर के मारे थर-थर काँप रहा था। लौटते समय उन लोगों ने मुझे हिदायत दी कि आज बच गए, उसके साथ फिर आए तो हड्डी-पसली नहीं बचेगी। हमलावरों की पूरी टोली मऊपाकड़ के जयहिन्द की धनकुट्टी के कर्मचारियों की थी। जयहिन्द काफी सम्पन्न व्यवसायी थे। अब उनकी धनकुट्टी कहाँ है, नहीं पता। किन कारणों से जयहिन्द के आदमियों ने रामचन्दर को मारने के लिए दौड़ाया था यह न तो मुझे पता चला और न मेरा उनसे पूछने का साहस ही हुआ। हाँ, उसके बाद से रामचन्दर के साथ आना-जाना जरूर छोड़ दिया। इंटर पास करने के बाद रामचन्दर ने खुद महाराजगंज छोड़ दिया। बाद में पता चला कि उन्होंने पॉलिटेक्निक कर लिया था और बिजली विभाग में जूनियर इंजीनियर हो गए थे।

श्यामधर की नौकरी रेलवे की थी। स्वाभाविक रूप से उनकी माली हालत बेहतर बनी रही किन्तु उन्होंने अपनी पत्नी को गाँव में ही रहने दिया। खेती के प्रति उनका मोह उनके बच्चों के लिए मुफीद नहीं हुआ। बचपन गाँव पर बीतने के कारण उनकी प्रारम्भिक शिक्षा ठीक से नहीं हुई और जब बुनियाद ही कमजोर हो तो भवन मजबूत कैसे हो सकता है?। श्यामधर शर्मा का अपने गाँव और जमीन के प्रति मोह ने उनके बच्चों के भविष्य को खुलकर खिलने का अवसर नहीं दिया। राममिलन और श्यामधर दोनों अब इस दुनिया में नहीं हैं।

राममिलन पढ़-लिख नहीं सके थे। ब्राह्मण होने के नाते हल चला नहीं सकते थे। प्रतिष्ठित बाप के बेटे होने के कारण शारीरिक श्रम की आदत नहीं थी।

खर्चीला स्वभाव था। विवश होकर वे अपनी पुश्तैनी खेती बेचकर खाने लगे। आमतौर पर आजाद भारत में पुराने जमींदारों और मध्यम श्रेणी के सवर्ण काश्तकारों की दशा ऐसी ही रही। जिन लोगों के परिवार के सदस्य व्यवसाय करने लगे या राजनीति का प्रोफेशन अपना लिया, उनकी हालत ठीक रही अन्यथा उनकी बुरी आदतों ने धीरे-धीरे उन्हें बर्बादी की ओर जाने पर मजबूर कर दिया। राममिलन की जिन्दगी तो जमीन बेचते-खाते बीत गई किन्तु मरने के समय उन्होंने अपने बच्चों के लिए कोई जमीन नहीं छोड़ी। हाँ, जिस जमीन में उनका बखरी का विशाल घर था वह जमीन जरूर बची रही, यद्यपि अब उनका वह बखरी घर नहीं है। गनीमत है कि उनके बच्चों के पास अब भी छत नसीब है। राममिलन के बेटों में प्रतिभा तो है किन्तु सही मार्ग दर्शन और उपयुक्त शिक्षा के अभाव में सबकी दशा दयनीय है। कोई अखबार बेचकर पेट पाल रहा है कोई मजूरी करके। हाँ, श्यामधर के संयम और गाँव के प्रति लगाव के कारण उनकी खेती बची रही और उनके बच्चे भी अपनी प्रतिभा और मेहनत के बलपर सामान्य जीवन जी रहे हैं।

हमारे गाँव के दूसरे सबसे प्रतिष्ठित ब्राह्मण सुकुल बाबा के दोनों पोतों में से एक गाँव में ही रहकर खेती-बारी देखता है और दूसरा अपने हिस्से की ज्यादातर खेती बेचकर महाराजगंज में रहता है और टेम्पो चलाता है। दोनों भाइयों में सम्बन्ध मधुर नहीं है। इसी तरह मेरे गाँव के लगभग सभी ब्राह्मणों की दशा एक जैसी है। कभी वे यहाँ के जमींदार जरूर थे किन्तु जिन्होंने शहर की ओर रुख नहीं किया उनमें से ज्यादातर आज मजदूर बन चुके हैं या छोटा-मोटा व्यवसाय कर रहे हैं। उनके बच्चों की हालत किसी दूसरी बिरादरी के लोगों के बच्चों से अधिक दयनीय है। कई तो दारू अथवा अन्य दूसरी नशे की आदतों में पड़कर बर्बाद हो चुके हैं। हमारे गाँव में सबसे सम्पन्न वे हैं जिनके पिता तीस-चालीस साल पहले बोरा लेकर घर-घर से अनाज तौलकर लाते और बाजार में ले जाकर बेचते या किराने की छोटी-मोटी दूकान चलाते थे। अपनी मेहनत, सूझ-बूझ और पारिवारिक संगठन के बलपर आज उनके पास चावल और चिउड़ा की मिलें है, ईंट के भट्ठे हैं, ट्रकें हैं, कार है और गाँव में प्रतिष्ठा है। ब्राह्मण परिवारों की तुलना में तथाकथित दलित कहे जानेवाले परिवार ज्यादा सुखी और सम्पन्न हैं। मायावती का मनुवादी समाज कम से कम मुझे अपने गाँव में दिखाई नहीं देता। मेरा अनुमान है कि जाति की राजनीति यदि बन्द हो जाय तो आनेवाले कुछ दशकों में सदियों पुरानी जाति प्रथा की यह घृणित परम्परा इतिहास का विषय बन जाएगी। किन्तु क्या हमारे राजनेता ऐसा होने देंगे?

माई

माई का जन्म केवल दुख सहने के लिए हुआ था क्या? पति मामूली किसान, जिनके पास दो बैल की खेती भी नहीं। लढ़िया (बैलगाड़ी) से कुछ इधर-उधर की कमाई न कर लें तो परिवार को दो जून की रोटी मिलना भी दूभर हो जाय। उस पर दमा का रोग, जिसे लोग कहते हैं कि दम के साथ ही जाता है। गया भी दम के ही साथ। दवा करते-करते ही जिन्दगी गुजर गई।

माँ को हम लोग 'माई' कहते। वह बताती थी कि जब उसकी शादी हुई तो उसके पिता सहित घर के सभी पुरुष एक कत्ल के केस में लम्बी सजा काट रहे थे। वह थी जरूर एक प्रतिष्ठित जमींदार की बेटी, किन्तु जब उसके पिता और भाइयों पर मुकदमा दर्ज हुआ तो गिरफ्तारी से बचने के लिए कई दिनों तक वे अंडरग्राउंड रहे। पुलिस दबिश देती रही। अंग्रेजों के जमाने में कानून बड़े सख्त थे। आत्म समर्पण न करने के कारण उनके घर की कुड़की तक हुई जिसमें पुलिसवाले घर के बर्तन तक उठा ले गए।

अन्तत: पिता सहित चारों भाइयों ने सरेंडर किया और सभी अनिश्चित काल के लिए जेल चले गए। इधर घर में लड़की सयानी हो रही थी सो उसकी माँ ने अपने पुरोहित को बुलाया और अपनी बेटी के विवाह हेतु लड़का देखने के लिए उन्हें पश्चिम की ओर रवाना कर दिया। उन्हें कहीं से पता चला था कि उनकी बिरादरी का एक गाँव गोरखपुर जिले के उत्तर में है जो बड़े खानदानी लोग हैं। पुरोहित आए, लड़का देखा, खानदान परखा, जन्म-पत्री मिलाई जो अच्छे गुणों से बन रही थी और यह भी देखा कि उनके पास इतनी खेती थी कि लड़की का गुजर-बसर हो सकता था। अगर पुरोहित महराज ना-नुकुर करते तो उन्हें और दौड़ना पड़ता। सो उन्होंने शादी ठीक कर दी और विवाह सम्पन्न हो गया। पिता और सभी भाई जेल में ही थे। शादी में घर का कोई शामिल न हो सका, दो छोटे भतीजों के अलावा।

खानदान, खेती और लड़का-उस जमाने में इन्हीं तीन चीजों को परखा जाता था। लड़का से तात्पर्य कि उसके सभी अंग साबूत हों और वह इतना हट्ठा-कट्ठा हो कि खेती में मेहनत कर सके। इस दृष्टि से उत्तम शादी थी। संरक्षण के लिए सास भी नहीं थीं। जेठानी मालकिन थीं जिनके पति सरकारी प्राइमरी स्कूल में शिक्षक थे।

बाऊजी अपने पिता की दूसरी पत्नी के पुत्र थे। अपने बड़े भाई से उम्र में बीस साल छोटे। उनका काम था-खेती, पशुपालन और घर की देखभाल करना। स्वाभाविक है उनकी पत्नी को भी घर में वही हैसियत नसीब हुई। गौने के समय से ही उनको भरपूर कष्ट मिला। उन दिनों तो बेटियों को आशीर्वाद ही मिलता था कि, "नैहर से डोली निकले, ससुरार से अर्थी।" लड़कियाँ हर तरह का दुख सहकर भी ससुराल में रहती थीं। वे अपने माता-पिता को कुछ भी नहीं बताती थीं। मेरी माँ अपना दुखड़ा रोती भी तो किससे? घर में था ही कौन जो सुधि लेने आता? तीन बरस बाद जेल से छूटने पर जब उनके भैया आए और अपनी बहन की दशा देखी तो खूब रोए और जाते समय उसे अपने साथ लेते गए। उसके बाद तो उन लोगों ने तय कर लिया कि वे अपनी बेटी की बिदाई तभी करेंगे जब उसके पति अलग घर बसा लेंगे।

और आखिर एक दिन बँटवारा हो गया। बँटवारे में बाऊजी को एक बैल के साथ लढ़िया (बैलगाड़ी) भी मिली और साथ में मिले उनके बूढ़े पिता, जिन्हें उनके पढ़े-लिखे कमासुत बड़े बेटे ने अपने साथ रखने से साफ इनकार कर दिया था। बाऊजी अब दिनभर काम करते और अपने पिता जी के साथ खुद बनाते-खाते। शरीर में ताकत इतनी थी कि वे मेहनत से कभी नहीं डरे। वर्षों ऐसे ही चलता रहा।

एक दिन बड़े मामा आए। उन्हें भी रोटी पकाकर बाऊजी ने ही खिलाया। मामा ने देखा कि उनके बहनोई दिनभर खेतों में काम करते हैं, बैलों की सेवा करते हैं, घर की सफाई करते हैं और भोजन भी खुद ही पकाते हैं। मामा को बाऊजी का दुख देखा न गया और उन्होंने अपनी बहन को खुद पहुँचा दिया। साथ में लढ़िया के पीछे-पीछे बँधा हुआ एक बैल भी आ गया। बाऊजी की खुशी का ठिकाना नहीं था।

मेरा जन्म पुरनका टोला पर हुआ था किन्तु मेरे जन्म के तीन-चार बरस बाद ही डकैतों के डर से पूरा टोला उजड़ गया और जिसे जहाँ जगह मिली बस गया।

सुकुल के टोले पर अपनी जमीन थी। बाऊजी ने वहाँ बिलकुल नये ढंग का अपना घर बनवाया। गाँव में ही नहीं, कहीं भी मैने उस तरह का खपड़ैल मकान नहीं देखा। मिट्टी की दीवाल पर छल्ली लगा दी गई थी। उत्तर-दक्खिन आमने-सामने दो छोटे-छोटे कमरे, बीच में दालान और पूरब-पश्चिम दोनो ओर ओसारा। ओसारों में खुलनेवाले दालान से जुड़े दरवाजे खोल देने पर सीधे हवा आर-पार जाती थी,

किन्तु दोनों दरवाजे एक साथ खुलते बहुत कम थे। कुत्ते-बिल्ली का डर तो था ही, इंसान के ईमान का भी क्या भरोसा? हाँ, कमरों से हवा के आवागमन का कोई सम्बन्ध नहीं था। दोनों कमरों में एक-एक रोशनदान भर थे जिनसे हलकी सी रोशनी आती। कुछ ढूँढ़ने के लिए दिन में भी टार्च या ढेबरी का सहारा लेना पड़ता। दक्खिनवाले कमरे में एक डेहरी थी जिसमें अरहर की दाल रखी जाती, एक धुनकी थी जिसमें भेली, और नीचे सजाकर छोटी-बड़ी अनेक हाँड़ियाँ और खोन्हें (मिट्टी के बर्तन) रखे गए थे जिनमें तरह-तरह के अनाज तथा गृहस्थी के दूसरे सामान रखे जाते। उत्तर वाले कमरे में भी एक डेहरी थी और किनारे परई से ढँकीं कुछ हाँड़ियाँ। मेरी जब शादी हुई तो इसी कमरे में दूल्हन के लिए चारपाई डाल दी गई। गर्मी के दिनों में पूरी रात पंखा झलते बीत जाती। वर्षों तक गृह-बधू सरोज शर्मा का यही स्थाई निवास था, जब तक बेटे की पढ़ाई के बहाने मैं उन्हें बड़हलगंज नहीं ले गया। उन दिनों गाँवों में नई बहुओं को घर से बाहर निकलना प्रतिष्ठा के विरुद्ध था। कभी-कभार निकलती भी थीं तो लम्बे घूँघट में। काकी (राममूरत काका की पत्नी) ने तो एक बार बड़े गौरव-बोध के साथ मुझसे कहा था, "बबुआ, बूढ़ हो गइलीं लेकिन हम आपन खेत ना देखलीं।" मेरी माँ ने भी घर की इस तथाकथित मर्यादा का ख्याल रखा और मरते समय तक भी उसने अपने कुछ खेत नहीं देखे थे।

पश्चिम ओसारे में चूल्हा जलता था, माँ ने पीली मिट्टी का चूल्हा अपने हाथ से बनाया था। लवना (जलावन) के लिए लकड़ियों की कमी थी नही। अपना बाग था। बीजू आम के बड़े-बड़े पेड़ थे। जामुन, महुआ, शीशम आदि के भी दर्जनों पेड़। किसी भी पेड़ से कुछ डाल काट लीजिये-जलावन तैयार। आम के एक-एक पेड़ तो आज के पचास कलमी पेड़ों के बराबर थे। वृक्षारोपण के नाम पर आज तो सिर्फ संख्या गिनाई जाती है-ठिगने-ठिगने, फलहीन, छायाहीन, कोमल तनों और जल्दी बूढ़े होनेवाले वृक्षों के पौधे लगाकर, जिनकी लकड़ियाँ भी किसी काम की नहीं होतीं।

फूल का एक बटुला था जिसमें भात, बटुली में दाल और लोहमटिया की कड़ाही में तरकारी बनती थी। हाँ, भोजन के लिए फूल की थाली एक ही थी। एक थाली पीतल की थी जिसमें दही परोस देने से दही का स्वाद कुछ मिनटों में ही बिगड़ जाता। एक मोटे आल्मुनियम जैसी धातु की थाली भी थी जिसे देखने से ही लगता था कि इसे हाथ से पीटकर थालीनुमा आकार दे दिया गया है। उसे बाऊजी के किसी दोस्त ने उपहार में दिया था। बाऊजी उसके बारे में गर्व से बताते कि जहाज बनानेवाली धातु से ही यह बनाया गया है और यह जीवनभर रहेगा। उस समय तक स्टील के बर्तन गाँवों तक नहीं पहुँचे थे। शहर में शायद हों, नहीं जानता,

क्योंकि तब तक मैंने भी शहर नहीं देखा था। कूकर की सीटी की आवाज भी गाँवों में सुनने को नहीं मिलती थी। चोरी या डकैती करते समय लुटेरे बर्तन भी उठा ले जाते। हाँ, घर में लोटे दो थे फूल के। दिन की शुरुआत लोटे से ही होती थी। सरेह में फराखत (शौच) जाने के लिए घर से लोटे में ही जल ले जाना पड़ता था।

एक बार मेरी दीदी के ससुर आए थे। बाऊजी को उनके साथ ही भोजन करना था। दुक्खी काका के घर से एक और फूल की थाली मैं चुपके से ले आया था। माँ ने भात को थालियों में परोस करके एक तरफ दबाकर गोल सा बना दिया और उसी के ऊपर सब्जी रखने के लिए कटोरी के आकार की जगह भी, जिसमें सब्जी रख दी और बाकी हिस्से में दाल। रोटियाँ मोड़कर भात के ऊपर रख दी थी। कटोरियों के अभाव की क्षतिपूर्ति का यह फार्मूला मेरे घर तब तक अपनाया जाता रहा जब तक स्टील के बर्तन नहीं आ गए। भोजन हम जमीन पर बैठकर करते। नीचे जूट का बोरा या छोटी चटाई बिछा दी जाती। बाऊजी को भी भोजन कराते समय माँ बेना (पंखा) झलते हुए सामने बैठी रहती, घटने पर देने के लिए। उसकी निगाह भोजन करनेवालों की थाली पर रहती और पूछती रहती। भोजन करने वालों को देते वक्त वह कभी भी अपने बारे में नहीं सोचती कि उसके लिए कुछ बचा भी है या नहीं। मैंने उसे भोजन करते बहुत कम देखा है। सबको खिला लेने के बाद मानो उसका पेट भर जाता और वह परम सन्तुष्ट हो जाती। फिर बचा-खुचा खाकर सो जाती। अमूमन भोजन हम दालान में ही करते।

पूरब ओसारे की दीवाल में ताखा बना दिया गया था। शाम होते ही माँ इसमें मिट्टी के तेल का दीया जलाकर रख देती थी जिसे वह 'सँझवाती जलाना' कहती थी। जलाने के बाद दोनो हाथ जोड़कर 'संझा मैया' को नमन करती और सोते समय आँचल के पल्लू से हवा करके उसे बुझाती। फूँक से दीपक बुझाने की आदत हमें भी नहीं है। उसी दीवाल में एक तरफ थोड़ी जगह छोड़ दी गई थी जिसमें मैंने काठ की दो छोटी-छोटी पटरियाँ लगाकर अपने लिए पुस्तकों का सेल्फ बना लिया था जो बाद में विश्वम्भर के भी काम आया।

गोरा रंग, पतले होंठ, लम्बी सुडौल नाक, उसमें छोटी सी कील, ललाट पर लाल चौड़ी टिकुली, माँग में पीला सिन्दूर और सिर से ढँकी हुई किनारी सूती साड़ी में माँ खूब फबती थी। भिनसहरा होते ही पश्चिम ओसारे में गड़े जाँत पर माँ बैठ जाती थी और दिन उगने से पहले ही जरूरत भर का पिसान पीस देती। मैं पूरब ओसारे में सोता था। इसके बावजूद माँ की सुरीली आवाज से ही मेरी नींद खुलती और मैं पढ़ने बैठ जाता। बाऊजी भी थोड़ी देर बाद बैलों को नाँद पर लगाते और उनके लिए सानी-पानी करते। माँ के द्वारा गाए जानेवाले 'जँतसार' के न जाने

कितने गीत लम्बे समय तक मेरी स्मृतियों में बसे हुए थे। इन गीतों में करुणा के स्वर अधिक होते थे-खासकर नैहर की स्मृतियों के। माँ के सुर में जादू था। सावन में कजरी तथा फागुन में फगुआ की महफिल मेरे घर जरूर जमती। शाम को भोजन के बाद पड़ोस की महिलाएँ आ जातीं जिनका काम माँ के सुर में अपना सुर मिलाना भर होता। माँ के बाद संगीत की इस विरासत को भउजी ने आगे बढ़ाया।

माँ महीने में एक बार हम सबको बुकवा (उबटन) जरूर लगाती। इसके लिए वह पीला सरसों हलका सा भूनकर सिल पर पीस लेती, उसमें वह कुछ और चीजें भी मिलाती, फिर मलिया में रखकर सरसों के तेल के साथ ले आती और हमें बड़े प्यार से लगाती। जाड़े के दिनों में, धूप में बैठकर माँ के हाथों बुकवा लगवाने के सुख की कल्पना भी वे नहीं कर सकते जिन्हें अपनी माओं के हाथों जन्नत का यह सुख कभी मयस्सर नहीं हुआ। बुकवा लगवाने का मेरा यह सिलसिला गाँव छोड़ देने के बाद भी कुछ वर्ष तक सरोज सँभालती रहीं। अब गाँवों में भी नये जमाने की माओं को यह जहमत नहीं उठानी पड़ती। वे जॉनसन कम्पनी को जरूर धन्यवाद देती होंगी जिसने बच्चों के लिए तरह-तरह के पाउडर और लेप ईजाद करके बुकवा को सदा के लिए रिप्लेस कर दिया है। इतनी बड़ी अमेरिकन कम्पनी के सामने बुकवा की हैसियत ही क्या थी?

पड़ोस में किसी के घर विवाह या कोई भी मांगलिक कार्य होने पर वे माँ को बुलाकर अवश्य ले जातीं। उन दिनों जब तक महिलाओं के मांगलिक गीत नहीं हो जाते यज्ञ पूरा नहीं माना जाता। एक बार तो राम बिरिछ भैया (रामबृक्ष उपाध्याय) के घर भोजन कर लेने के बाद भी बाराती गारी सुनने की लालच में हाथ धोने के लिए उठ ही नहीं रहे थे। वे तीन-चार गारी सुन लेने के बाद तभी उठे जब माँ और उसके साथ की महिलाओं ने गाना बन्द कर दिया। बाद में साँस फूलने की बीमारी के कारण उसने गीत गाना बहुत कम कर दिया।

माई-बाऊजी के बीच झगड़ा होते मैंने कभी नहीं देखा। बाऊजी जब कभी किसी बात के लिए माँ को डाँटते तो माँ एक शब्द नहीं बोलती। वह सिर्फ सुनती रहती। बाऊजी खुद ही बोलकर चुप हो जाते। बाद में आवश्यक होने पर वह अपनी सफाई दे देती। ऐसी सहनशीलता मैंने किसी और में नहीं देखी।

माँ बड़े घर की बेटी थी। बचपन बड़े लाड़-प्यार में बीता था। किन्तु मैंने उसे अपने भाग्य पर आँसू बहाते या किसी चीज के लिए बाऊजी से फरमाइश करते या उलाहना देते या किसी दूसरे के सामने किसी अभाव का दुखड़ा रोते नहीं देखा। न जाने किस धातु की बनी थी मेरी माँ। जो कुछ उसे मिला था उसी में परम सन्तुष्ट-भगवान की कृपा समझकर।

माँ को दमा ने कमजोर कर दिया था। जाँता वह पीस लेती किन्तु ढेंका चलाने में वह थक जाती। ढेंका पैर से चलाया जाता। कुछ देर बाद ही थकान आ जाती। मेरे पूरबवाले ओसारे में ढेंका था। ऐसे में दसई काका की पत्नी या सूरसती या कोई दूसरी पड़ोस की महिला अपना धान लेकर आ ही जाती और माँ का भी धान कूट देती। बदले में माँ भी ओखली में हाथ से धान चलाकर उनका सहयोग करती। ओखली में धान चलाने का काम बैठे-बैठे ही हो जाता और थकान नहीं लगती। ऐसा प्राय: रोज ही होता। उन दिनों अरवा भात खाने का रिवाज बहुत कम था। धान को उबालकर भुजिया किया जाता और उसे सुखाकर फिर ढेंकी में कूटकर चावल निकाला जाता। अमूमन किसी त्योहार के दिन या मेहमान के आने पर अरवा भात बनता। भुजिया चावल तैयार करने में श्रम तो बहुत लगता किन्तु स्वास्थ्य की दृष्टि से यह चावल बहुत उपयोगी होता था। उन दिनों मधुमेह के रोगी गाँवों में नहीं मिलते थे। अब तो धान की फसल घर में आने के साथ ही धनकुट्टी मशीन घर-घर पहुँच जाती है और लोग जरूरत भर का चावल एक ही साथ कुटवाकर घर में रख लेते हैं। इसी तरह मेरे गाँव में आटा पीसने की चार मिलें हैं। मशीनी सभ्यता ने श्रम से महिलाओं को मुक्त कर दिया है, किन्तु बदले में सुगर, ब्लडप्रेसर, थायरायड और गठिया का तोहफा भी खूब दिया है।

स्कूल जाने से पहले ही माँ ने मुझे हनुमान चालीसा और गायत्री मंत्र रटा दिया था। रघुनाथ दास रामसनेही कृत 'विश्राम सागर' उसका प्रिय ग्रंथ था जिसका, समय मिलने पर वह पारायण करती। जब तक स्वास्थ्य अनुकूल रहा, माँ व्रत जरूर रहती और सारे त्योहार उत्साह से मनाती। तीज और जिउतिया (जीवत्पुत्रिका) का व्रत उसने तब तक रखना जारी रखा जब तक उसके शरीर में तनिक भी ताकत थी। ये पर्व पति और पुत्र की सलामती के लिए रखे जाते। उसके जीते जी दोनों सलामत रहे। होली, दीवाली जैसे त्योहारों के दिन माँ को बिलकुल फुर्सत नही मिलती। उस दिन कुछ खास पकवान बनाने पड़ते। घर के लोगों के अलावा बरेठिन, गँवहिन, कोंहार, लोहार, हरवाह सभी आते और सबको बाकायदा भोजन कराना पड़ता या उन्हें भोजन भर की सामग्री देनी पड़ती।

माँ को अपने मैके के एक पारिवारिक देवता 'चउरा बाबा' पर बड़ी श्रद्धा थी। इस सम्बन्ध में उसके साथ घटी एक घटना मुझे कभी नहीं भूलती।

भादों की अँधेरी रात थी। ग्यारह बज रहे थे। बाहर लगातार बारिश हो रही थी। माँ काफी दिनों से बीमार थी। उसका शरीर बहुत कमजोर हो गया था। साँसें तेजी से ऊपर-नीचे हो रही थीं। पैर ठंडे हो गए थे। बाऊजी उसके सिर को धीरे-धीरे सहला रहे थे और मैं उसके पाँवों में तेल की मालिश कर रहा था ताकि पाँव में कुछ गर्मी आए।

माँ के बड़े भाई चन्द्रबली मामा भी आए हुए थे। हम सभी भीतर ही भीतर टूट चुके थे और हताश होकर उसकी मौत की मानो प्रतीक्षा कर रहे थे। इसी बीच बाऊजी ने चन्द्रबली मामा से आग्रह किया,

"अब तो कोई रास्ता बचा नहीं है। चउरा बाबा से ही प्रार्थना कीजिए न! वे आपके खानदानी देवता हैं। और इनकी भी चउरा बाबा में बड़ी श्रद्धा है।" उन्होंने माँ की तरफ संकेत करते हुए कहा।

माँ से भी उन्होंने चउरा बाबा को मनाने का आग्रह किया जो बोल तो नहीं पा रही थी किन्तु चेतना उसकी मौजूद थी।

मामा हाथ मुँह धोकर जमीन पर बैठकर चउरा बाबा का ध्यान करने लगे। लगभग एक घंटे बाद चमत्कार हुआ। जिस माँ के मुँह से कई दिनों से कोई आवाज नहीं निकल रही थी वह अचानक उठकर बैठ गई,

"अरे हमार बाबा आ गइलें, बाबा आ गइलें। बाबू तनी लोटा में पानी ले आवऽ। हम बाबा के पाँव पखारब।"

मैं लोटा को भली-भाँति साफ करके पानी ले आया। उसके इशारे के अनुसार पानी गिराया। उसने अपने हाथ से दीवाल को धोया और कुछ क्षण बाद आराम से लेट गई। उसका साँस फूलना एकाएक बन्द हो गया। बाऊजी ने पूछा, "चउरा बाबा चल गइलें?"

"हाँ चल गइलें।"

"का कहलें हवे?

"हमार पीठ ठोंकलें हवें, अउर कहलें हवें-जो ठीक हो जइबे।"

"कइसन रहलें हवें चउरा बाबा?"

"खड़ाऊँ पहिरले रहलें आ हाथे में छड़ी ले ले रहलें हवें।"

उसके बाद कई महीने तक माँ का साँस फूलना बन्द रहा।

फिर भी माँ असमय चली गई। 6 जून, 1982 को। उस समय उसकी उम्र पचास से अधिक नहीं रही होगी, किन्तु मेरे मानस पटल से भला वह कैसे ओझल हो सकती है?

बाऊजी

19 फरवरी, 1991। बीआरडी मेडिकल कॉलेज गोरखपुर के इमेरजेन्सी वार्ड का बेड नं.-7। रात के दो बज रहे हैं। डॉक्टर निर्विकार भाव से जाँच कर रहा है—सिर्फ हमारी सन्तुष्टि के लिए। सरोज, दीदी, विश्वम्भर आदि कई लोग घेर कर खड़े हैं। बाऊजी अन्तिम साँस ले रहे हैं। मैं साँस रोके उन्हें देख रहा हूँ। जी करता है उन्हें दोनों हाथों से अँकवार में भर लूँ और खूब चिल्ला-चिल्लाकर रोऊँ। उनसे कहूँ कि आप तो कभी हार माननेवाले नहीं थे? कितने साहसी थे आप? मामूली ठोकर ही तो लगी थी किसी की बाईक से? आपको हड्डियाँ इतनी कमजोर कैसे हो गईं? मैं सब समझ रहा हूँ। मेरी ही तरह आप भी तो सोचते रहते थे-राह चलते। सड़क पर कुछ सोचते हुए चल रहे होंगे, हार्न नहीं सुनाई दिया होगा और किसी ने ठोकर मार दी होगी। आप मन से कमजोर हो गए हैं। अकेलापन ने आपको कमजोर बना दिया है। माँ के जाने के बाद पिछला नौ साल कैसे गुजारा है आपने, यह आपके अलावा कोई नहीं समझ सकता। लोग तो आपको भाग्यशाली कहते हैं। दोनो बेटे प्रोफेसर हो गए। लेकिन सचाई तो सिर्फ मैं जानता हूँ न? किस काम के थे हम आपके लिए? आपका मन न गोरखपुर में विश्वम्भर के यहाँ लगता था और न मेरे यहाँ बड़हलगंज में। हम दोनों अपनी-अपनी दुनिया में व्यस्त। कौन अड्डेबाजी करता आपके साथ रोज बैठकर? किसे फुर्सत थी? सन्ध्या की शादी के बाद गाँव में कोई था नहीं जो आपको दो रोटी बनाकर खिला सके। भरे-पूरे परिवार में परिवार का मुखिया कितना अकेला हो गया था अपने अन्तिम दिनों में।

बाऊजी, आज आप हमें माफ कर दीजिए। मेरी यह अन्तिम प्रार्थना स्वीकार कर लीलिए। लौट चलिए घर। मैं सारा पढ़ना-लिखना छोड़कर आपकी सेवा में लग जाऊँगा। आपसे खूब बातें करूँगा। आपको तुलसीकृत रामायण, विश्राम सागर और गीता पढ़कर रोज सुनाऊँगा। अकेले कभी नहीं छोड़ूँगा।

"ही इज नो मोर" डॉक्टर की जबान खुली और मेरी तन्द्रा टूटी। दीदी चिल्ला उठी। सबकी आँखों से आँसुओं की धाराएँ फूट पड़ीं। पिछले तैंतीस साल से मैं इसी पछतावे के साथ जी रहा हूँ कि बाऊजी को मैंने अकेला छोड़ दिया था वर्ना उनकी छत्र-छाया आज भी हमारे सिर जरूर होती। मैं नहीं मानता कि उनकी मौत आ गई थी। मैं अन्ध भाग्यवादी नहीं हूँ, कर्म में विश्वास करता हूँ मैं। अब तो मरते समय तक यह पछतावा मेरा पीछा छोड़नेवाला नहीं है कि उनके असमय निधन का जिम्मेदार मैं भी हूँ। आज भी लगता है कि बाऊजी की कातर निगाहें मुझे निहार नहीं रही हैं, पुकार रही हैं।

अद्‌भुत जीवट के व्यक्ति थे बाऊजी। अपने भैया से बँटवारे के बाद बिलकुल अकेले। शादी के सात-आठ वर्ष बाद ही पत्नी को दमा ने अपनी गिरफ्त में ले लिया था। किन्तु बाऊजी कभी हार नहीं माने। आजीवन उन्होंने माँ की एकनिष्ठ भाव से सेवा की। तनिक भी कोताही नहीं बरती। अभावों के बावजूद उन्होंने अपने पौरुष और सूझ-बूझ के बल पर पूरी ईमानदारी और स्वाभिमान के साथ जो जिन्दगी गुजारी, वह एक मिसाल है।

बचपन में बाऊजी के भैया ही घर के मालिक थे। वे मिडिल पास थे और आला काबिलियत भी। खुद सरकारी प्राइमरी स्कूल के अध्यापक। अपने से बीस साल छोटे भाई की तालीम के प्रति वे उदासीन रहे। उन्होंने अपने अनुज को इतनी ही तालीम दिलाई जिससे कि वे 'तुलसीकृत रामायण', 'विश्राम सागर', 'सोरठी वृजाभार', 'आल्ह खंड', 'तोता मैना किस्सा', 'लोरिकायन' और 'बैताल पचीसी' पढ़ सकते थे। वे भैंस चराते, दूध दुहते, कुश्ती लड़ते, आल्हा गाते और खेती करते। उनके मुँह से उनकी मान्यताओं को प्रकट करनेवाली निम्नलिखित पंक्तियाँ मैंने नसीहत के रूप में सैकड़ों क्या हजारों बार सुनी है—

उत्तम खेती मध्यम बान, निसिध चाकरी भीख निदान।

बँटवारे के बाद अपने हिस्से में आई खेती और बैल की सेवा से जो समय बचता, वे अपने ही अन्य पट्टीदारों के यहाँ कुछ काम करते किन्तु भोजन उन्हें अपने घर खुद बनाना पड़ता-उनके बूढ़े पिता जो उनके साथ थे। ब्राह्मण होने के कारण उन्हें न तो हल की मूठ पकड़ने का सामाजिक अधिकार था और न दूसरों के यहाँ मजदूरी करने का। इससे उनकी सामाजिक प्रतिष्ठा पर आँच आ सकती थी।

चन्द्रबली मामा जब आए थे और उन्हें भी बाऊजी ने अपने हाथ से भोजन बनाकर खिलाया तो उन्हें अपने बहनोई का दुख देखा न गया और अपनी बहन को उन्होंने खुद पहुँचा दिया और साथ में एक बैल भी। बाऊजी के हिस्से में आई

बैलगाड़ी अब चल निकली। वे पास के कटहरा जंगल से सूखी जलौनी लकड़ियाँ लादते और सिसवा-घुघली जैसे शहरों में ले जाकर बेचते।

घर के सामने से गुजरनेवाली सड़क उन दिनों कच्ची थी। बैलगाड़ियों के पहिए भी उन दिनों काठ के होते थे जिन पर लोहे की हाल चढ़ी होती थी। एक ही रास्ते पर बैलगाड़ियों के लगातार चलने से सड़कों पर लीक बन जाती थी और बरसात के दिनों में बड़े-बड़े गड्ढे। कभी-कभी बैलों के लिए उन बड़े-बड़े गड्ढों से बैलगाड़ियों को निकालना बड़ा कठिन होता था। बाऊजी को दूसरों का सहयोग लेना पड़ता था। कई लोग एक साथ जोर लगाकर गड्ढों से पहिया निकालते थे। बैल भी अपना कर्तव्य भली-भाँति जानते थे और यथासमय वे भी जोर लगाते थे। सहयोग के बगैर गाँव में जीवन सम्भव नहीं है। बाऊजी उसी सड़क से शहरों तक लकड़ियाँ ले जाते थे और तीसरे या चौथे दिन लौटते थे। लकड़ियों से लदी बैलगाड़ी जब घर के सामने आती तो वे सड़क के किनारे बैलगाड़ी खड़ी करके भोजन करने घर आते, एक-दो घंटे रुकते और फिर बैलों की लगाम थाम लेते। बैलगाड़ी पर उनके भोजन के लिए आटा चावल के साथ जरूरी बर्तन भी पड़ा रहता और बैलों के लिए खली-खुद्दी और भूंसा भी। जहाँ शाम होती भोजन पकाकर खा लेते। उनके बैल इतने सधे होते थे कि कभी-कभी तो बाऊजी बैलगाड़ी पर गहरी निद्रा में सोते रहते और बैल अपने रास्ते चलते जाते। ऐसे दृश्य अनेक बार मैंने देखा है। सामने से आनेवाली बैलगाड़ी को देखकर बैलों का अपने आप किनारे हो जाना और उन्हें रास्ता देना सामान्य बातें थीं। मैंने बाऊजी को असीमित संघर्ष करते देखा है। कभी मैंने उनके चेहरे पर हताशा नहीं देखी। माँ को जब दमा ने दबोच लिया तो उसकी देखभाल के लिए बाऊजी ने भी लकड़ी लादना छोड़ दिया।

आल्हा गाना बाऊजी का शौक था। आसपास के गाँवों के लोग आम तौर पर उन्हें आल्हा गाने के लिए आमंत्रित करते। उन्हें सिर्फ उनके भोजन की व्यवस्था करनी पड़ती। उस दिन अमूमन वे अहरा पर लिट्टी, अरहर की दाल और चोखा बनाते। भोजन करने के बाद आल्हा शुरू करते और दो घंटे के बाद दो माना (एक किलो) दूध पीते। दूध अहरा पर ही गरम होता रहता। हाँ, उस दिन वे पान जरूर खाते, सादा पान। मैंने कई बार उनकी महफिल में श्रोता की हैसियत से आल्हा का आनन्द लिया है। जब वे युद्ध के दृश्य का वर्णन करते,

खटखट खटखट तेगा बोले, बोले छपक छपक तलवार,
सरसर सरसर सरही चल रई, जाकैं लगें निकरबें पार
पैदल कै संग पैदल भिरिगे, औ असवारन से असवार,
हौदा कै संग हौदा मिलिगै, ऊपर पेशकब्ज की मार।

तो उनके ढोलक पर थाप भी तेगा की तरह ही तेज हो जाती और मेरी भी भुजाएँ फड़कने लगतीं। रूदल के जन्म का वर्णन करते हुए वे गाते थे,

"जा दिन जनम भयो रूदल कै, धरती धँसी अढ़ाई हाथ।"

आल्हा गाने के एवज में किसी तरह की बिदाई लेना वे अपना अपमान समझते थे। तीन से चार घंटे लगातार आल्हा चलता। वे अकेले गाते और ढोलक भी खुद बजाते। श्रोताओं की बड़ी भीड़ होती। आल्ह खंड का अधिकांश हिस्सा उन्हें याद था। कभी सामने किताब रखकर मैने उन्हें आल्हा गाते नहीं देखा।

मैं दर्जा चार में पढ़ता था। राजकीय प्राइमरी पाठशाला सोनरा में। गाँव के बच्चों के साथ हम पैदल ही आते-जाते थे। मेरे साथी थे राममिलन, जो मुझसे एक दर्जा पीछे थे। एक बार राममिलन से झगड़ा हो गया, थोड़ी मारपीट भी। राममिलन रोते हुए अपने घर जा रहे थे। मैं अभी सड़क पर ही था कि उनके काका बदरी तेजी से आए और मुझे दो-तीन झापड़ जड़ दिये। मैं रोते हुए अपने घर आया। बाऊजी घर पर ही थे। देखते ही उन्होंने पूछा,

"का भईल? काहें रोअ ताड़ऽ?"

"बदरी काका मरलें हवें।"

"काहें?"

"राममिलन हमरे कमीज पर स्याही छिड़िक दिहलें। तऽ हम उनके एक चाटा मार दिहलीं।"

"राममिलन नाहीं मरलें?"

"ऊहो मरलें आ हमहूँ।"

इतना सुनने के बाद बाऊजी की आँखों से अंगारे फूटने लगे।

"लइकन के झगड़ा में हाथ चलावेके हिम्मत इनकर कैसे हो गईल? चल हमरे साथ।"

उन्होंने लाठी उठाया, मेरा हाथ पकड़ा और बदरी के घर की ओर चल दिये। बदरी भी पहलवानी करते थे। वे मेरे बाऊजी से भी ज्यादा तगड़े थे। बदरी, बेनी और तिरबेनी तीनो भाई एक ही साथ रहते थे। संगठित थे। तीनो ताकतवर थे। राममिलन, बेनी के लड़के थे। खपड़ैल का बखरी मकान था उनका। उनके सामने बाऊजी की कोई हैसियत नहीं थी। किन्तु बाऊजी अकेले मेरा हाथ पकड़े उनके दरवाजे पर चढ़ गए और जोर-जोर से ललकारने लगे।

"निकल बाहर, तोहार हिम्मत कैसे भईल हमरे लइका के ऊपर हाथ छोड़े के?...।"

वे चुनौती देने लगे। तीनो भाई अपने घर में ही थे। कोई बाहर नहीं निकला।

अन्त में कुछ पड़ोस के लोग बाऊजी को समझा-बुझाकर हमारे घर ले आए। बाऊजी का वह रूप देखकर मैं घबड़ा गया था। किसी के दरवाजे पर चढ़कर उन्हें चुनौती देना कितने साहस का काम है? यदि वे तीनो भाई घर से निकलकर बाऊजी पर टूट पड़ते तो बाऊजी कुछ न कर पाते। किन्तु बाऊजी का साहस अद्भुत था।

कुछ दिन पहले ही रात में चोरी से गन्ना काटते हुए देखकर उन्होंने अकेले ही तुफानी को इतना मारा था कि उन्हें दस दिन तक हल्दी दूध पीना पड़ा था।

स्नान-ध्यान के बगैर बाऊजी मुँह में कुछ नहीं डालते। किन्तु उनका स्नान-ध्यान बहुत साधारण होता। अमूमन कुएँ पर वे गगरा या बालटी से पानी भरकर सिर पर उँड़ेल लेते। फिर शरीर मल लेते और एक गगरा पानी दुबारा। स्नान हो गया। धोती बदलते, गीली धोती पानी में डुबोकर मिचकारते और अरगनी पर फैला देते। इसी तरह उनका ध्यान भी अति सामान्य था, बिना किसी ताम झाम के। वे कहते कि, "किसान का तो जीवन ही योगी का होता है। हम ही तो हैं जो खुद भूखे रहकर दुनिया का पेट भरते हैं।"

नहाने के बाद वे जहाँ कहीं भी चुक्का -मुक्का बैठ जाते और हाथ जोड़कर भगवान का स्मरण कर लेते। राम हों, शिव हों, हनूमान हों, उनके लिए सब बराबर। दस से पन्द्रह मिनट का ध्यान और उसके बाद खराई से बचने के लिए गुड़ का टुकड़ा या जो कुछ भी खाद्य उपलब्ध हो, मुँह में डाल लेते। इसके बाद वे अपने काम में जुट जाते। बैठकर गप्प करना तो उन्हें आता ही नहीं था। बरसात के दिनों में जब भी फुर्सत होती वे सुतरी कातते या रस्सी बुनते (बटते)। सुतरी के लिए सनई और रस्सी के लिए पटुआ बाऊजी हर साल उगाते। सनई के फूल की सब्जी मुझे बहुत स्वादिष्ट लगती। किन्तु उसका असली उपयोग सुतरी के लिए ही होता। खेत में तैयार हो जाने के बाद सनई को काटकर पहले तालाब में डाला जाता और उसे सड़ने के लिए डुबो दिया जाता। लगभग एक हफ्ते बाद जब उसका छिलका सड़ जाता तो उसे उसी तालाब के पानी में पहले पीटा जाता था और इसके बाद उसे धोकर साफ किया जाता था। फिर सुखा लेने के बाद चरखी के सहारे सुतरी तैयार की जाती थी। यह चरखी सूत कातनेवाले चरखे से भिन्न होती थी जिसे खड़े होकर या किसी ऊँचे आसन पर बैठकर हाथ से नचाया जाता और सुतरी बनती जाती। घर में खटिया (चारपाई) बुनने के लिए हमारे यहाँ कभी सुतरी या रस्सी बाजार से नहीं खरीदी गई। पटुआ भी इसी तरह तैयार किया जाता किन्तु उसकी रस्सी दोनो हाथ से बुनी (बटी) जाती। रस्सी के लिए बाऊजी खेत के मेंड़ों पर सबई भी उगाते और सुखाने के बाद उससे भी रस्सी बटते। सबई की रस्सी से बुनी हुई चारपाई नंगे शरीर सोने पर गड़ती। उसकी उम्र भी सुतरी की रस्सी से कम होती।

रस्सी जरूरत के अनुसार पतली या मोटी बनाई जाती। पशुओं के लिए पगहा, नाथ, जाबा, दँवरी, गगरी-गगरा से पानी भरने के लिए उगहन, सामान ढोने के लिए बँहिगाँ, लढ़िया पर सामान कसने के लिए रसरा आदि न जाने कितनी जगह और कितनी तरह की रस्सी की जरूरत दैनिक जीवन में पड़ती। बाऊजी हर तरह की रस्सी खुद तैयार करते। रस्सो की जरूरत तो आज भी पड़ती है किन्तु अब बाजार से खरीद ली जाती है और सनई-पटुआ की नहीं, प्लास्टिक की। उन दिनों प्लास्टिक का ईजाद हुआ था क्या? याद नहीं, किन्तु पर्यावरण प्रदूषित नहीं था। हम इनार (कुएँ) का जल पीकर बड़े हुए हैं। हैंडपंप तक नहीं थे, आरो की कौन कहे?

बाऊजी खाँटी किसान थे। हर सब्जी जो हमारे क्षेत्र में पैदा हो सकती थी, उन्होंने उगाई। हम चटनी के लिए खेत से ताजी धनिया की पत्ती खोंटकर लाते थे, लहसुन की पत्ती भी और हरा मरचा भी। भोजन परोसा जाता था और हम खेत से चुनकर मूली उखाड़ते थे। किस आकार और कैसी पत्तोंवाली मूली का स्वाद कैसा होगा-यह हम ही जानते थे। मौसम के अनुसार तरह-तरह की सब्जियाँ और साग। हमारे खेतों में गोबर की खाद ही पड़ती थी। सब्जियों का वह स्वाद अब हमारी कल्पना में ही बचा है। अब तो गोबर की खाद मिलती ही नहीं। सारी उपज रासायनिक खादों और कीटनाशकों के सहारे। देखने में हरा भरा किन्तु नि:स्वाद।

हमारे घर खेती तो दो बैलों की भी पूरी नहीं थी किन्तु उसी में बाऊजी सब कुछ उगाते थे। ख्याल रखते थे कि उनके बच्चों को किसी चीज के लिए तरसना न पड़े। रबी की फसलों में गेहूँ, जौ, तीसी, सरसों, चना, मटर, लतरी, मसुरी तथा खरीफ की फसलों में सरया-पाउस जैसे मोटे और जल्दी पकनेवाले धानों से लेकर, कनकजीर और कालानमक जैसे अगहनी धानों तक तथा मकई, बजड़ा, मड़ुआ, कोदो, साँवाँ, टाँगुन से लेकर खीरा, काँकर तक सब कुछ। मकई के खेत का तालमेल काँकर के साथ खूब बैठता था। काँकर की लताएँ जमीन पर पसरती थीं और मौका मिलते ही मक्के के तनों पर चढ़ जाती थीं। मुझे फूट बहुत पसन्द थे। खेत में सुबह के वक्त दौड़कर जाता और फूट ढूँढ़ लाता फिर हम सभी भर पेट खाते। किसी-किसी फूट में मिठास कुछ कम होती तो राब से मिलाकर खाने में बड़ा मजा आता। भारतेन्दु ने 'फूट' और 'बैर' को हिन्दुस्तान का मेवा कहा है। 'फूट' और 'बैर' दोनों श्लिष्ट है। बैर (बेर) तो अभी बचा है किन्तु 'फूट' अब देखने में नहीं आते।

किसानी बाऊजी के जीवन में रची-बसी थी। मौसम का मिजाज पहचानने में उनका कोई सानी न था। कृषक जीवन से सम्बन्धित घाघ और भड्डरी से लेकर दूसरी अनेक लोक प्रचलित कहावतें और लोकोक्तियाँ उन्हें याद थीं।

जीवन की पाठशाला में पढ़कर उन्होंने जो सीखा था उन्हें चैलेंज करना किसी के बूते की बात नहीं थी।

पुरनका टोला पर आम का बाग था जिसे हम बगइचा कहते थे। इसमें बीजू आम के तरह-तरह के पेड़ तो थे ही, जामुन, महुआ, बड़हर आदि के भी पेड़ थे। इसमें सड़क के किनारे अगल-बगल के दो पेड़ों के नाम थे सेनुरिअहवा और लहसुनहवा। लहसुनहवा के आम से थोड़ी-थोड़ी लहसुन जैसी गन्ध आती थी किन्तु वह बहुत मीठा और स्वादिष्ट होता था। बाऊजी और माँ दोनों इन पेड़ों के आम नहीं खाते थे। पूछने पर पता चला कि ये दोनों पेड़ उन्हीं के द्वारा लगाए गए हैं और जब तक उनका विवाह नहीं हो जाता ये उनके फल नहीं खा सकते। इतना पैसा जुट नहीं पाता था कि उनका विवाह कराया जा सके। अन्त में एक बार मैंने जिद की तब जाकर उन पेड़ों का विवाह हुआ।

मैं नहीं जानता कि प्रकृति के प्रति इस तरह का रागात्मक भाव दुनिया के किसी अन्य देश में है या नहीं। हम अपने हाथों से रोपे गए बिरवे को भी बेटा-बेटी की तरह ही प्यार करते हैं। यह एक तरह का अन्धविश्वास है किन्तु मेरा सिर अपने उन पूर्वजों के प्रति श्रद्धा से झुक जाता है जिन्होंने इस तरह की परम्परा आरम्भ की।

बाऊजी को खेत कम होने की चिन्ता हमेशा सताती रहती थी। उन्होंने सस्ता देखकर घर से दस-बारह किलोमीटर पश्चिम जंगल के किनारे हड़हवा पर दो एकड़ खेत खरीदा। खेत तीन तरफ जंगल से घिरा हुआ था। खरीदने के लिए उन्होंने न जाने कहाँ-कहाँ से कुछ धन इकट्ठा किया, कुछ कर्ज लिया, सोचा था खेत में अनाज पैदा करेंगे और बेचकर तीन-चार वर्षों में कर्ज उतार देंगे। खेत न जाने कबसे परती था। रात-दिन एक करके उन्होंने पहले कुदाल से उसे बराबर किया। खेती के योग्य बनाया। खेती करने के लिए सुखदेव काका, बाऊजी और मैं सुकवा उगने से पहले ही घर से निकलते थे, दिनभर खेत में काम करते थे और रात में भोजन करने के समय तक लौटते थे। चार-पाँच वर्षों तक गेहूँ और धान दोनो बोते रहे और सभी फसलें हिरन और नीलगाएँ चरती रहीं। अन्त में आजिज आकर उन्हें दोनों एकड़ खेत मिट्टी के मोल बेंचने पड़े तब जाकर कर्जों से मुक्ति मिली।

हड़हवा पर ही मैंने गोपाल को भाले के सहारे बारहसिंगा का शिकार करते देखा जिसे गोपाल के दो पालतू कुत्ते जंगल से खदेड़कर बाहर ले आए थे। अपनी बड़ी-बड़ी गुच्छेदार सिंगों के कारण वह विशाल बारहसिंगा घने जंगल में दौड़ नहीं पा रहा था और बार-बार बाहर निकल आ रहा था। कई बार डकैती और बम बनाने के केस में जेल काट चुका गोपाल वहीं जंगल के किनारे अकेले घर बनाकर अपनी बीबी और दो बच्चों के साथ रहता था। मैंने देखा, अपने कुत्तों के

साथ लँगोट पहने नंगे बदन गोपाल भी बारहसिंगे का पीछा कर रहा है। अचानक उसका एक कुत्ता लपककर बारहसिंगे का अंडकोश पकड़ लिया और लटक गया। इसी बीच गोपाल ने दूर से भाला फेंककर बारहसिंगे पर अचूक प्रहार किया। भाला बारहसिंगे के शरीर में धँस गया। बाँ-बाँ की चीत्कार के साथ वह गिरकर छटपटाने लगा। बाद में पता चला कि गोपाल ने पड़ोस के गाँववालों को माटी के मोल उसका मांस बेंचा था।

वैसे बाऊजी कर्ज से तब तक मुक्त नहीं हुए जब तक मुझे नौकरी नहीं मिल गई और उन्होंने खुद खेती करना छोड़ नहीं दिया। यूरिया और डाई तो उधार मिलता ही था, जरूरत पड़ने पर वे ठढ़िया बाबा से भी सूद पर उधार लेते रहते थे। जब से मैंने होश सँभाला उन्हें ठढ़िया बाबा से कर्ज लेते-देते ही देखा। ठढ़िया बाबा से बीस-पचीस रुपये से लेकर चार-पाँच सौ रुपये तक कर्ज आसानी से मिल जाता था। इसके लिए पिछले कर्ज का कुछ हिस्सा चुकाना पड़ता था और हस्ताक्षर के साथ निशान भी लगाना पड़ता था। जितना कर्ज मिलता था उसमें से एक-दो रुपये ठढ़िया बाबा अपना मेहनताना काट लेते थे। ठढ़िया बाबा सूद पर रुपया चलानेवाले किसी सेठ के कर्मचारी होते थे।

नैतिकता और ईमानदारी बाऊजी के जीवन के ऐसे मूल्य थे जिनसे वे कभी नहीं डिगे। मेरे ससुर पुलिस विभाग में रिजर्व इन्स्पेक्टर के पद से रिटायर हुए थे। मेरी शादी के लिए घर पर आए थे। जमाने को देखते हुए बाऊजी से उन्होंने सवाल किया था,

"आप की डिमांड क्या है?"

बाऊजी ने मुसकराते हुए कहा था, "इन्स्पेक्टर साहब, मैं अपनी बेटी या बेटा नहीं बेचता। हाँ, मैं एक साधारण किसान हूँ। मेरे पास शादी में खर्च करने के लिए कुछ नहीं है। रास्ता आप ही निकालिए।"

"मैं भी रिटायर हो चुका हूँ। जीवन भर पुलिस लाइन में रहा। थाने पर तैनात पुलिसवालों की तरह मेरे पास ऊपर की आमदनी नहीं थी। परिवार बड़ा है। सिर्फ एक बेटी की शादी हुई है। दो कुँवारी हैं और दोनों शादी लायक हो चुकी हैं। आप अपनी बहू के लिए जेवर-कपड़े लाइए या नहीं, हमारे यहाँ कोई कुछ नहीं बोलेगा। हाँ, बारात कम लाइएगा।"

"कितनी?" बाऊजी ने पूछा था।

"बीस-पचीस।" इन्स्पेक्टर साहब ने कहा था।

मेरी शादी में कुल चौबीस लोग गए थे। सादगी इतनी कि हमारी शादी के अवसर की कोई तसवीर उपलब्ध नहीं है। फोटोग्राफर बुलाया ही नहीं गया था।

किसी के पास अपना कैमरा था नहीं। फोटो लिये ही नहीं गए। उन दिनों मैं डिग्री कॉलेज में लेक्चरर बन चुका था।

साधारण सूती कुर्ता, पतली किनारी की मरदानी धोती, कन्धे पर गमछा और पैर में टायर का चप्पल-यही बाऊजी का पहनावा था। पहुनई करने के लिए एक जोड़ी धोती-कुर्ता अलग से पड़ा रहता। हाँ, एक जोड़ी चमरौधा जूता भी। इसे खरीदना नहीं पड़ता और वर्षों चलता।

दरअसल, जब कभी घर का बैल मरता तो मालिक को एक जोड़ी चमरौधा जूता जरूर मिलता। होता यह कि मरी हुई गाय या बैल की उन दिनों समाधि नहीं दी जाती थी। मरे हुए पशु को टाँगकर गाँव के चमार गाँव से दूर सरेह में ले जाते थे और उसकी खाल उतार लेते। उतरे हुए खाल से जूते बनते। उन्हीं में से एक जोड़ी जूता बैल के मालिक के हिस्से आता। इस जूते को पहनने से पहले कड़ुआ तेल में रात भर डुबोना पड़ता तब जाकर वह थोड़ा नरम होता। चमरौधा जूता पहनना सबके बूते की बात नहीं थी। ढेलों भरे खेतों में नंगे चलनेवाले किसानों के पैर ही उन्हें साध सकते थे। महाप्राण निराला ने तो 'सरोज स्मृति' में अपनी हिम्मत ही छोड़ दी है,

वे जो जमुना के से कछार, पद, फटे बिवाई के, उधार
खाए के मुख ज्यों, पिए तेल, चमरौधे जूते से सकेल
निकले, जी लेते, घोर-गन्ध, उन चरणों के मैं यथा अन्ध,
कल घ्राण-प्राण से रहित व्यक्ति, हो पूजूँ ऐसी नहीं शक्ति।

बाऊजी शाकाहारी थे। गले में एक छोटी सी माला पहनते थे जिसमें तुलसी का छोटा सा एक दाना पिरोया रहता था। लोगों की नजर उस पर कम पड़ती थी। उनमें नशे की कोई लत न थी। हाँ, यदि उनके सामने कोई चूना मिलाकर पत्तेवाली सुरती बनाता तो वे नीचे का गरदा उससे माँग लेते और उसे सूँघते। इससे छींक आती और उन्हें अच्छा लगता। किन्तु इसके लिए उन्होंने अपने पास कभी सुरती नहीं रखी और न खरीदा।

अपनी बदहाली की खुद खिल्ली उड़ाते मैंने बाऊजी को ही देखा था। एक बार मेरी शादी के लिए एक एडीओ साहब आए थे। वे रात हमारे घर रुके भी। उनके अनुकूल व्यवस्था नहीं थी हमारे घर। उन्हें कुछ असुविधा हो रही थी। बाऊजी ने लक्षित किया और उनसे कहा,

"एडीओ साहब ! गदुले के घरे पहुना अइलें, गादुल कहलें कि ए पाहुन जी, आईं एक डारि पकड़िके आपहुँ लटकि जाईं।" और कहकर हँसने लगे।

कृषि-संस्कृति की समाधि

"आदमी हो या पशु, भूख और प्यास से मरने में भी बड़ा वक्त लगता है। सत्रह दिन के बाद यहीं प्राण निकले थे उसके। इतने दिन तक किसी ने उसे न पानी दिया था न चारा। ऐसा नहीं था कि लोगों का दिल पत्थर का हो चुका था और दया खत्म हो चुकी थी। लोग चाहते थे कि वह जल्दी मर जाय। उसका दुख देखा नहीं जाता था, किन्तु उसके प्राण थे कि निकलते ही नहीं थे।"

यह कहते हुए रामबृन्द ने मुझे पास ले जाकर अपनी लाठी के संकेत से उस जगह को दिखाया जहाँ वह बैल असीमित कष्ट सहकर मरा था। रामबृन्द ने बताया कि अभी उसकी उमर ज्यादा नहीं थी किन्तु रात-दिन किसानों के डंडे खा-खाकर वह कमजोर हो गया था। फसलें बचानी किसानों की मजबूरी थी। इधर से उधर उसे खदेड़ना पड़ता था। इसी बीच किसी कारण से उसका एक पैर टूट गया और वह जमीन पकड़ लिया। फिर दुबारा नहीं उठ सका। जहाँ गिरा था वहीं बगल में गड्ढा खोदकर उसे समाधि दे दी गई थी। मैंने देखा अब भी वहाँ की फसल जमीन से सटकर दबी हुई थी और लगभग नष्ट हो गई थी। मुझे अपने 'भुअरा' की याद आ गई। भूअर रंग का होने के कारण उसे 'भुअरा' कहकर हम बुलाते थे।

मेरे घर हमेशा दो बैल रहते थे, किन्तु कुछ विपरीत परिस्थितियों के कारण तीन-चार साल तक नाँद पर अकेला भुअरा ही था। अकेले उसे भी अच्छा नहीं लगता था किन्तु वह बेजुबान बेचारा क्या करता? हम उसके अकेलेपन को महसूस करते और ज्यादा प्यार करते। मैं हर हफ्ते तालाब में ले जाकर उसे रगड़-रगड़ कर नहलाता। माँ शाम को उसके लिए दो रोटी अलग से बनाती और खुद उसे मुँह में प्यार से खिलाने के बाद ही भोजन करती। उसे 'कौरा' कहा जाता। रात में जब तक उसे 'कौरा' नहीं मिलता वह बैठता ही नहीं था, खड़े-खड़े अगोरता रहता था। खिलाते समय जब उसके चेहरे पर माँ हाथ फेरती तो वह अपना चेहरा माँ के सामने कर देता।

तिरबेनी के घर भी एक ही बैल था। फिर क्या था, एक बैल उनका और एक हमारे भुअरा को जोड़कर जोड़ी बन गई और हल चलने लगा। उन दिनों सुखदेव काका हलवाही करते थे। इस तरह तीनों के घर बराबर हल चलता जैसे दो दिन तिरबेनी के घर, दो दिन मेरे घर और दो दिन सुखदेव काका के घर। बैल का श्रम आदमी के श्रम के बराबर ही माना जाता। सुखदेव काका के यहाँ खेती बहुत कम थी इसलिए उनका काम दो-चार दिन में ही पूरा हो जाता। बाकी दिनों वे हमारे और तिरबेनी के घर हल चलाते और अपनी मजदूरी लेते।

रामबृन्द सुगर के मरीज हैं। सुबह चार बजे सीवान में टहलने निकल जाते हैं। मुझे भी हिदायत देते हैं कि छड़ी के बिना मैं घर से बाहर न निकलूँ। आजकल कुत्ते गाँव में कम, सीवान में ही ज्यादा रहते हैं, आठ-दस-बारह के झुंडों में। उन्हें मांस खाने की लत लग गई है। गाँव के नजदीक होने के कारण इस बैल की तो समाधि दे दी गई किन्तु गाँव से दूर सरेह में मरनेवाले जानवरों को समाधि देने की फुरसत किसे है? बहुत खतरनाक हो गए हैं ये कुत्ते। आदमखोर। अकेला खाली हाथ पाकर ये किसी को नहीं छोड़ते। समूह में टूट पड़ते हैं। हकीक चाचा तो गाँव के ही थे। सभी पहचानते थे उन्हें। किन्तु अकेला पाकर घर से थोड़ी दूर पर उन्हें नोच-नोचकर अधमरा कर दिया था गाँव के इन्हीं कुत्तों ने। बहुत इलाज करने पर भी डॉक्टर उन्हें बचा नहीं पाए।

रामबृन्द बताते हैं कि घायल पड़े हुए जानवरों को ये कुत्ते नहीं छूते, मरने का इन्तजार करते हैं। जानवर जब तक गिरा हुआ है तबतक कुछ नहीं बोलेंगे किन्तु, यदि वह किसी तरह उठकर चलने लगा तो उसे दौड़ा-दौड़ाकर, काटकर उसे जमीन पर गिरा देते हैं और घायल कर देते हैं। सत्रह दिन तक पड़े रहे उस बैल को कुत्तों ने भी नहीं काटा। बड़ी असह्य पीड़ा के बाद मौत आई थी। घुरुच-घुरुचकर मरना इसे ही कहते हैं।

इस बैल की मौत क्या सिर्फ एक बैल की मौत है? पिछले दस-पन्द्रह सालों में तमाम प्रयास करने के बावजूद बैल नामक प्रजाति को हम बचा नहीं पाए। पहले गाँवों में किसानों की हैसियत उनके नाँद पर बँधे बैलों से ही आँकी जाती थी। कोई बिरला ही होता जिसके दरवाजे पर बैल न हों। आज मेरे गाँव में किसी के घर भी बैल नहीं हैं। जैसे-जैसे कृषि में मशीनों का चलन बढ़ा है, बैलों की उपयोगिता घटी है। पिछले एक दशक में तो मानो उनके ऊपर शामत ही आ गई है। गाय यदि बछड़े को जन्म देती है तो वह घर के लिए एक समस्या बनकर ही आता है। कुछ दिन बाद ही वह सीवान के लावारिश जानवरों में शामिल हो जाता है। सदियों का यह साथी आज किसान का सबसे बड़ा शत्रु बना हुआ है। किसान डंडे लेकर रात-दिन

उसके पीछे पड़ा रहता है और वह बेचारा तबतक मारा-मारा फिरा करता है जब तक उसकी मौत नहीं आ जाती।

कृषि एक संस्कृति है जो सदियों पहले वजूद में आई। जंगलों से बाहर आकर इंसान ने जब खेती करना सीखा तो उसका सबसे पहला साथी बना बैल। पशुपालन सभ्य मनुष्य का सबसे पहला व्यवसाय था। पशुपालन में भी गाय पालना सबसे मुफीद था। गाय हमें दूध देती थी, गोबर देती थी जिससे खाद बनती थी और उसके बछड़े बैलगाड़ी चलाने, माल ढोने और हल जोतने के काम आते थे। गाय तो आज भी वैतरणी पार करा देती है।

मैंने रामबृन्द से कहा, "आपके घर में तो कोई पशु नहीं है। गोबर की खाद होती ही नहीं है। सिर्फ रासायनिक खादों और कीटनाशकों के बल पर कबतक खेती कर पाएँगे? आप सनई या ढैंचा बोकर हरी खाद बना लीजिए।" उन्होंने तपाक से उत्तर दिया, "सनई बोएँगे तो एक एकड़ की जुताई का ही दो हजार लग जाएगा। फिर एक बार जोतने से तो काम चलेगा नहीं। पहले की तरह अपना हल-बैल तो है नहीं कि अपनी मर्जी से चाहे जितनी बार जोतिए। आज तो हरी खाद बनाने में जितनी लागत लगेगी उतने की उपज ही नहीं बढ़ेगी।" फिर वे लगे अपनी खेती में आनेवाले खर्च का ब्योरा देने। जुताई ट्रैक्टर से, बुआई भी ट्रैक्टर से। जमीन में डाई, बाद में यूरिया कम से कम दो बार, कीटनाशकों के बगैर कुछ बचेगा नहीं। सिंचाई के लिए घर में पम्पिंग सेट तो है किन्तु तेल आसमान छू रहा है। कटाई के लिए कम्पायनवाले कम नहीं लूटते हैं। और जब फसल काँटा पर पहुँचती है तो दाम नहीं मिलता। सरकार कुछ और रेट घोषित करती है, बनिया कुछ और रेट से खरीदता है। कुन्तल पीछे चार-पाँच सौ रुपये कम। और उन्होंने सब जोड़कर बता दिया कि खेती आज घाटे का सौदा है।

मैंने कहा, "आप इतना जोड़-घटा रहे हैं और मुनाफे को देखकर फसल बो रहे हैं तो आप किसान कैसे हुए? आप तो व्यापारी हैं।" वे अचकचा गए। कुछ जवाब नहीं सूझा। मैंने आगे भी जोड़ा, "अब तो खेती सीजन आने पर पाँच-छह दिनों का काम है और उन पाँच-छह दिनों में से भी कुछ घंटे ही खेती को देने पड़ते हैं। आप खुद सुबह दो घंटा खेत में देकर घर आ जाते हैं और नहा-खाकर दूकान चले जाते हैं।'' वे मेरी ओर तिरछी नजर से देखने लगे। दरअसल उन्होंने गाँव के ही चौराहे पर सोने-चाँदी की एक दूकान खोल रखी है। दिनभर वहीं रहते हैं। उनका बेटा भी उसमें हाथ बँटाता है। खेती अब उनका मुख्य काम नहीं है। किन्तु यही दशा गाँव में सबकी है।

मुझे अपने बाऊजी याद आ गए। उन दिनों खेती करना किसान का पूर्णकालिक काम था। पूरा घर उसमें लगा रहता था। खेती के लिए बैल रखने पड़ते थे।

लोग दूध के लिए गाय या भैंस भी रख लेते थे। उन्हें खिलाने, उनके लिए चारा जुटाने और उनकी सेवा में ही सारा दिन गुज़र जाता था। अपनी बैलगाड़ी भी थी, काठ के पहिएवाली। फसल ढोने, खाद गिराने आदि के लिए बैलगाड़ी का इस्तेमाल होता था। खेती में बाऊजी गोबर की खाद ही डालते थे। वे अपनी जरूरत की सभी फसलें उगाते थे। धान और गेहूँ तो पैदा करते ही थे, इसके अलावा भी बाजड़ा, मड़ुआ, कोदो, मकई, साँवाँ, टाँगुन आदि ऐसी फसलें भी उगाते थे जिनके अब कहीं दर्शन भी नहीं होते। चरी भी बोते थे पशुओं के लिए। मक्के के खेत में काँकर का फूट देखे मुझे कई दशक हो गए। वे दलहन के लिए अरहर, ऊड़द, लतरी, मसूरी, मटर, चना सभी थोड़ा-बहुत बोते ताकि हमें किसी चीज के लिए तरसना न पड़े। खेत में जब मटर की फली गदा जाती तो हम खेत में होरहा लगाते और भुनी हुई सोंधी फलियों का स्वाद लेते। चने का भी होरहा बड़ा ही मजेदार होता। तेल के लिए सरसो, तीसी, तिल, गुड़ के लिए गन्ना आदि सब उगाते थे बाउजी। गन्ने से जरूरत भर की भेली (गुड़) बना ली जाती, एक हाँड़ी राब ढाल लिया जाता और बाकी गन्ना घुघुली सुगर फैक्ट्री में भेज दिया जाता।

रामबृन्द मुझसे कम से कम दस साल छोटे हैं। बहुत सारी चीजें उनकी स्मृतियों में भी हैं। मैंने उन्हें याद दिलाई कि किस तरह मेरे बाऊजी साल भर खाने के लिए आलू, प्याज, मरचा, लहसुन, अरुई, बंडा पैदा कर लेते थे। मेरे घर के मचान पर सब रख दिया जाता और साल भर चलता। पता नहीं क्यों, अब तो महीने भर में ही सड़ने लगता है। मेरे घर हर तरह की सब्जियाँ पैदा होतीं। गोभी, केला, बैंगन, टमाटर, बकला, केंवाच आदि गोएँड़े के खेत में। कोंहड़ा, लौकी, भतुआ, घेंवड़ा, सरपुतिया, बोड़ा, तरोई, कुरदुन, सेम, करैली आदि तो छत पर या झमड़े पर ही इफरात का फलता। क्या नहीं होता था हमारे घर? माँ भतुआ की अदौरी बनाती जो हर मसालेदार सब्जी में पड़ती और उस सब्जी का स्वाद बढ़ जाता। वह पूरे साल भर चलता। पहली सिंचाई के बाद मटर या चने की बढ़ी हुई फुनगी को खोंटकर बननेवाला साग, सरसों और ताजा बथुआ का साग, सनई के फूल का साग अब कहाँ मिलता है? मैं हमेशा खेत से उखाड़कर ताजा मूली ही खाता था और खेत की ताजा सोया-धनिया, लहसुन के पत्ते और हरे मरचे की चटनी। मेरे घर के सामने पिड़ार के भी आठ-दस पेड़ थे। पिड़ार की भुजिया सब्जी बहुत स्वादिष्ट होती और आयरन से भरपूर भी। कड़ाही में डालने के बाद गलने में समय नही लगता। आलू-प्याज के साथ इसकी भुजिया मुझे बेहद पसन्द थी। जब जो सब्जी खाने की हमें इच्छा होती हम सीधे खेत से लाते या पेड़ से तोड़ते।

बाऊजी केवल किरासन का तेल और नमक खरीदने बाजार जाते थे। नदुआ बाजार, जो हफ्ते में सिर्फ एक दिन रविवार को लगता था। नदुआ बाजार में एक तरफ सिर्फ बैलों का बाजार लगता था। बहुत बड़ा। मैंने कई बार बाऊजी के साथ वहाँ से बैल खरीदकर लाया है या वहाँ बैल बेचने के लिए ले गया हूँ। नदुआ बाजार अब भी लगता है किन्तु अब वहाँ बैलों की खरीद-बिक्री नहीं होती। बैल की प्रजाति खत्म होने के कगार पर है। बैल और किसान का सदियों पुराना अटूट रिश्ता औद्यो गिकीकरण की भेंट चढ़ गया। इसकी शुरुआत तो नब्बे के दशक में वैश्वीकरण के साथ ही हो गई थी। इस सदी की यह सबसे बड़ी दुर्घटना है। बैल के अभाव में किसान का कोई अस्तित्व है क्या?

मैंने रामबृन्द से पूछा, "आप खेती में कितनी मेहनत करते हैं? कुछ देर चुप रहने के बाद उन्होंने जवाब दिया, "मेहनत कहाँ करते है? अब तो सिर्फ देखभाल करनी होती है। पैसा लगता है। काम तो सब मशीनों से होता है।" मैंने जोर देकर कहा, "फिर आपको मैं किसान नहीं कह सकता। आप सिर्फ व्यापारी हैं। व्यापारी भी मेहनत नहीं करता। जोड़ता-घटाता रहता है, बिचौलिए का काम करता है और सिर्फ मुनाफा कमाता है।"

मैंने उनसे कहा, "याद कीजिए उन दिनों को। किसान के पास कितना काम होता था। पशुओं की सेवा के अलावा सुबह से शाम तक अपने खेतों में वह कुछ न कुछ करता ही रहता था। जेठ की पहली बरसात की हम बेसब्री से इन्तजार करते थे। समय पर पानी नहीं बरसा तो इन्द्रदेव को खुश करने के लिए तरह-तरह के उपक्रम करते। कभी-कभी तो गाँव की महिलाएँ रात में निर्वस्त्र होकर हल चलातीं, और जब आकाश में बादल दिखाई देते तो हमारी खुशी का ठिकाना न रहता। हम मानते कि हमारे प्रयास व्यर्थ नहीं गए। बारिश के बाद भी जब तक साइत न हो जाय धरती में बीज नहीं डाला जाता। साइत खरतितिया के बाद ही होता। खरतितिया यानी, अक्षय तृतीया। खरीफ की फसल के श्रीगणेश की तिथि। किसी शुभ दिन को कलश में जल, आम का पल्लव, सिन्दूर, दधि, अक्षत आदि के साथ खेत में जाकर पाँच छेव कुदाल से कोड़कर साइत होती। तब जाकर खेतों में हल चलता।

इसके बाद तरह-तरह की फसलें पैदा करने के लिए किसान को काम में जुते रहना पड़ता था। गोबर की खाद खेत में डालना, उसे फैलाना, फिर कई-कई बार की जुताई, बोआई, कुएँ में ढेंकली लगाकर अथवा नदी या तालाब के किनारे है तो बेंड़ी से सिंचाई, निराई, पकने पर हँसिया के सहारे हाथ से कटाई, सुइला-बहिंगा या दूर है तो बैलगाड़ी से ढुलाई, खलिहान में बैलों के सहारे दँवरी,

ओसौनी, फसल को सुखाकर बखार या डेहरी में रखने तक किसान लगा रहता था। लोहार, कोंहार, बढ़ई, हजाम, बुनकर सभी मिलकर गाँव की पूरी अर्थव्यवस्था सँभाले हुए थे। नब्बे पार करनेवाले राम समुझ लोहार की चमड़े की भाथी अब अन्तिम साँस गिन रही हैं।

सच पूछिए तो किसान के पास श्रम ही एकमात्र पूँजी होती थी। उसी के बल पर वह खेती करता था। पैसा खेती में बहुत कम लगता था। इसीलिए अगर दो बैल की खेती है तो आसानी से परिवार का पालन-पोषण हो जाता था। पुश्त-दर-पुश्त हम खेती के बलपर ही तो जी रहे थे।

"लेकिन पैदावार बहुत कम होती थी। भादों आते ही कई लोगों के घरों में अनाज घट जाता था। लोग मन्नी लेकर काम चलाते थे। अब पैदावार दोगुनी-तीगुनी होने लगी है।" रामबृन्द ने प्रतिकार किया।

"किन्तु आप तो कह रहे हैं कि खेती घाटे का सौदा है? पैदावार बढ़ी है तो घाटे का सौदा कैसे?" उनके पास कोई जवाब नहीं था। मैंने उन्हें समझाया कि घाटे का सौदा इसलिए है कि पैदावार बढ़ने का फायदा किसान को नहीं मिल पा रहा है। लाभ ले रहे हैं ट्रैक्टर-ट्राली, पम्पिंग सेट और कम्पायन बनानेवाले; डाई, यूरिया, पोटाश और कीटनाशक बनानेवाले; किसिम-किसिम के बीज तैयार करनेवाले और सौ रुपये से भी ऊपर की रेट से डीजल बेचनेवाले लोग। सरकार भी इसमें शामिल है। खेती आपकी है जरूर किन्तु उससे लाभ कमा रही हैं बड़ी-बड़ी कम्पनियाँ, खेती का मशीनीकरण करके। मैं फिर कहूँगा। किसान का श्रम ही उसकी पूँजी है। कृषि-संस्कृति की आत्मा है श्रम की संस्कृति। चरम मशीनीकरण की इस राक्षसी सभ्यता ने कृषि को श्रम से मुक्त कर दिया है। अब कृषि-संस्कृति बची कहाँ? अपने दिल से पूछिए, क्या आप किसानी करते हैं? याद रखिए, खेती तो रहेगी किन्तु बाँझ हो जाएगी। भूखों मरेंगे लोग।

किसान खाली होने पर भी बैठा नहीं रहता था। बतकही मुँह से होती थी, हाथ काम करता रहता था। खटिया-मचिया बुनने के लिए सुतरी बाजार से नहीं खरीदी जाती थी। सनई-पटुआ हम खुद पैदा करते। बरसात में जब खेत में काम कम रहता तो घरों में हम सुतली कातते और रस्सी बटकर तैयार कर लेते।

महिलाओं के पास क्या पुरुषों से कम काम था? तब न धान कूटने की मशीन थी और न आटा पीसने की। घर पर ही ढेंकी में धान कूटना पड़ता और घर की ही चक्की में आटा पीसना और दाल दरना भी। पशुओं को पालने की जिम्मेदारी ज्यादातर महिलाओं की ही होती थी।

आज खेती की नई तकनीक ने, मशीनीकरण ने किसान के श्रम को निरर्थक बना दिया है। इसी के साथ बैल का विलुप्त होना सदियों पुरानी कृषि-संस्कृति का विलुप्त होना है। खेती में काम न रह जाने से आज हमारे गाँव के किसानों के बेटे देश-विदेश में जाकर मजदूरी करते हैं। गाँव के हर दूसरे घर का नौजवान सऊदी में मजदूरी कर रहा है। बाकी देश के दूसरे शहरों में है। बचे-खुचे सुबह-सुबह बिकने के लिए मुख्यालय की मजदूर-मंडी में चले जाते हैं। गाँव अब किसान नहीं, मजदूर पैदा करता है। हमारे गाँव अब दुनिया भर को मजदूर सप्लाई करने के कारखाने बन चुके हैं। उद्योगपतियों को उनके कारखानों के लिए सस्ता मजदूर जो चाहिए।

रामबृन्द के भेजे में बात समा रही थी। वे खुद बी.ए. पास हैं। कोई नौकरी नहीं मिली तो गाँव पर रहकर ही व्यवसाय में लग गए। खेती भी कर लेते हैं। गाड़ी ढर्रे पर आ गई है।

मैंने रामबृन्द से अपने मन का दर्द बाँटते हुए कहा कि हर फसल कटने के बाद खेतों की पराली फूँक दी जाती है। उसके साथ खेती के लिए उपयोगी केचुओं से लेकर जमीन के दूसरे सभी जीव-जन्तु जलकर स्वाहा हो जाते हैं। देशी खाद कभी खेतों में पड़ती नहीं। सिर्फ रासायनिक खादों और कीटनाशकों के सहारे धरती कबतक देश के निठल्लों का पेट भरती रहेगी? अपने गाँव में ही देखिए, बड़े-बड़े देशी आमों के बाग कट चुके हैं। पड़ोस का जंगल खत्म हो रहा है। पेड़ों के नाम पर ठिगने कद के पौधे रोपकर उनकी संख्या गिनाई जाती है और वृक्षारोपण का प्रचार किया जाता है। दूसरी ओर, खेती के काम में इस्तेमाल की जानेवाली तरह-तरह की मशीनों, नई-नई बीजों, रासायनिक खादों, कीटनाशकों आदि को बेचकर उद्योगपति मालामाल हो चुके हैं। सुना है अब खेती में ड्रोन का भी इस्तेमाल होनेवाला है।

किसान अपने श्रम के बल पर पुश्त-दर-पुश्त अपने परिवार पालते आ रहे थे। क्षमता से ज्यादा लगान की वसूली और जमींदारों की ज्यादती का बोझ किसानों पर जरूर था किन्तु आज की तरह कर्ज के बोझ से दबकर उनके द्वारा आत्महत्याएँ करने की घटनाएँ मैंने नहीं सुनी थी। आखिर मैं खुद एक किसान-पुत्र हूँ। क्या आज मेरे बाऊजी मुझे पढ़ा पाते? बाऊजी पढ़ाने के साथ मुझे खेती करना भी सिखाते रहते थे। उनके मुँह से ये पंक्तियाँ मैंने अनेक बार सुनी है—

उत्तम खेती मध्यम बान / निषिध चाकरी भीख निदान।

अब इन पंक्तियों ने अपना अर्थ खो दिया है।

जाति-जाति में जाति

मेरे टोले पर कोइराना पट्टी के लोग ब्राह्मणों के घर भी भोजन नहीं करते थे। सभी शाकाहारी थे। सभी कंठीधारी थे। जबकि ब्राह्मणों में कई लोग मांस-मछली खाते थे। लॉक डाउन के बाद गाँव गया तो लगभग ढाई महीने रह गया। इसी बीच दसई काका (रामदास मौर्य) के पोते दुर्गेश का तिलक पड़ा। न्योता आया और भोजन करने गया। पड़ोस का मामला था। बचपन भी इन्हीं लोगों के साथ गुजरा था। पूड़ी-सब्जी पुलाव, दो-तीन तरह की सब्जियाँ, चटनी, मिठाई और अन्त में आइसक्रीम भी। बुफे सिस्टम की व्यवस्था थी। गाँवों में बुफे सिस्टम तो पहुँचा है किन्तु बुफे सिस्टम से भोजन करने का सलीका नहीं पहुँचा है। भोजन पर लोग टूट पड़े थे, खास तौर पर बच्चे। मैं हताश मुद्रा में देख रहा था। दसई काका की नजर मुझपर पड़ी। उन्होंने समीप आकर मुझसे कान में कहा, "थोड़ी देर रुकि जाऽ। हम अलग से व्यवस्था करत हईं।"

मुझे सुकून मिला और मैं वहाँ बैठे-बैठे भोजन करनेवालों की गतिविधि का आनन्द लेने लगा। 'जय गुरदेव' कहते हुए रामबृन्द आकर मेरे बगल में बैठ गए। वे मेरे साथ नियमित मार्निंग वाक करने जाते हैं। खान-पान का खास ख्याल रखते हैं। दसई काका द्वारा मुझसे पूछते ही कि, क्या हम दही-चिउड़ा खाना पसन्द करेंगे? रामबृन्द ने तपाक से अपनी सहमति दे दी। यद्यपि मैं शाम को दही खाने से परहेज करता हूँ, किन्तु वहाँ की व्यवस्था देखकर और रामबृन्द की इच्छा का ख्याल करके चुप्पी साधे रहा। दसई काका मन्तव्य समझ रहे थे। वे जानते हैं कि दही-चिउड़ा ब्राह्मणों की कमजोरी है।

मैंने अपने गाँव में पहली बार देखा भोजन निकालने और खाने में कोई जाति-भेद नहीं। जजई भैया भी उसी में से निकालकर सबके साथ खा रहे थे और उसी में से गाँव के ब्राह्मण, ठाकुर, बनिया, कोइरी, मुसलमान आदि सभी जाति के लोग।

जजई भैया जाति के धरिकार हैं। पहले गाँव में चमार जाति के लोग अपने को धरिकारों से ऊँचा मानते थे। दलित जातियों में भी स्तर-भेद। किन्तु आज भोजन में समाजवाद देखकर मैं आश्चर्यचकित था। छूआछूत की जिस घृणित व्यवस्था को समाप्त करने के लिए सदियों से इसी क्षेत्र के बुद्ध, गोरख, रैदास और कबीर से लेकर आधुनिक युग के मुंशी प्रेमचन्द, स्वामी अछूतानन्द और महापंडित राहुल सांकृत्यायन तक आजीवन संघर्ष करते रहे, उसे हमारी बाजारवादी व्यवस्था ने देखते-देखते नेस्तनाबूद कर दिया। भोजन का तरीका भी बदला और सलीका भी। पहले अतिथियों को आदर के साथ बैठाया जाता था। भोजन परोसनेवाले दूसरे लोग होते थे। वे एक-एक व्यक्ति से पूछ-पूछकर आग्रह के साथ खिलाते थे। खिलाने की प्रक्रिया में भी प्रेम और आदर की चाशनी मिली रहती थी, लेकिन इसी के साथ जातिवाद की जहरीली हवा भी पूरे समाज को विषाक्त बनाए हुए थी। बुफे सिस्टम की व्यावहारिकता ने सदियों से चले आ रहे और सड़ चुके सारे ताने-बाने को उलट-पलटकर रख दिया है। विकासवादियों ने इसीलिए पूँजीवाद को सामन्तवाद से आगे की मंजिल कहा है। सामन्ती मूल्यों को तो जाना ही जाना है। इससे मुक्त हुए बिना पूँजीवाद भी अपने असली रूप में नहीं आ सकता।

मुझे सुखदेव काका के साथ की स्मृतियाँ एक-एक कर याद आने लगीं। सुखदेव काका जाति के चमार थे। उन्होंने बीस साल तक हमारे घर की हलवाही की थी। केदार काका के टोले पर दक्खिन चमरउटी में घुसने पर शुरू में ही उनका घर पड़ता था। छोटा सा घर। मिट्टी की दीवाल और उसपर छप्पर। घर के भीतर घुसने के लिए झुकना पड़ता था। अमूमन उनको बुलाने के लिए मुझे उनके घर जाना पड़ता। मैं कभी भी उनके घर के भीतर नहीं गया। दरवाजे पर पहुँचते ही उन्हें पुकारता, "काकाऽऽ, काका बाड़ऽ होओ..." और काकी बाहर आतीं। साँवले रंग और छरहरे बदनवाली काकी का उनके पति से जोड़ी जमती नहीं थी। काका नाटे कद के गोल मटोल थे, काकी से लगभग एक बित्ता छोटे। उमर भी थोड़ी ज्यादा। किन्तु दोनो में तालमेल खूब था। दोनों को झगड़ते मैंने कभी नहीं देखा।

केदार काका के टोले पर ही नहीं, बड़का टोले पर भी चमारों की बस्ती अलग थी, गाँव के दक्षिण तरफ। उसे 'चमरौटी' या 'चमटोली' कहा जाता था। सूअर पालना तथा दूसरों के घरों में मजदूरी करना उनकी जीविका के प्रमुख साधन थे। बड़के टोले की चमरउटी की ओर से यदा-कदा जोर-जोर से सूअर के चिंचिआने की आवाज आती रहती थी। कभी-कभी सूअर को कहीं ले जाना होता तो लोग उसके पैरों को रस्सियों से बाँधकर किसी बाँस में उलटा लटका देते थे और दो आदगी आगे-पीछे टाँगकर ले जाते थे। ऐसी दशा में सूअर का थूथन भी रस्सियों

से कसकर बाँध दिया जाता था ताकि उसकी आवाज न निकल सके, फिर भी रह-रहकर उसकी चीख निकल ही पड़ती थी। ऐसे दृश्य देखकर मैं पागल सा हो जाता था। बँधे मुँह, उलटा लटके सूअर की दर्दीली चीखें सुनकर मैं बुरी तरह परेशान हो जाता था। लोग कहते थे कि सूअर बड़ा चिम्मर जानवर है, जल्दी मरता ही नहीं। किन्तु उससे मुक्ति का मेरे पास कोई रास्ता नहीं था। सूअर चरानेवाले बच्चे हम लोगों को देखकर कभी-कभी चिढ़ाते हुए कहते थे,

बाभन देवता, सुअर चरौता,
एक लेंड़ पवता, दाल में डरता,
दूसरे लेंड़ चिरौरी करता।

सदियों से दबाए गए चमारों के बच्चों के भीतर की खीझ इस बहाने भी यदा-कदा निकला करती थी।

पशुओं के मरने पर उन्हें टाँगकर सरेह में ले जाना और उनका चमड़ा उतारना भी चमारों का ही काम था। आखिर 'चमार' शब्द तो 'चर्मकार' का ही तद्भव है। चमड़ा उतर जाने के बाद पशु के शरीर को 'डाँगर' कहा जाता था। डाँगर को तो एक-दो दिन में ही गिद्ध सफाचट कर जाते थे। मृत पशु को सरेह में रखने के साथ ही गिद्ध न जाने कहाँ से आकर आसपास मडराने लगते। लोग कहा करते थे कि गिद्धों की दृष्टि अस्सी कोस तक जाती है। मेरे बाग में एक कोने पर आम का एक पेड़ था जिसपर गिद्ध आम तौर पर बैठा करते थे। उसका नाम पड़ गया था 'गिधहवा'। उसके नीचे जाने में डर लगता था। न जाने कब ऊपर से गिद्ध का बीट सिर पर आ गिरे। नीचे सफेद बीट बिछा रहता था। धीरे-धीरे वह ठूँठ होने लगा था। अब तो गिद्धों की प्रजाति ही विलुप्त होने के कगार पर है।

चमरउटी की महिलाएँ सवर्ण घर की महिलाओं के शरीर की मालिश करतीं, बच्चा पैदा करतीं और लरिकोर महिलाओं की सेवा टहल करतीं। उन्हें गँवहिन कहा जाता। उन दिनों बच्चा पैदा करने के लिए न तो महिलाओं को लोग अस्पताल ले जाते और न अस्पताल से कोई नर्स ही आती। गँवहिन सब कुछ सम्पन्न कर लेतीं। यहाँ तक कि घर में इस्तेमाल किये जानेवाले हँसिए या पँहसुल से नाड़ा भी काट देतीं। इन्हीं कारणों से बहुत से बच्चों की 'जमोघ' (कोई काल्पनिक भूत) के छूने से असमय ही मौत हो जाती। हम दोनो भाइयों और तीनों बहनों का जन्म गाँव की गँवहिन की देख-रेख में ही हुआ है और घर के हँसिए से ही नार काटा गया है, किन्तु हम बच गए। हाँ, हमारी सबसे बड़ी बहन जरूर जमोघ के छूने से मर गई थी, ऐसा मेरी माँ कहती थी। बाद में लोग सतर्क हो गए और नाड़ा काटने के लिए नये ब्लेड का इस्तेमाल होने लगा।

मैंने चमरउटी की महिलाओं को खेतों में बाली बीनते और खलिहानों से 'गोबरहा' जुटाते भी देखा है। दरअसल गेहूँ की फसल जब तैयार हो जाती और फसल से अनाज बाहर निकालने के लिए खलिहान में बैलों से दँवरी होती तो चलते-चलते बैल गेहूँ की बालियाँ भी खाते जाते। दँवरी चलनेवाले बैलों को छूट होती थी नीचे बिछी हुई फसल खाने की। उनके मुँह में जाबा नहीं लगाया जाता था। ऐसी दशा में बैल गेहूँ की बालियाँ खाने के बाद जब गोबर करते थे तो गोबर के साथ उनके द्वारा खाया गया गेहूँ भी बाहर आ जाता था ज्यादातर बिना पचे। चमरउटी की महिलाएँ ऐसे गोबर को इकट्ठा करतीं और उसे पानी से धोकर उसमें का अनाज संचित कर लेतीं जो उनके खाने के काम आता। गोबर से निकाले जाने के कारण इस अनाज को 'गोबरहा' कहा जाता। एक बार सुखदेव काका की पड़ोसन मेरे खलिहान से 'गोबरहा' के लिए गोबर बटोर रही थी तो बाऊजी ने उससे पूछा था, "एकर रोटी मीठ होला?" तो जवाब सुखदेव काका की पत्नी ने दिया था, "नाईं बड़का जन, हमके त तनिको नींक नाईं लागेला।" वे बाऊजी को 'बड़का जन' कहकर पुकारती थीं। सुखदेव काका से बाऊजी उम्र में बड़े जो थे।

उन दिनों हल-बैल खेत में पहुँचने के बाद ही सूरज निकलता था। अँधेरा रहते ही सुखदेव काका मेरे घर आ जाते थे। तब तक बैल खाकर तैयार रहते थे। बाऊजी सुकवा उगने से पहले ही बैलों को नाँद पर लगा देते थे और उनका सानी-पानी कर देते थे। लगभग नौ बजे मेरी ड्यूटी होती थी सुखदेव काका के लिए खेत में नहारी (नाश्ता) पहुँचाने की। इस समय को भी 'नहारी का जून' कहा ही जाता था। सुखदेव काका जब तक नहारी करते, मुझे प्रतीक्षा करनी पड़ती थी। नहारी खाने के बाद मुझे अपने लोटे से ऊपर से पानी की धार गिरानी पड़ती थी और वे दोनों हाथों से चुल्लू बनाकर पानी पीते थे। पानी पीते समय वे भली-भाँति इस बात का ख्याल रखते थे कि कहीं हमारा लोटा उनसे छू न जाय। वे अपेक्षित दूरी हमेशा बनाए रखते थे।

सुकुलाइन ने तो एक बार अपना भुजिया किया हुआ पूरा धान पड़ोस के मुस्लिम परिवार को ही दे दिया था क्योंकि उनकी मुस्लिम पड़ोसन की मुर्गी ने बाहर चारपाई पर सूख रहे उनके भुजिया धान में चोंच डालकर जूठा कर दिया था। सुकुलाइन के अनुसार मुर्गी के चोंच डालने से धान का पूरा भुजिया ही अपवित्र हो गया था जिसे वे खा नहीं सकते थे।

बरसात के दिनों में नहारी पहुँचाने में मुझे ज्यादा खुशी होती थी क्योंकि मुझे पानी नहीं ले जाना पड़ता था। सुखदेव काका नहारी खाकर खेत में लगा पानी ही पी लेते थे। कभी-कभी तो धान के खेत में पानी के ऊपर काई जमी होती थी और

वे अपनी हथेलियों से काई हटाकर नीचे का पानी चुल्लू भरकर पी लेते थे। इसके बावजूद सुखदेव काका को बीमार होते मैंने नहीं देखा। इतना खटने के बाद पूरे दिन की मजदूरी निश्चित थी दो रजिया धान या एक रजिया गेहूँ। गेहूँ नहीं हो तो उसकी जगह पर अरहर, मसूर, चना आदि भी दिया जा सकता था। किन्तु मात्रा वही एक रजिया। (एक रजिया में लगभग पौने दो किलो गेहूँ होता था।) सुखदेव काका लगभग सत्तर साल के होकर दिवंगत हुए थे, मेरे बाऊजी के निधन के बाद।

चमारों को अब 'हरिजन' कहा जाता है। चकबन्दी के दौरान गाँव के भूमिहीनों को अपने आवास के लिए जमीन मिली थी। इस योजना का सबसे ज्यादा लाभ हरिजन बस्तीवालों को ही मिला क्योंकि भूमिहीन भी वही थे। अब हरिजन बस्ती में ज्यादातर घर पक्के बन चुके हैं। उनके बच्चे गाँव या गाँव से बाहर कोई न कोई व्यवसाय करते हैं। आरक्षण के लाभ से कुछेक सरकारी नौकरी भी कर रहे हैं। सुश्री मायावती के मुख्यमंत्रित्व काल में मेरे गाँव की हरिजन बस्ती का एक बड़ा हिस्सा बौद्ध बन गया। रामचन्द्र बौद्ध की इसमें मुख्य भूमिका रही। उनके प्रयास से गाँव के उत्तर तरफ एक बौद्ध मन्दिर भी बन चुका है। हालाँकि, अब वहाँ चहल-पहल कम रहती है।

अब मेरे गाँव में न सूअर पाले जाते हैं और न उनकी चिंचिआहट ही सुनाई देती है। इस बार मैंने देखा बिजाधर भैया के पोते की शादी में बारात की बिदाई करती हुई मेरे गाँव की महिलाएँ सज-धजकर डीजे की धुन पर थिरक रही थीं। उनके उल्लास में जातिभेद और ऊँच-नीच की गन्ध नहीं थी। बिजाधर भैया के पोते का घर दक्षिण तरफ ही है किन्तु अब हम उसे चमरउटी नहीं कहते।

मैं कह सकता हूँ कि आज मेरे गाँव में जाति का जो रूप बचा हुआ है उसका कारण सिर्फ यह है कि उसे आज की राजनीति ने गोद ले लिया है। वह उन्हें संरक्षण दे रही है। उसे पाल-पोस रही है। सुना है, बिहार में जातिगत जनगणना कराने का निर्णय सर्वसम्मति ले लिया गया है। इसके बाद वहाँ माँग होगी कि जातियों की संख्या के अनुपात में आरक्षण दिया जाय। निश्चित ही आने वाले दिनों में उत्तर प्रदेश में भी यह होगा। क्या इस रास्ते चलकर जाति-प्रथा खत्म हो सकती है? हर्गिज नहीं। अकारण नहीं है कि यहाँ चुनाव में टिकट का आवंटन जातियों की जनसंख्या और उनके वर्चस्व को देखकर किया जाता है।

बिहार और उत्तर प्रदेश जैसे पिछड़े प्रान्तों की सरकारों ने जाति-व्यवस्था को बनाए रखने के लिए बड़े ही सुनियोजित प्रयास किये हैं। उदाहरणार्थ उत्तर प्रदेश सरकार ने सम्भवत: नाम के साथ उनकी जाति का उल्लेख करना अनिवार्य कर दिया है। मुझे अच्छी तरह पता है कि राजस्थान की एक जाति है 'मीणा'।

उसका नाम अनुसूचित जनजाति की सूची में हैं, जिसका परिणाम है कि अनुसूचित जनजाति के लिए निर्धारित आरक्षण का अधिकांश लाभ इसी 'मीणा' जाति को मिल रहा है। दूसरी जनजाति के जो लोग जंगलों-पहाड़ों में रहते हैं और सही अर्थों में आरक्षण के लिए पात्र हैं, उनतक आरक्षण का लाभ नहीं पहुँच रहा है। इसी तरह दलितों के भीतर भी एक क्रीमीलेयर पैदा हुआ है। प्रबुद्ध बननेवाले दलित लेखकों की नजर भी अपने भीतर की इन विसंगतियों पर नहीं पहुँच रही है, या वे इसे जान-बूझकर नजरन्दाज कर रहे हैं।

कहा जा सकता है कि आज हमारे गाँव में दलित और सवर्ण का स्तर-भेद समाप्त हो चुका है। सामाजिक हैसियत के निर्धारण का पैमाना सिर्फ आर्थिक है, और इस पैमाने पर गाँव के सवर्ण कहीं नहीं टिकते। उनकी दशा आज पहले के दलितों जैसी हो चुकी है।

एक ओर छूआछूत का अन्त तो दूसरी ओर धार्मिक आडम्बरों और पाखंडों का बेतहाशा विस्तार। जो राजनीति जातिवाद को पाल-पोस रही है वही धार्मिक आडम्बरों को भी प्रश्रय दे रही है। गाँव में कई नये मन्दिर भी बने हैं और मस्जिद भी। इन मन्दिरों और मस्जिदों में तो धार्मिक अनुष्ठान होते ही रहते हैं आए दिन लोगों के घरों में भी कीर्तन, भागवत, देवी जागरण आदि होते रहते हैं।

हर व्यवस्था अपने भीतर की खामियों के कारण ही नष्ट होती है। पूँजीवाद ने सदियों पुरानी जाति-प्रथा जैसी घृणित व्यवस्था का अन्त किया, यह उसकी बहुत बड़ी देन है। लेकिन आज भी तरह-तरह के धार्मिक पाखंड और अन्धविश्वास विज्ञान को मुँह चिढ़ा रहे हैं। विकास को अवरुद्ध कर रहे हैं। गाँव में अधिकांश लोग ऐसे ही हैं जो मेहनत-मजदूरी करके, पेट काटकर किसी तरह कुछ पैसे बचाते हैं और फिर उसे कीर्तन, भगवती जागरण, भागवत या तीर्थ-यात्रा करके पुण्य कमाने के नाम पर गँवा देते हैं। सावन आते ही झुंड के झुंड काँवरिये दिखाई देने लगते हैं और हमारी सरकारें इनपर फूलों की वर्षा करती है, हमारे नेता इन्हें प्रोत्साहित करते हैं। हालाँकि किसी मंत्री, सांसद, विधायक, अधिकारी, उद्योगपति या उनके सुपुत्रों को काँवर ढोते मेंने नहीं देखा है। क्या अपने गाँव से इन सामन्ती मूल्यों, अन्धविश्वासों और आडम्बरों की समाप्ति की उम्मीद हम कर सकते हैं?

मरिकी बाभन

बचपन में मैंने एक कहावत सुनी थी,

सावन भैंसा चइत चमार, मरिकी बाभन लगन कँहार।

अर्थात सावन में भैंसा खूब मोटा हो जाता है क्योंकि उसको चरने के लिए सरेह में चारो तरफ हरी-हरी फसलें लहलहाने लगती हैं। चइत माह में चमारों की बन आती है क्योंकि रबी की फसल की कटाई होने लगती है और चमारों यानी मजदूरों के घरों में भी गेहूँ की रोटी बनने लगती है। मौतें ज्यादा होती हैं तो ब्राह्मणों के चेहरे निखरने लगते हैं क्योंकि ब्रह्मभोज में दही-चिउड़ा और पूड़ी-सब्जी खाने को खूब मिलता है। उन दिनों मौतों का भी मौसम होता था। भादों आते-आते ज्यादातर घरों में अन्न की कमी हो जाती थी। लोग गाँव के धनी-मानी लोगों के यहाँ से धान उधार ले आते थे। इसे 'मन्नी' कहा जाता था। एक मन (32 रजिया) धान का फसल होने पर एक मन आठ रजिया वापस करना पड़ता था। मेरे गाँव में सबसे ज्यादा मन्नी सूर्यबली दास देते थे। लोग एकाध मंडा 'सरया' या 'पाउस' जरूर बोते थे। इस प्रजाति का धान जल्दी तैयार हो जाता था। अन्न की कमी के कारण कुपोषण तथा बरसात के कारण सही और यथासमय इलाज न हो पाने के कारण सावन-भादों के महीनों में मौतें ज्यादा होती थीं। इसी तरह लगन के समय कहारों की बहार होती थी क्योंकि शादी-ब्याह में डोली-पालकी ढोने से अच्छी कमाई हो जाती थी, जज्ञ-परोजन में उनको काम भी मिलता था और सुस्वादु भोजन भी।

आज जिस तरह लावारिश साँड़ गाँवों के किसानों का जीवन दूभर किये हुए हैं उसी तरह पहले लावारिश भैंसे गाँवों में घूमते रहते थे। कोई-कोई मरकहा भी होते थे। एक भैंसा घर के सामने के मेरे खेत में धान की खड़ी फसल चर रहा था। मैंने भाला उठाया और उसे खदेड़कर अपने खेत से बाहर सड़क के उस पार कर दिया।

लौटने लगा तो कुछ ही देर बाद थोड़ी आहट महसूस हुई। पीछे मुड़कर देखा तो भैंसा मुझसे सिर्फ दो-तीन मीटर दूर था। वह मुझे मारने के लिए पीछे-पीछे चुपचाप आ रहा था और मेरे ऊपर प्रहार करने ही वाला था कि मैंने भाला फेंका, चिल्लाया और अपनी पूरी ताकत से भागकर रामनयन के घर की एक कोठरी में घुस गया। पीछे-पीछे भैंसा, हमारे और उसके बीच मात्र एक-दो फुट की दूरी बच गई थी। मैं मरते-मरते बँचा। कोठरी का दरवाजा इतना सँकरा था कि भैंसा उसमें घुस नहीं सका। वह दरवाजे पर खड़ा हो गया। रामनयन घर पर मौजूद थे और सब देख रहे थे। उन्होंने लाठी उठाई, चिल्लाए। कुछ और लोग भी जहाँ-तहाँ से मार-मार कहते हुए चिल्लाए। भैंसा धीरे-धीरे सड़क के उस पार चला गया। तबसे भैंसा को ही नहीं, भैंस को भी देखकर मेरे पाँव काँपने लगते हैं।

अब तो लावारिश भैंसे दिखते ही नहीं। उस दिन जब सबेरे के वक्त कटहरा से दो लोग एक चोकरती हुई भैंस को हमारे गाँव की ओर ले जा रहे थे तो मैंने रामबृन्द से पूछा, "इधर कहीं भैंसा है क्या?" उन्होंने थरुआ टोले की तरफ के एक घर की ओर संकेत करते हुए बताया, "नेटुआ है। भैंसा पाले हुए है। तीन-चार गाँवों में भैंसें जब 'उठती' हैं तो उसी के यहाँ लोग ले जाते हैं। दो सौ रुपया लेता है एक भैंस को 'पड़ियाने' का।"

❑

मित्रो! यह क्षेपक था। अब 'मरिकी बाभन' वाले प्रकरण पर आता हूँ। बचपन में मैं भी अपने गाँव और उसके आसपास कई बार रामनयन, होसिला, बड़कू भैया, झिनकू भैया आदि के साथ दही-चिउड़ा (ब्रह्मभोज में भोजन को इसी नाम से पुकारा जाता था।) खाने जा चुका हूँ। संकोच लगता था किन्तु दही-चिउड़ा मेरी भी कमजोरी है। कुछ लोग तो पता करते रहते थे कि आसपास के किस गाँव में कितनी मौतें हुई हैं और श्राद्ध किस दिन पड़ेगा। कुछ लोग तो बिन बुलाए ही नियत तिथि को उनके यहाँ पहुँच जाते थे दही-चिउड़ा खाने। ब्राह्मणों के यहाँ तथा कंठीधारी वैष्णवों के यहाँ मृत्यु के तेरहवें दिन और बाकी अन्य जातियों के यहाँ सोलहवें दिन ब्रह्मभोज का विधान था। अमूमन ब्रह्मभोज के दिन प्रात:काल नाई भोजन का आमंत्रण देने आता था और भोजन के समय 'बिजय' की सूचना देने भी। यदि दूरी ज्यादा होती तो न्योता देते समय ही सबको ले आने की जिम्मेदारी भी उन्हीं में से किसी एक ब्राह्मण को सौंप जाता।

जिनके घर निधन हुआ हो उनके घर ब्रह्मभोज के दिन तक का समय बिताना भी कम कष्टकर नहीं होता है। सबसे ज्यादा तकलीफ घर की महिलाओं और

बच्चों को होती है। कहावत प्रचलित है कि, "मरनी से करनी दूभर होले।" यानी, मृत्यु से कठिन होता है मत्यु के बाद का खटकर्म (कर्मकांड)। जब तक बाल न उतर जाय और महापात्र भोजन न कर लें तब तक घर में एक ही वक्त भोजन बनता है, वह भी सादा। भोजन में तेल और हल्दी वर्जित होता है। घर की महिलाएँ सुबह-शाम दोनों वक्त नियमित रूप से पास की नदी या तालाब में स्नान करती हैं। जाड़े के महीनों में तो बहुत कठिन होता है दोनों वक्त नहाना। तीर लेनेवाला व्यक्ति भी दस दिन तक घर में भोजन नहीं कर सकता। उसे अपने लिए बाहर भोजन खुद पकाना और खाना पड़ता है, सिर्फ एक वक्त। भोजन में तेल, मसाले पूरी तरह वर्जित होते हैं। इन दिनों कई लोग गरुड़ पुराण भी सुनते हैं—पूरे तामझाम के साथ। इससे आत्मा भटकती नहीं है। ब्राह्मणों ने इतनी पाबन्दियाँ क्या सोचकर लगाईं?

ब्रह्मभोज में भोजन करने के लिए ब्राह्मण लोग कमर से ऊपर के कपड़े उतारकार, हाथ-पैर धोकर पंहति (पंक्ति) में जूट के बोरों या दरी आदि पर बैठते थे। सागौन या साखू के पत्तों से बने पत्तलों या कभी-कभी पुरइन के पत्तों पर पहले चिउड़ा-दही परोसा जाता। दही डालने से पहले चिउड़ा को लोग पानी से हलका भिगो देते फिर भरपूर मात्रा में दही मिलाते, ऊपर से चीनी या भेली। अब बारी कौर उठाने की होती। यह छूत का भोजन माना जाता। इस भोजन के बाद छूत से घरवालों को मुक्ति मिल जाती। इसलिए इस ब्रह्मभोज में जो ब्राह्मण सबसे पहले कौर उठाता उसे कुछ दच्छिना भी मिलता। घर का स्वामी अपनी क्षमता के अनुसार पाँच-सात रुपये चरणों पर रखकर हाथ जोड़ता कि उसका उद्धार किया जाय। कौर उठानेवाले ब्राह्मण का तर्क होता कि मृत्यु के बाद के इस भोज में सबसे पहले अन्न ग्रहण करने का अर्थ है कि सबसे ज्यादा पाप उसने स्वयं अपने ऊपर ले लिया है। इसके बाद सभी ब्राह्मणों को कुछ न कुछ दच्छिना दी जाती। कभी-कभी अठन्नी या एक-एक रुपये सबको मिल जाते। इसके बाद सभी भोजन करते। पत्तल से दही-चिउड़ा समाप्त होते देर नहीं लगती। बिना दाँत से कूँचे ही दही के साथ चिउड़ा घोंटते (निगलते) जाते। दही-चिउड़ा समाप्त होते ही पुड़ी और सब्जी आने लगती। एक ब्राह्मण सब्जी देता तो दूसरा उसके साथ ही पूड़ी परोसता। भोजन सामग्री पर अधिकार पूरी तरह पुरोहित का होता। अमूमन दो तरह की सब्जियाँ बनाई जातीं। माना जाता कि ब्राह्मण देवता भोजन करके तृप्त होंगे तभी दिवंगत आत्मा का भी उद्धार होगा और वह परिवार भी छुतका से मुक्त होगा। भोजन करने के लिए सोलह ब्राह्मणों की जरूरत पड़ती। इससे कम होने पर लोग कौर नहीं उठाते थे। जो ब्राह्मण देवता किन्हीं कारणों से भोजन करना नहीं चाहते थे, उन्हें खाद्य सामग्री बाँधकर घर लाने की छूट होती थी।

किन्तु उन्हें भी पंहति में बैठना पड़ता था। सबके साथ उनका भी भोजन परोसा जाता था। बस वे खाते नहीं थे, चुपचाप बैठे रहते थे और अन्त में अपने गमछे में बाँधकर घर ले जाते थे। इसे 'छन्ना' कहा जाता था। लोग इसे अच्छा नहीं मानते थे।

ब्रह्मभोज से पहले दसगातर होता-मृत्यु के दसवें दिन, जिसमें महपातर (महापात्र) भोजन करते। उनसे उऋण होना ज्यादा कठिन होता क्योंकि वे पाँच-दस की संख्या में आते। गाँव के बाहर किसी पेड़ के नीचे या उपयुक्त स्थान पर वे मिट्टी के बर्तनों में सादा सुस्वादु भोजन पकाते और खाते। सबसे कठिन होता भोजन के समय उनको सन्तुष्ट करना। उन्हें सज्जा (शय्यादान) देना पड़ता। सज्जा में खटिया, बिस्तर, बर्तन, कपड़े, भोजन की सामग्री आदि सब कुछ। इनके अलावा कुछ नकद भी। ऐसा माना जाता कि जो भी यहाँ सज्जा के रूप में दिया जाता है वह उस लोक में मृतक को प्राप्त होता है। भोजन करने विराजते समय महापात्रों का अगुआ दान के रूप में गृहस्वामी से कोई मूल्यवान वस्तु, पशु या धन प्राप्त करने का प्रयास करता। इसे सामाजिक हैसियत से भी जोड़ दिया गया था। गाँव के लोग देखने भी आते थे कि अमुक व्यक्ति ने सज्जा में क्या-क्या दान किया है। कम देने पर निन्दा सुनने के लिए भी तैयार रहना पड़ता था।

एक दिन चार बजे के करीब रामनयन, होसिला को लिये हुए मेरे घर आए और मुझे दही-चिउड़ा खाने के लिए पड़ोस के गाँव कटहरा चलने का आग्रह करने लगे। दरअसल पाँच ब्राह्मणों को अपने साथ ले आने का होसिला ने आश्वासन दे रखा था। दस ब्राह्मणों की व्यवस्था पुरोहित ने कर ली थी। एक पुरोहित खुद थे। होसिला मेरे बचपन के दोस्त थे। मुझसे केवल एक महीना छोटे। हम साथ-साथ कुश्ती लड़ते थे अखाड़े में। पढ़ाई में उनकी रुचि बहुत कम थी। दर्जा सात तक पहुँचते-पहुँचते उन्होंने पढ़ाई छोड़ दी थी और निष्ठा के साथ भैंस चराने लगे थे। मैं उन दिनों दर्जा नौ में पढ़ रहा था। दोस्ती बनी हुई थी। मुझसे घिघियाने लगे, "चलऽ आठ बजे ले लवटि आवल जाई।" मैं उनकी बात टाल न सका। बड़के टोला से दो लोग और आ गए। हम हाथ में लोटा लिये हुए पैदल चल दिये और एक घंटे में कटहरा पहुँच गए।

टाटी से घेरे हुए छप्पर के घर में रहनेवाले उस परिवार का इकलौता जवान बेटा, जो मजदूरी करके अपनी माँ और तीन बहनों का पेट पालता था, किसी अज्ञात बीमारी से दिवंगत हो चुका था। ब्रह्मभोज के दिन भी उसकी माँ सिर पीट-पीटकर रो रही थी। उस घर का कारुणिक दृश्य देखकर मैं भी मन ही मन रोने लगा था। हृदय को विदीर्ण करनेवाले उस वातावरण में भी जब हम भोजन के लिए पंहति में बैठे तो हमारे बीच के एक वरिष्ठ विप्र ने कौर उठाने से मना कर दिया क्योंकि

संख्या सोलह पूरी नहीं हुई थी। गाँव के कुछ संवेदनशील लोगों ने हाथ जोड़कर हम ब्राह्मण देवताओं से उस परिवार का उद्धार करने का आग्रह किया। हमारे बीच के उस वरिष्ठ विप्र का दिल भी पसीजा और उन्होंने एक रास्ता सुझाया। उन्होंने पंहति में दो पत्तल और रखवाकर सोलह की संख्या पूरी करने का निर्देश दिया। रास्ता आसान था लोगों ने दो पत्तल और रखे। उन पत्तलों पर सभी खाद्य सामग्री रखी गई। भोजन और दक्षिणा के बाद उन दोनो पत्तलों पर रखी गई खाद्य सामग्री उस ब्राह्मण देवता को सुपुर्द की गई और वे कृपा करके उसे अपने घर ले गए। इस घटना के बाद मैंने दही-चिउड़ा खाना सदा के लिए छोड़ दिया।

❑

29 अक्टूबर, 2021 का दिन। प्रात:काल जब मैं मॉर्निंग वाक से वापस घर आ रहा था और लाल रंग के सूरज का बिम्ब कवि केशव के कापालिक का भी कान काट रहा था, तो रास्ते में ही जयश्री भैया ने दुक्खी काका (दुखी मौर्य) के निधन की खबर दी, "बाबू, सुनलऽ हऽ? दुक्खी काका नाईं बाड़ें।"

इस तरह की खबरें गाँवो में करेंट की तरह फैलती हैं। शहर के लोग तो उसकी कल्पना भी नहीं कर सकते। दुक्खी काका मेरे गाँव के ही नहीं, मेरे पड़ोसी भी थे लिहाजा मैं सीधे उनके घर जाना मुनासिब समझा। दरवाजे पर आठ-दस लोग मौजूद थे, किन्तु घर का कोई भी नहीं था। सिर्फ काकी (उनकी पत्नी) थीं। दसई काका ने हाथ से ही मुझे इशारा किया कि मैं काकी से कुछ न कहूँ। दरअसल काकी से उनके निधन की खबर छिपाई गई थी। उनको बताया गया था कि गोरखपुर से इलाज कराकर और स्वस्थ होकर काका शीघ्र आ रहे हैं। दुक्खी काका को इलाज कराने के लिए तीन दिन पहले गोरखपुर ले जाया गया था। काकी ने मुझे देखकर खुद ही कहा, "बाबू अब्बे थोड़े देर में ऊ आ जईहें। उनकर हाल-चाल ठीक बा..."

मैंने भी दिल पर पत्थर रखकर सिर हिला दिया। आठ बजते-बजते पें-पें की आवाज करते हुए एम्बुलेन्स घर के सामने आकर रुक गई। ज्योंही दुक्खी काका का शव एम्बुलेन्स से बाहर निकाला गया, काकी दहाड़ मार कर रो पड़ीं। उनकी रुलाई देखकर वहाँ उपस्थित गाँव के सभी लोगों की आँखें भर आयीं। देखते-देखते पचासों स्त्री-पुरुष जुट गए। काकी का साथ देती हुई गाँव की कुछ महिलाएँ भी रोने लगीं। यद्यपि दुक्खी काका नब्बे पार कर चुके थे और भरपूर जिन्दगी जीकर दिवंगत हुए थे। उनके बेटों और बहुओं ने उनकी भरपूर सेवा भी की थी, किन्तु कोई कितना भी बूढ़ा हो, मृत्यु का शोक तो होता ही है।

उनके छोटे बेटे की प्रतीक्षा में कुछ समय लगा। हैदराबाद से उसके आते ही शव-यात्रा शुरू हो गई। सारी तैयारी पहले से हो चुकी थी। तब तक लगभग चार बज चुके थे। उनकी शव-यात्रा में मैं भी रामघाट तक गया और अन्तिम क्रिया होने तक वहाँ रुका रहा। पहले जो लोग शव-यात्रा में जाते थे वे वहीं नदी में स्नान करके ही घर लौटते थे। घर आने पर भी उन्हें दाँत से मिर्चा काटना पड़ता था। इसके पहले मुँह में कुछ भी डालना वर्जित था। किन्तु इस बार मेरा अनुभव बिलकुल अलग था। घाट के बगल में चाय की दूकान थी। जब तक शव जल रहा था, मेरे गाँव के प्रधान शैलेन्द्र मद्धेशिया मुझे उस दूकान तक ले गए। मेरे साथ गाँव के दूसरे कई वरिष्ठ लोग भी थे। उन्होंने सबको चाय पिलाई। मैंने यह भी देखा कि दुक्खी काका के बेटों के अलावा अन्य किसी ने भी नदी में स्नान नहीं किया। शव-यात्रा में शामिल लोग शव के जलने के साथ ही वापस लौट गए। इसका एक कारण यह भी हो सकता है कि नदी में स्नान के लिए पर्याप्त जल नहीं था और पानी का प्रवाह भी कम था। मैंने महेन्द्र मिश्र से नहाने के बारे में पूछा तो उन्होंने, "घरे नहाइल जाई।" कहते हुए साफ मना कर दिया और हाथ पकड़कर अपनी बाइक तक ले गए। उन्हीं की बाइक से मैं घाट तक आया भी था। घर लौटने पर अपनी सहधर्मिणी की जिद पर हरा मिर्चा दाँत से काटा। तीखेपन से कान झनझना उठा। घर के बाहर स्नान करने के बाद ही घर के भीतर प्रवेश कर सका।

सबसे ज्यादा चौंकानेवाली बात थी दुक्खी काका के निधन पर उनके पुत्रों द्वारा श्राद्ध कर्म तथा ब्राह्मण भोज का बहिष्कार। उनके बेटों ने न तीर ग्रहण किया, न घंट बाँधा, न महापात्रों को भोजन कराया और न ब्राह्मणों को ही। चकित करने वाली बात यह भी थी कि इसके लिए उनके कुछ पट्टीदारों ने मुँह पीछे नाक-भौं तो सिकोड़ा किन्तु सामने कुछ नहीं कहा। उनकी सामाजिक प्रतिष्ठा पर भी किसी तरह की आँच नहीं आई। इसके क्या कारण हैं? क्या गाँव के दूसरे गरीब लोग ऐसा करने का साहस कर पाते?

दुक्खी काका के बेटों ने कुछ संतों (साधुओं) को भोजन के लिए आमंत्रित किया। ऐसे आमंत्रित संतगण अपने तथा पड़ोस के गाँवों के ही थे इसलिए उनकी जातियों के बारे में सभी को पता था। उनमें अहीर भी थे और पटनवार भी, कोइरी भी थे और कोंहार भी, केवट भी थे और चमार भी, कहार भी थे और धरिकार भी। किन्तु वे अब संत बन चुके थे और संतों की कोई जाति नहीं होती। वे कबीर के इस कथन में विश्वास करते थे,

जाति पाँति पूछे नहिं कोई, हरि को भजे सो हरि का होई।

संतों ने हरिनाम का गुणगान करने के बाद भोजन किया। तृप्त हुए। बेटों ने उन्हें पहनने के लिए वस्त्र दिये और कुछ दक्षिणा भी। संतों की कृपा से दुक्खी काका का परिवार 'छुतका से मुक्त' हो गया। बाद में गाँव के अन्य लोगों ने भी उनके घर भोजन किया।

अपने गाँव के लोगों में मैंने जिस जड़ता का अनुभव किया था उसे देखते हुए ऐसा चमत्कारिक परिवर्तन मेरे लिए अकल्पनीय था।

दूसरे दिन अपने मार्निंग वाकर साथी रामबृन्द से मैंने पूछा, "इस तरह से ब्रह्मभोज का बहिष्कार क्या गाँव में किसी और ने भी किया है?" रामबृन्द ने गाँव से तो नहीं, किन्तु क्षेत्र से कुछ उदाहरण जरूर दिये और बताया कि गायत्री परिवार तथा आर्यसमाजियों की ओर से अब इस क्षेत्र में कुछ लोग सक्रिय हैं। वे हवन-पूजन कराकर बड़े ही संक्षेप में और बहुत कम खर्चे में लोगों को इन कर्मकांडों से मुक्त कर देते हैं। किन्तु दुक्खी काका के बेटों ने जो दृष्टान्त प्रस्तुत किया वह न तो गायत्री-परिवार का था और न आर्यसमाज का। वह कुछ अलग ही था।

दुक्खी काका के दोनो बेटे सरकारी नौकरी करते हैं। घर में ट्रैक्टर है। बहू गाँव के प्राइमरी स्कूल में शिक्षिका है। आसपास की जमीन खरीदकर चारो ओर से चहारदीवारी डाल चुके हैं। उनके घर के बच्चे महाराजगंज के इंग्लिश मीडियम पब्लिक स्कूल में पढ़ते हैं और उन्हें लेने शहर से स्कूल की बस आती है। लगभग एक करोड़ की लागतवाला उनका आलीशान मकान निर्माणाधीन है। गाँव में उनकी हैसियत देखकर सामाजिक असमानता का शब्द हास्यास्पद लगता है। उन्होंने सदियों से चली आ रही एक लिजलिजी कुप्रथा को तोड़कर दिखा दिया और उनकी सामाजिक प्रतिष्ठा पर भी कोई आँच नहीं आई। इसका सीधा तात्पर्य है कि हमारे गाँवों में जाति-प्रथा अपनी अन्तर्वस्तु खो चुकी है। अब जो आर्थिक दृष्टि से समृद्ध हैं, सामाजिक प्रतिष्ठा भी उन्हें ही मिलेगी। "सर्वे गुणा: कांचनमाश्रयन्ति।"

जिस वर्ष मैंने दही-चिउड़ा खाना छोड़ा था उसी वर्ष बाऊजी के आदेश पर कटहरा के ही एक परिवार में सत्यनारायण व्रत-कथा का भी अनुष्ठान सम्पन्न कराया था। इसके लिए बाजार से सत्यनारायण व्रत-कथा की पोथी खरीदी। एक दिन पहले पूजन सम्बन्धी तरीके का खूब अभ्यास किया तब जाकर वहाँ कथा का अनुष्ठान सम्पन्न हो सका। अनुष्ठान के दौरान अपराधबोध की एक विचित्र अनुभूति हुई थी मुझे, जब कथा सुननेवाले उस अनपढ़ गरीब अधेड़ दम्पति ने मुझ जैसे पन्द्रह वर्षीय 'ब्राह्मण देवता' का पाँव छूकर आशीर्वाद लिया था। सत्यनारायण कथा के बाद सजाव दही और चिउड़ा का भोजन हुआ और अपेक्षा से अधिक दान-दक्षिणा लेकर हम घर आए थे। इतना सम्मान और मुफ्त में दान-दक्षिणा पाने

की खुशी तो हुई किन्तु उस दम्पति द्वारा मेरा पाँव छूकर आशीर्वाद लेने की घटना मेरे मन से निकल ही नहीं रही थी। बाऊजी के मन में कहीं न कहीं यह भाव था कि अवसर मिलने पर पुरोहिती करने की क्षमता भी उनके बेटे में विकसित होनी चाहिए ताकि उससे भी कुछ कमाई हो सके। आखिर हमारा तो यही पेशा है न? बाऊजी ने बाद में इस तरह का एक-दो और प्रस्ताव मेरे सामने रखा था और मैंने आनाकानी की तो उन्होंने जोर देना छोड़ दिया था। सत्यनारायण व्रत-कथा कहने का मेरा वह पहला अवसर था और आखिरी भी।

कान्हे आली

और 4 जनवरी, 2019 को सबेरे दस बजते-बजते कान्हे आली के प्राण पखेरू उड़ गए। सुकवा उगने के पहले से ही गाँव के लोगों की भीड़ जमा होने लगी थी। कल तीसरे पहर ही जब उनको लेने एम्बुलेन्स आई थी और उनकी दशा देखकर उन्हें बिना लिये ही वापस चली गई थी तभी से गाँव में चर्चा थी कि कान्हे आली रात–बिरात जरूर चली जाएँगी। किन्तु उन्होंने रात बिता दी और सुबह सबकी उपस्थिति में उन्होंने अन्तिम साँस लिया। समय रहते गाँव की भली महिलाओं ने गंगाजल और तुलसीदल उनके मुँह में डाला। दूसरे दिन कान्हे आली के निधन की खबर अखबारों में प्रमुखता के साथ प्रकाशित हुई।

उस वर्ष जब हम लोग 'रामपुर उत्सव' के कार्यक्रम के लिए गाँव आए तो कान्हे आली हमारे बरामदे में ही थीं। वे पिछले कई महीने से वहीं रह रही थीं। उनके पास सोने के लिए एक काठ की चौकी थी जिसपर कपड़े का सिला हुआ पुराना गद्दा था। ओढ़ने के लिए एक चद्दर और मच्छरदानी। उनका एक काठ का बड़ा सा बक्सा भी था जो गाँव के ही उनके एक रिश्तेदार के घर रखा हुआ था। बक्शे में उनका कुछ सामान था जिसकी चाभी हमेशा उनके आँचल के कोने से बँधी रहती थी। दिन में वे एक ही वक्त ईंट जोड़कर बनाए गए अस्थाई चूल्हे पर कुछ पका लेती थीं और उसी से उनका दोनो वक्त का भोजन हो जाता था। कभी-कभी झिनकू भैया के घर से भी उन्हें कुछ खाने को मिल जाता था और तब उन्हें पकाना नहीं पड़ता था। हमेशा नियमित रूप से स्नान-ध्यान करके ही अन्न ग्रहण करनेवाली अस्सी साल की कान्हे आली अब कपड़े की कमी तथा पानी की असुविधा के चलते दो-दो या तीन-तीन दिन तक स्नान नहीं कर पाती थीं, किन्तु धार्मिक निष्ठा इतनी कि अब भी वे ब्राह्मण को छोड़कर किसी दूसरी जाति के घर खाना नहीं खाती थीं।

कान्हे आली का असली नाम सोनमती देवी था, किन्तु सभी लोग उन्हें कान्हे आली के नाम से ही जानते थे। कान्हे आली जब जवान थीं तभी उनके पति चोकट अहिर की धान के खेत में काम करते समय वज्रपात से मौत हो गई थी। उनका एक बैल भी उस बिजली की चपेट में आ गया था। पति की असमय मौत से निरक्षर कान्हे आली के जीवन में मानो विपत्तियों का पहाड़ टूट पड़ा। भगवान ऐसा किसी के साथ न करे। उनकी कोई सन्तान नहीं थी। उनका मैका कान्हे नामक गाँव में था, ससुराल से लगभग दस किलोमीटर दूर। इसीलिए वे गाँव में 'कान्हे आली' के नाम से पुकारी जाती थीं। मेरे गाँव में बहुओं को नाम लेकर पुकारे जाने की परम्परा नहीं थी। फलाने बहू या फलनवा की माई कहकर लोग पुकारते थे। मैके के गाँव के नाम से पुकारी जानेवाली भी कई महिलाएँ थीं जैसे पिपराही, छपराही, बगपराही, पूर्बाही, दखिनाही, सोनरा आली, चिउरहा आली, लखिमा आली आदि। पति के मरने के बाद कुछ दिन मैकेवालों ने कान्हे आली को सहारा दिया किन्तु न जाने क्यों उनका मन मैके में लगता ही नहीं था। वे संन्यासी जैसा जीवन जीने लगीं। सुबह स्नान करके ही अन्न ग्रहण करना, साधु-संतों के संसर्ग मे रहना और भगवान का भजन करना उनकी दिनचर्या हो गई।

कान्हे आली के पास कुछ खेत था और रहने के लिए अपना एक छोटा सा घर भी। अकेले जीवन बसर करने के लिए इतना काफी था। किन्तु जब औरत निरक्षर हो और आगे-पीछे कोई सहारा न हो तो लोगों की निगाह उसकी इज्जत और दौलत दोनो पर जमी रहती है। कान्हे आली के जवानी के दिन अब नही थे किन्तु उनके पास कुछ खेत और अपना घर तो था ही। गाँव के लोगों ने कान्हे आली को फुसलाना शुरू कर दिया और धीरे-धीरे एक-एक करके उनका खेत अपने नाम रजिस्ट्री करा लिया। यहाँ तक कि कुछ दिन बाद उनके रहने का एकमात्र ठिकाना उनका घर भी लिखवा लिया और रुपया एक ऐसे प्राइवेट बैंक में जमा करा दिया जिसके दरवाजे पर कुछ ही दिन बाद ताला लग गया।

अब कान्हे आली के दुर्दिन के दिन शुरू हो गए। वर्षों तक वे बड़कू भैया के बरामदे में रहीं, खाना बनातीं, खातीं और बरामदे में सो जातीं। तुनकमिजाज तो थीं ही, मुहफट भी थीं। धीरे-धीरे विवाद बढ़ा और एक दिन उन्हें बड़कू भैया का बरामदा छोड़ना पड़ा। फिर वे अशोक के घर रहने लगीं किन्तु वहाँ अधिक दिन तक नहीं चला और अन्त में जब कहीं ठिकाना नहीं मिला तो खाली पड़े हमारे बरामदे में उन्होंने डेरा जमा लिया।

इस बार जब हम गाँव गए तो कान्हे आली बरामदे में थीं। उन्हें हटाने की हमारी हिम्मत नहीं हुई, किन्तु हमारे दरवाजे पर ही दो दिन आयोजन होता है और

उन दोनो दिनों भारी भीड़-भाड़ रहती है। इसलिए जिन दो दिनों आयोजन था उन दोनो दिनों वे स्वत: दूसरे के घर सोने चली गई थीं।

मैं जब तक गाँव पर रहा कान्हे आली मेरे दिमाग के निकलती ही नहीं थीं। उन्हें इन परिस्थितियों में छोड़कर भला कैसे जा सकूँगा। मुझे पता चला कि इस जनपद में भी फरेन्दा के पास एक वृद्धाश्रम खुला है। उसे सरकारी सहायता भी मिलती है। संयोग से एक दिन महाराजगंज कचहरी में उसके संचालक से मेरी भेंट हो गई। मैने उनसे कान्हे आली के बारे में विस्तार से चर्चा की। मुझसे वे काफी प्रभावित हुए और बताया कि वे कान्हे आली को अपने वृद्धाश्रम में ले जाना चाहेंगे। मैंने उसी दिन शाम को कान्हे आली से बात की, "फरेन्दा के पास सरकार ने एक वृद्धाश्रम खोला है। जिन बुजुर्गों की देख-रेख करनेवाले लोग नहीं हैं ऐसे असहाय लोगों को रहने, खाने-पीने और दवा-दारू की सारी व्यवस्था सरकार मुफ्त करती है। उनके संचालक मेरे परिच्चित हैं। वे आपको अपने यहाँ रहने की सारी व्यवस्था कर देंगे। मेरी बात हो गई है। बीच-बीच में मैं आपसे मिलने आता रहूँगा। समय-समय पर हम खबर भी लेते रहेंगे।" अभी मैं उन्हें समझा ही रहा था कि कान्हे आली मेरे सामने से उठकर चली गईं। उनकी आँखें डबडबा गई थीं। चेहरा तमतमा गया था। रामनयन के घर जाकर उनके सामने रोने लगीं। वे दरवाजे पर ही बैठे हुए थे। सड़क पर ही उनका घर था। कान्हें आली को रोते हुए देखकर कई लोग ठिठक गए। "मुझे वृद्धाश्रम में भेजने की बात कहने की उनकी हिम्मत कैसे हुई? ऐसा कहकर उन्होंने मेरा घोर अपमान किया है। वहाँ पराए लोगों के सामने, जिनमें पुरुष भी होंगे भला मैं कैसे रह पाऊँगी?" रामनयन से वे रो-रोकर कह रही थीं। कान्हे आली ने राम नयन से बताया कि वे इस गाँव को छोड़कर अन्यत्र कहीं नहीं जाएँगी और वे यहीं मरेंगी। मरने के बाद चाहे गाँववाले उनकी लाश कहीं भी फेंक दें किन्तु मरेंगीं इसी गाँव में।

कान्हे आली के दिल पर गहरा चोट लगा था। वे बहुत रात गए मेरे बरामदे में आईं और चुपचाप अपनी चौकी पर सो गईं। दूसरे दिन भी हमारे जगने से पहले ही वे उठकर कहीं जा चुकी थीं। भउजी ने मुझे बताया कि वृद्धाश्रमवाली बात से वे बहुत दुखी हो गई हैं। उन्होंने यह भी बताया कि वे भागवत सुनना चाहती हैं। उन्हें वर्षों तक भरोसा था कि बैंक में जमा उनका रुपया जल्दी ही मिलेगा और जब मिलेगा तो उससे वे सबसे पहले भागवत सुनेंगी और भंडारा करेंगी। भउजी ने बताया कि अब बैंक में जमा धन को लेकर वे निराश हो चुकी हैं किन्तु भागवत सुनने की उनकी अभिलाषा बनी हुई है। वे उसके लिए एक-एक पैसे जुटा रही हैं।

मैके में कान्हे आली के भाई-भौजाई और भतीजे भी थे। वे लोग चाहते थे कि कान्हे आली उनके घर चलें और उन लोगों के साथ रहें। कई बार वे लोग उन्हें ले भी गए किन्तु कुछ दिन रहकर वे फिर से रामपुर चली आती थीं। वे बार-बार रामपुर क्यों चली आती थीं इस बारे में कोई कुछ भी बता पाने में असमर्थ था। किन्तु उन्हें जितना मैं समझ सका, उन्हें इस बात पर पूर्ण विश्वास था कि जिस गाँव में ब्याह कर वे लाई गई हैं उसी गाँव में निधन होने पर उनको स्वर्ग मिल सकेगा। कहीं दूसरे गाँव में मरने पर वे नरक की भागी होंगी।

कान्हे आली के पति चोकट काका जब जीवित थे तो उनके यहाँ दुधारू भैंस जरूर रहती थी। भैंस को आमतौर पर कान्हे आली ही चराती थीं। वे दही बहुत अच्छा जमाती थीं। बड़ी सफाई से रहती भी थीं। दही की जरूरत होने पर हमारी प्राथमिकता में पहला नम्बर कान्हे आली का घर ही होता था। मिट्टी की नदिया (वे कहँतरी कहती थीं) में जमा हुआ जामुनी रंग की साढ़ीवाला दही देखते ही मेरा लार टपकने लगता। दही मेरी खास कमजोरी भी थी।

चोकट काका के मरने के बाद कान्हे आली के भीतर सन्यास का भाव पैदा हो गया। भैंस पालना उनके लिए कठिन था। सो सबसे पहले भैंस बिकी। खेती को उन्होंने बटाई पर दे दिया। उनके घर अब कोई ज्यादा काम ही नही था। एक वक्त खाना पकातीं और बाकी समय गाँव में घूम-फिरकर काट देतीं। अब वे चन्दन लगाने लगी थीं। उन्होंने शाकाहार अपना लिया। सुबह नहाकर पूजा करना और उसके बाद ही अन्न ग्रहण करना उनकी रोज की दिनचर्या में शामिल हो गया। वे अब अपनी बिरादरी के अलावा केवल ब्राह्मणों के घर ही भोजन करतीं। उन ब्राह्मणों के घर भी कान्हे आली भोजन नहीं करती थीं जो मांसाहारी थे। अकेलेपन ने उनके पैरों में मानो पहिया लगा दिया हो। कान्हे आली दिन भर इधर से उधर घूमती रहतीं। गाँव में घर-घर की सूचनाएँ बैठे-बिठाए कान्हे आली से एक जगह ही मिल जाती। वे सूचनाओं की भंडार थीं। हम गाँव जब भी जाते, पता नहीं कहाँ से कान्हे आली को खबर मिल जाती और वे घंटे भर के भीतर ही हाजिर हो जातीं और गाँव भर की खबर देने लगतीं। 'रामपुर उत्सव' के अवसर पर मेरी पत्नी उनके लिए एक साड़ी जरूर ले जातीं। मेरी रसोई में जो कुछ पकता वे बड़ी रुचि से खातीं। मेरी पत्नी के प्रति उनके हृदय में बड़े सम्मान का भाव था।

गाँव में कान्हे आली के मरणासन्न अवस्था की सूचना कलकत्ता में सबसे पहले मुझे फोन से लल्लन ने दी। मैंने महाराजगंज के एक प्रतिष्ठित अखबार अमर उजाला के ब्यूरोचीफ संजय पांडेय को फोन किया। मैं उनसे पहले मिल चुका था और उनके सद्व्यवहार से प्रभावित भी था। मैं कलकत्ता में रहते हुए भला क्या कर सकता था?

मैंने सोचा कि यदि अखबार में एक अकेली वृद्धा और असहाय बीमार महिला की खबर छपेगी तो स्थानीय सरकारी अधिकारी जरूर खबर लेंगे। सम्भव हो सरकार के निर्देश पर उन्हें सरकारी अस्पताल में इलाज के लिए भर्ती भी करा दिया जाय। किन्तु मेरा प्रयास तत्काल कारगर नहीं हो सका। अखबार में कान्हे आली की बीमारी की खबर कई दिन बाद छपी। एक जिम्मेदार पत्रकार के दायित्व का निर्वाह करते हुए संजय पांडेय ने अपने एक रिपोर्टर को गाँव में भेजा, सच्चाई का पता किया और तब उन्होंने चित्र सहित खबर प्रकाशित की। शीर्षक दिया, 'पूस की ठंड से लोहा लेती हैं बूढ़ी हड्डियाँ'। किन्तु तबतक कान्हे आली मौत के ज्यादा करीब पहुँच चुकी थीं। एम्बुलेन्स आई किन्तु तबतक बहुत विलम्ब हो चुका था।

मेरे ही दरवाजे पर कान्हे आली ने अन्तिम साँस लिया। गाँव के कुछ शातिर लोग, मेरी अनुपस्थिति में मेरे दरवाजे पर ही उन्हें समाधि देने की भी योजना बना रहे थे। भला हो, उपेन्द्र का कि उसने इस दुरभिसन्धि की सूचना मुझे तो दी ही, खुद भी कूटनीति से काम लिया और कान्हे आली की शव यात्रा का नेतृत्व किया। रेहाव नदी के किनारे शवदाह के लिए निर्धारित स्थान पर उनका अन्तिम संस्कार किया गया। गाँववालों ने ग्राम प्रधान की देख-रेख में पूरे विधि-विधान से उनका अन्तिम संस्कार किया। इस जीवन में कान्हे आली को बहुत दुख मिला। भागवत सुनने की उनकी इच्छा भी पूरी नहीं हो सकी। किन्तु मरने के बाद वे स्वर्ग जरूर गईं होंगी क्योंकि ससुराल में मरने की उनकी अभिलाषा अवश्य पूरी हुई।

अथ यज्ञोपवीत-भंजन कथा

हमारी हिन्दी पट्टी में नाम और काम से आपकी मुकम्मल पहचान नहीं होती जब तक जाति की पहचान न जुड़ जाय। नामकरण में भी जाति-वर्ण के भेद का ख्याल रखने की हिदायत का निष्ठापूर्वक अनुपालन हमारे ही क्षेत्र में होता है। मेरे गाँव में सवर्णों के नाम थे वृजराज, विद्याधर, श्यामधर, मुरलीधर, कृष्णचन्द्र, गिरीशचन्द्र, सूर्यप्रकाश, भूपेन्द्र, महेन्द्र, सुरेन्द्र, राजीव लोचन तो दलितों के नाम थे फेंकू, धुत्तू, सुक्खू, चिरकुट, चिखुरी, गोबरी, मोलहू, निरहू, घुरहू, कतवारू, कोदई, ढोंढ़ई आदि। आखिर मनुस्मृति का निर्देश तो यही है न!

मंगल्यं ब्राह्मणस्य स्यात्क्षत्रियस्य बलान्वितम्
वैश्यस्य धन संयुक्तं शूद्रस्य तु जुगुप्सितम्। (मनुस्मृति, 2|31)

अर्थात् ब्राह्मण का नाम शुभ भावबोधक, क्षत्रिय का नाम पराक्रम भावबोधक, वैश्य का नाम ऐश्वर्य भावबोधक और शूद्र का नाम घृणा भावबोधक होना चाहिए।

अकारण नहीं है कि अपनी समृद्ध ऐतिहासिक विरासत, गंगा-यमुना जैसी जीवनदायिनी नदियों, अकूत प्राकृतिक संसाधन, जाड़ा-गर्मी-बरसात जैसी ऋतुओं, उर्वर भूमि और मेहनती तथा प्रतिभाशाली नागरिकों के बावजूद, आज भी मनुस्मृति की ऐसी अनेक मान्यताओं में कैद यह क्षेत्र भारत में सबसे पिछड़ा है और 'काऊबेल्ट' कहा जाता है, यानी, गोबरपट्टी। मेरे अपने गाँव के चार सौ से अधिक युवा सिर्फ खाड़ी के देशों में मजदूरी कर रहे हैं। महाराष्ट्र, तमिलनाडु, केरल, पश्चिम बंगाल, असम और पंजाब आदि जहाँ भी अवसर मिलता है, यहाँ के लोग श्रम बेचते हैं और फिर आए दिन वहाँ से दुत्कारे, पीटे और खदेड़े जाते हैं। आज यदि यह क्षेत्र साम्प्रदायिकता और जातिवाद का गढ़ बना हुआ है तो निश्चित रूप से इसकी जड़ें बहुत गहरी हैं। भक्तिकाल का लोकजागरण भी इसका कुछ न बिगाड़ सका।

जाति के साथ मेरा परिचय भी ग्रामीण परिवेश के किसी सामान्य ब्राह्मण परिवार के एक बालक के बतौर ही हुआ। मेरे गाँव में ब्राह्मणों के कुल आठ घर थे जिनमें मेरी पट्टीदारी के पाँच घर थे। मेरे बाऊजी के बड़े भाई सूर्यमणि शर्मा, जिन्हें हम 'बड़का बाऊजी' कहते थे, प्राइमरी स्कूल के हेडमास्टर थे और क्षेत्र के सर्वाधिक पढ़े-लिखे लोगों में से थे। वे कांग्रेसी थे, गांधीटोपी पहनते थे और आजादी के आन्दोलन में एक बार जेल भी हो आए थे। हारमोनियम बजाना और गाना उनकी हावी थी। वे कविताएँ भी रचते थे, हालाँकि कई कविताओं में ब्राह्मणों के योगदान का जिक्र और उन्हें जगाने का भावबोध ज्यादा होता था। अपने परिवार की दस पीढ़ी का शजरा मैंने उनके पास देखा था। उन्हीं से मुझे भी हमारे पूर्वजों और वंशावली की जानकारी प्राप्त हुई।

हमारे पूर्वज, जो सारस्वत ब्राह्मण थे, गदर से पहले ही बलिया जिले के किसी गंगापुर नामक गाँव से आकर गोरखपुर के दक्षिण बसडीला नामक गाँव में बस गए थे। फिर बसडीला से इस तराई में आकर रामलाल बाबा ने छोटी सी जमींदारी खरीदी थी और उसके बाद वे यहीं के होकर रह गए। फिलहाल, मैंने न तो गंगापुर देखा है और न बसडीला।

ऋग्वेद में सरस्वती नदी का बार-बार जिक्र आया है। यह सदा जल से भरी रहती थी। इसके किनारे की भूमि बड़ी उपजाऊ थी। इसे अन्नवती और वेदवती भी कहा जाता था। यह 1700 ई.पू. तक बहती रही और फिर सूख गई। इसी सरस्वती के किनारे रहनेवालों को सारस्वत कहा गया। सरस्वती और दृशद्वती के बीच के क्षेत्र को ब्रह्मावर्त भी कहा जाता था। मान्यता है कि इसी क्षेत्र में वेद रचे गए। इसी क्षेत्र में कभी तक्षशिला विश्वविद्यालय हुआ करता था। महर्षि पाणिनि का जन्मस्थान शालातुर गाँव भी इसी क्षेत्र में कहीं है। यह सारा क्षेत्र आज पाकिस्तान का हिस्सा है। अपनी अध्येतावृत्ति और श्रेष्ठ रचनाओं के प्रणयन के लिए ख्यात ब्रह्मावर्त के सारस्वत ब्राह्मण 'ब्रह्मभट्ट' की उपाधि से नवाजे गए जो मुख-सुख से भट्ट हो गया। वैसे संस्कृत के ग्रंथों में भट्ट का अर्थ भी विद्वान ही दिया हुआ है। परवर्ती काल में ये ब्राह्मण कश्मीर से लेकर उत्तर और दक्षिण भारत के विभिन्न इलाकों में फैल गए। इनमें से हमारे जैसे कुछ परिवार पूर्वांचल की ओर भी आ गए। 'शर्मा' सरनेम का प्रयोग हमारा परिवार इसलिए करता रहा क्योंकि शास्त्रों में ब्राह्मणों के लिए 'शर्मा' आस्पद लिखने का निर्देश है।

हमारी पट्टीदारी के अलावा गाँव में एक जद्दू पंडित का घर था, दूसरा राम बिरिछ भैया का और तीसरा सुकुल बाबा का। राम बिरिछ भैया (रामवृक्ष उपाध्याय) हमारे पड़ोसी तो थे ही, सगे पट्टीदार जैसे थे। सुकुल बाबा का घर मेरे घर से थोड़ी

दूर था, किन्तु उनके घर से भी हमारे घर के बहुत मधुर सम्बन्ध थे। महिलाओं का आना-जाना बराबर लगा रहता। किन्तु गाँव के दूसरे छोर पर होने के कारण जद्दू पंडित के घर से हमारे घर का सम्बन्ध कुछ खास नहीं था।

धर्म में आस्था मेरे संस्कार का हिस्सा थी जिसके बीज बचपन में ही पड़ने लगे थे। प्राइमरी स्कूल पास होते-होते मैं रामायण पाठ करने लगा था। शाम को भोजन कर लेने के बाद ठीक नौ बजे पाठ करने बैठ जाना पड़ता था। बाऊजी और माई के अलावा पड़ोस से तिरबेनी भगत, हंसराज कोंहार और उपधिया के टोले से झिंगुरी काका जरूर आ जाते थे। तनिक भी देर होने पर झिंगुरी काका आते ही टोकते, " का हो बाबू, आजु देर हो गईल? " और जल्दी-जल्दी तख्ते पर बैठकर रेहल पर रामायण या 'विश्रामसागर' सजा देता। रेहल पर सजते ही ये ग्रंथ खिल उठते और गर्व से मेरा मस्तक भी। मानो मैं व्यासपीठ पर बैठा होऊँ।

एक घंटा नियमित रूप से रामायण या 'विश्रामसागर' का पाठ होता। मैं उसका सस्वर पाठ करता और फिर विस्तृत व्याख्या भी। रामायण यानी 'तुलसीकृत रामायण'। तब 'रामचरितमानस' इसी नाम से बाजार में अधिक मिलता था। रामायण में तो व्याख्या लिखी हुई रहती थी किन्तु रघुनाथदास रामसनेही कृत 'विश्रामसागर' में नहीं। लेकिन मेरे लिए कोई असुविधा की बात नहीं थी। असल में 'विश्रामसागर' की भाषा इतनी सरल थी कि बिना व्याख्या के ही सभी श्रोता अमूमन समझ लेते थे। धार्मिक ग्रंथों का मेरा नियमित पाठ तबतक चलता रहा जब तक मैं बी.ए. पास करके आगे की पढ़ाई के लिए गोरखपुर नहीं चला गया। 'रामायण' और 'विश्रामसागर', ये दोनों ग्रंथ मुझे एकाधिक बार पढ़ने पड़े। 'सोरठी बिरजाभार', 'सुखसागर', 'तोता-मैना किस्सा', 'बैताल पचीसी' और 'आल्हखंड' मैंने कोर्स की पढ़ाई से समय निकालकर उन्हीं दिनों पढ़ लिया था। घर में ये किताबें पहले से मौजूद थीं और ये बाऊजी की खास पसन्द भी थीं।

दर्जा आठ में पढ़ने के दौरान शाखा मास्टर साहब से भेंट हुई। औसत कद के चुस्त-दुरुस्त शरीरवाले शाखा मास्टर साहब मेरे कॉलेज में ही पढ़ाते थे जूनियर हाई स्कूल के विद्यार्थियों को। वे एक विशेष स्टाइल से धोती पहनते थे और ऊपर से कॉलरवाला कुर्ता। शाम को साढ़े पाँच बजे कॉलेज के मैदान में ही एक ओर शाखा लगती थी। शाखा मास्टर साहब की वेशभूषा ही नहीं उनकी मीठी बोली और उनके स्वभाव में भी जादू था। बच्चे उनकी ओर खिंचते चले जाते थे। उन्होंने कई बार मुझे भी शाखा में आने के लिए कहा था। मेरा एक दोस्त तो मेरे पीछे ही पड़ा रहता था, किन्तु मुझे समय पर घर पहुँचकर घर के काम में हाथ बँटाना पड़ता था। माँ की देखभाल करनी पड़ती थी। इतना ही नहीं, घर पहुँचने के बाद इतनी दूर शाखा

में हिस्सा लेने के लिए फिर पैदल जाना मेरे लिए बहुत कठिन था। इसके बावजूद मैं कभी-कभी समय निकालकर शाखा में शामिल होता रहा और बहुत प्रभावित भी।

मेरा यज्ञोपवीत हुआ तो मैं इंटर में पढ़ रहा था और विश्वम्भर दर्जा छह में। बाऊजी ने हम दोनों भाइयों का यज्ञोपवीत बड़ी धूमधाम से एक ही साथ कराया। सभी रिश्तेदारों को न्योता भेजा गया था। हम दोनो भाइयों का मुंडन हुआ था। हम ब्रह्मचारी बनकर भिक्षाटन करने निकले थे। भिक्षा देनेवाले लोग तो वहीं मौजूद थे। भिक्षाएँ भी खूब मिलीं। धर्म के प्रति आस्था ने हमें यज्ञोपवीत के प्रति भी अत्यन्त आस्थावान बना दिया। कभी-कभी लोगों के बीच जनेऊ का प्रदर्शन करते वक्त मुझे गौरवबोध भी होने लगा।

जवाहरलाल नेहरू डिग्री कॉलेज, महाराजगंज से सर्वाधिक अंकों के साथ प्रथम श्रेणी में मैंने बी.ए. पास किया। प्राचार्य ने अपने हाथ से लिखकर मुझे चरित्र प्रमाण-पत्र दिया जिसमें मेरी भूरि-भूरि प्रशंसा थी। उन दिनों गोरखपुर विश्वविद्यालय में प्रवेश मेरिट के आधार पर होता था। इसी आधार पर मुझे उस समय के सबसे प्रतिष्ठित संत कबीर छात्रावास में कमरा भी मिल गया। उन दिनों मैं हॉस्टल का अकेला विद्यार्थी था जो खड़ाऊँ पहनता था, दुर्गा सप्तशती का नियमित पाठ करता था और पूजा करके ही अन्न ग्रहण करता था।

नेशनल डिग्री कॉलेज, बड़हलगंज में शिक्षक बनने के बाद मुझे खुलकर पाठ्यक्रम से बाहर के साहित्य के अध्ययन का अवसर मिला। मैंने वेद खरीदे, कुरान मजीद और बाइबिल खरीदकर पढ़ा। बड़हलगंज स्थित मसीही कलीसिया में वर्षों तक नियमित जाता रहा। गांधी जी की आत्मकथा ने बहुत प्रभावित किया। 'भगवद्‌गीता' मेरी सबसे प्रिय पुस्तक थी। स्वामी दयानन्द सरस्वती के 'सत्यार्थ प्रकाश' को कई बार पढ़ा और इसी क्रम में मार्क्सवाद के सम्पर्क में भी आया। मार्क्सवाद के अध्ययन में मेरे साथी बने विश्वनाथ मिश्र, जो कॉलेज में भूमि एवं जल संरक्षण विभाग में शिक्षक थे। वे गजब के अध्येता थे। हम दोनो ने मिलकर मार्क्सवाद से सम्बन्धित दुनिया की सभी महत्त्वपूर्ण किताबें चार-पाँच वर्षों में पढ़ डालीं। डॉ. शम्भु चतुर्वेदी के यहाँ अड्डा जमता था। कभी-कभी रियाज भाई और समीउल्लाह के यहाँ भी। डॉ. शम्भु चतुर्वेदी आचरण और वेषभूषा दोनों से कम्युनिस्ट लगते थे। भीतर से बाहर तक एक जैसे। डॉक्टर का कोई लक्षण उनमें नहीं था। कुर्ता-पैजामा पहनते थे। पान चबाते रहते थे। तर्क में किसी को भी हँसते-हँसते परास्त कर सकते थे। बड़हलगंज के समीप के गाँव भैंसौली के रहनेवाले थे। रात को पैदल या साइकिल से रोज अकेले ही घर जाते थे। बेहद निडर। एक दिन गाँव के पास ही उनकी लाश मिली। न जाने किसने और क्यों उनकी हत्या कर दी थी।

मार्क्सवाद का मेरे ऊपर गहरा प्रभाव पड़ा। समाज को देखने का नजरिया बदल गया। दृष्टि वैज्ञानिक हो गई। किसानों-मजदूरों के प्रति सम्मान भाव बढ़ गया। सादगी अच्छी लगने लगी। 'चेतना सांस्कृतिक मंच' का गठन हुआ। डॉ. जयन्ती प्रसाद अध्यक्ष बने, मैं सचिव और विश्वनाथ मिश्र संयोजक। डॉ. जयन्ती प्रसाद उन दिनों कॉलेज में हिन्दी विभाग के भी अध्यक्ष थे। जाति के धोबी। बड़ा अपमान सहा था उन्होंने जीवन में। मैंने जब ज्वाइन किया और मेरी पत्नी भी बड़हलगंज आ गईं तो मैंने उन्हें एक दिन भोजन पर बुलाया। वे मेरे विभागाध्यक्ष थे। जब हम एक साथ भोजन करने बैठे तो मैंने देखा कि उनकी आँखों से आँसू गिर रहे हैं। मुझे लगा कि हमसे कोई भूल हो गई है। मैंने घबड़ाकर पूछा,

"डॉक्टर साहब क्या हुआ?"

"नहीं कुछ नहीं।"

"नहीं कुछ तो है। आप की आँखों में आँसू हैं। ऐसी हमसे क्या भूल हो गई है? अभी तो आपने खाना छुआ तक नहीं?"

वे उठे। बेसिन तक गए। मुँह धोया और आकर खाने की मेज पर बैठ गए।

"मैं यहाँ पहली बार किसी टीचर के घर साथ बैठकर थाली में भोजन कर रहा हूँ। यहाँ कॉलोनी में सबके यहाँ मेरे लिए अलग से कप रखे हुए हैं। किसी के यहाँ जब मैं जाता हूँ और चाय आती है तो मेरा कप अलग से पहले ही निकालकर मेरी तरफ रख दिया जाता है।" बोलते-बोलते डॉ. जयन्ती प्रसाद की आँखों में फिर से आँसू आ गए।

सूती कुर्ता-धोती पहननेवाले साँवले रंग के जयन्ती प्रसाद बुद्ध के प्रति आस्थावान थे, शाकाहारी थे, ईमानदार थे, झूठ नहीं बोलते थे और स्वाभिमानी भी थे। उनके बेडरूम में तीन तसवीरें टँगी थीं, बुद्ध की, पेरियार की और ललई सिंह यादव की। ब्राह्मणों के प्रति यदि उनके मन में आक्रोश था तो उसका कारण भी था। बड़हलगंज छोड़कर मैंने कोलकाता आने का निर्णय लिया तो सबसे दुखी जयन्ती प्रसाद ही थे, किन्तु आने का मार्ग सुगम बनाने में भी सर्वाधिक भूमिका उन्हीं की थी।

कॉलेज के गेट के पास ही सड़क के किनारे डॉ. जयन्ती प्रसाद का भाड़े का क्वार्टर था। भाड़ा बहुत कम। जब तक बड़हलगंज रहे वे उसी में रहे। वे अकेले रहते थे। उनके यहाँ से बी.ए. करने के लिए एक लड़का कुछ दिन जरूर ठहरा था। जब पहली बार मेरी उस लड़के से मुलाकात हुई तो डॉ. जयन्ती प्रसाद घर पर नहीं थे। उसी लड़के ने दरवाजा खोला था। मैंने उसका नाम पूछा तो उसने बताया, "पी.डी. टंडन"।

'कवन जाति हव?' मेरे साथ आए विजयशंकर तिवारी केवल नाम से सन्तुष्ट नहीं थे और पूछ बैठे। पी.डी.टंडन ने अपनी जीभ को ऊपर-नीचे की दोनों दन्तावलियों से सटाकर और चकार पर पूरा जोर लगाते हुए कहा था 'च्चमार।'

पुरुषोत्तम दास टंडन दो वर्ष बड़हलगंज रहे और बी.ए. करते ही किसी बैंक में नौकरी पा गए। टंडन के चले जाने के बाद डॉ. प्रसाद ने अपना आगे का कमरा 'चेतना सांस्कृतिक मंच' के कार्यालय के लिए दे दिया था। बाद में इसी कमरे में हमने "आचार्य सत्यदेव शास्त्री स्मारक पुस्तकालय" भी खोल लिया और उसमें तरह-तरह की पुस्तकों का एक बड़ा भंडार इकट्ठा कर लिया। एक दिन डॉ. जयन्ती प्रसाद ने अपनी निजी पुस्तकें भी लाकर पुस्तकालय में सजा दीं। उनमें बौद्ध धर्म से सम्बन्धित पुस्तकें अधिक थीं। बौद्ध दर्शन के प्रति मेरे आकर्षण के प्रेरक डॉ. जयन्ती प्रसाद ही थे। यहाँ हमने एक स्वाध्याय मंडल बनाया जहाँ नियमित रूप से सामूहिक अध्ययन का कार्य चलता रहा। पढ़ना मेरी हॉवी थी। यहाँ न किताबों की कमी थी और न अध्ययनशील दोस्तों की। हमारे कॉलेज का पुस्तकालय भी बड़ा समृद्ध था। मैंने सबका भरपूर सदुपयोग किया।

इन्हीं दिनों हमने नाटकों की टीम बनाई और उसकी ओर से नुक्कड़ नाटकों की प्रस्तुतियाँ भी आसपास के क्षेत्रों में करने लगे। दस-बारह लोगों की टीम थी। हमें आश्चर्य हुआ था जब नाटक और अभिनय से दूर रहनेवाले डॉ. जयन्ती प्रसाद खुद आगे बढ़कर 'जंगीराम की हवेली' में टोपी लगाकर सेठ की भूमिका निभाने लगे थे। सबसे छोटा सदस्य था अजीत सिंह। 'इनकलाब जिन्दाबाद' में जमूरे की भूमिका बहुत अच्छी निभाता था। आजकल मध्यप्रदेश में पत्रकारिता करता है। जाति-पाँति, अन्धविश्वास और साम्प्रदायिकता का प्रतिरोध तथा वैज्ञानिक चेतना का विकास हमारे नाटकों के विषय होते थे। खर्च बहुत मामूली। हमारी ख्याति दूर-दूर तक फैलने लगी और लोगों के बुलावे आने लगे। हमने चार-पाँच वर्षों के भीतर मऊ, आजमगढ़, महाराजगंज, बस्ती आदि जिलों में गाँवो से लेकर शहरों तक सैकड़ों प्रस्तुतियाँ कीं। इन्हीं दिनों हमने तय किया कि जिन विचारों पर हमें विश्वास है और जिनका हम प्रचार कर रहे हैं उन्हें अपने जीवन में भी उतारना चाहिए। हम वर्षों तक इस बात को लेकर मन्थन करते रहे कि यदि हम जाति-पाँति को नहीं मानते हैं तो फिर अपने नामों के आगे जातिसूचक पद क्यों लगाते हैं? जनेऊ क्यों पहनते हैं? फिर एक दिन बैठक करके हमने सामूहिक रूप से अपने-अपने जनेऊ तोड़कर एक जगह रख दिये और अपने-अपने नामों के साथ लगनेवाले जातिसूचक पद हटा देने का भी फैसला कर लिया। उस बैठक में कई जनेऊधारी ब्राह्मण थे। विश्वनाथ मिश्र इसी के बाद विश्वनाथ कश्यप हो गए, वशिष्ठ द्विवेदी, वशिष्ठ अनूप हो गए,

विजयशंकर तिवारी, विजयशंकर हो गए, अजीत सिंह अजीत चेतन हो गए और मैं भी 'शर्मा' हटाकर अमरनाथ सारस्वत लिखने लगा। बाद में मैंने 'सारस्वत' का पुछल्ला भी हटा लिया और खाँटी मनुष्य बन गया-डॉ. अमरनाथ।

जिस दिन मैंने जनेऊ तोड़कर फेंका उस दिन अनुभव हुआ कि छोटे-छोटे संस्कारों से भी मुक्त होना कितना कठिन होता है। महीनों तक मुझे पेशाब करने में बड़ी असुविधा होती थी। कान में जनेऊ लपेटने के लिए हाथ अपने आप सर्ट के भीतर घुस जाता और जनेऊ ढूँढ़ने लगता, फिर याद आता कि वह तो है ही नहीं। वर्षों तक सम्बन्धियों के यहां अथवा किसी यज्ञ-परोजन में इस डर से शर्ट नहीं उतारता था कि लोग जनेऊ के बारे में पूछेंगे तो जवाब क्या दूँगा? और किस-किस को जवाब दूँगा? मैं लाख सफाई दूँगा, लोग तो मुझे पथ-भ्रष्ट ही कहेंगे न? फिलहाल, मैंने न तो अपनी बेटी का कन्यादान किया और न अपने बेटों का यज्ञोपवीत।

नवें दशक के उत्तरार्ध में विश्वनाथ जी एक वामपन्थी राजनीतिक संगठन से जुड़ गए। वैचारिक मतभेद के चलते चेतना सांस्कृतिक मंच दो हिस्सों में बँटकर कमजोर पड़ गया। इन्हीं दिनों डॉ. चन्द्रबली सिंह बड़हलगंज आए और एक दिन रुके भी। उनके प्रयास से बड़हलगंज में जनवादी लेखक संघ की इकाई गठित हुई जिसका मैं सचिव चुना गया। बाद में केन्द्रीय समिति का भी सदस्य निर्वाचित हुआ था। किन्तु वैचारिक मतभेद के चलते बाद में जलेस से भी पूरी तरह मुक्त हो गया। निश्चित रूप से मुझे निर्मित करने में बड़हलगंज की निर्णायक भूमिका रही है। इस कस्बे में मैने अपने जीवन के सर्वाधिक महत्वपूर्ण सोलह साल गुजारे हैं। एक पुस्तक भी सम्पादित की है मैने इस क्षेत्र पर, 'बाँसगाँव की विभूतियाँ'। उन्हीं दिनों मैंने इस कस्बे पर 'बड़हलगंज' शीर्षक से एक छोटी सी कविता भी लिखी थी।

"ग्रीष्म की कलकल, बरसात की हुंकार भरी
परमपूत सरयू ने दिया जिसे अभय-दान
अरब, ईरान, बैंकॉक, सिंगापुर के—
प्रवासी बाप-दादों की अर्जित सम्पत्ति ने—
गर्वीले पुत्रों का बदल दिया संस्कार
हत्या-चोरी-सीनाजोरी और बलात्कार
व्यथित है पूरा जवार
उधर डॉक्टर के घर हो रहा है सेमीनार
कई साहित्यिक मंच, लेखक, कवि, पत्रकार
हर पल संघर्षरत हैं राष्ट्र -अभ्युदय के लिए

साधन नहीं है मगर चाहत है, सीरत है
दुनिया बदल देंगे-फौलादी कुव्वत है
ठटरी पर डंडा भी सहने की हिम्मत है।
नुक्कड़ पर चुक्कड़ की चुस्की—
चलता रहता है सीनेट का अविरल अधिवेशन
पान की दूकानों पर—
दिन-दिन भर खड़े-खड़े गुजर जाते
हीगेल, मार्क्स, एंगेल्स और माओ के दर्शन की गुत्थियाँ सुलझाते
भारत की अर्थनीति, रूस की विदेश नीति, धर्म की प्रपंच नीति—
बदलनी ही पड़ेगी हमें।
सरयू का सुघर-सेतु जोड़ता है मध्य क्षेत्र अपने पूर्वांचल से
गुजरती है तेज बसें दस-दस मिनटों पर
स्टेशन नहीं है यहाँ...
सिनेमा है, मेला है, मनचलों का रेला है
रात-दिन जगह-जगह होता झमेला है
बारिश के मौसम में लगता तबेला है
बड़हलगंज कस्बा तो सचमुच अलबेला है।"

सुर्ती से दारू तक

जीवन प्रकृति का सुन्दरतम उपहार है और इसे जीने का साधन है हमारा शरीर। इसीलिए बाऊजी कहा करते थे, "पहला सुख निरोगी काया"। अगर शरीर नीरोग है तो आनन्द ही आनन्द है और अगर शरीर रोगी है तो करोड़ों की सम्पत्ति और सुख के सारे साधन किसी काम के नहीं।

दरअसल हम अपने बारे में जितना जानते हैं उतना कोई दूसरा नहीं। इसी तरह अपने ऊपर जितना हमारा अधिकार है उतना किसी और का नहीं। अपने जीवन को हम जैसे चाहें नियंत्रित कर सकते हैं। हम नियमित और सन्तुलित भोजन करें, नियमित व्यायाम करें, मन को नियंत्रण में रखें और प्रकृति के साथ सन्तुलन बनाकर चलें तो स्वस्थ जीवन जीते हुए लम्बे समय तक जीवन का आनन्द ले सकते हैं। यह सब हमारे अपने हाथ में है। मुँह स्वादिष्ट पदार्थ खाने के लिए बना है, तम्बाकू जैसा अखाद्य खाने के लिए नहीं। दाँत भोजन चबाने के लिए बने है, होठों के बीच तम्बाकू छिपाने के लिए नहीं। फेफड़े साँस लेने के लिए बने हैं, जहरीला धुँआ भरने लिए नहीं। आमाशय भोजन पचाने के लिए बना है दारू भरने के लिए नहीं। रात और दिन सोने और जागने के लिए बने है, जागने और सोने के लिए नहीं। हाथ और पैर काम करने और चलने के लिए बने हैं, सिर्फ आराम करने और बैठे रहने के लिए नहीं। प्रकृति के इन नियमों का उल्लंघन करेंगे तो प्रकृति भी हमें ज्यादा दिन चैन से जीने नहीं देगी।

नहीं जानता कि प्रकृति के अनुकूल चलने और नैतिक मूल्यों के प्रति बचपन में ही मेरी आस्था इतनी दृढ़ कैसे हो गई। क्या यह माई, बाऊजी, झिंगुरी काका और तिरबेनी भगत की संगति का असर था? संगति तो इन्ही की मिली थी मुझे।

नशा के नाम पर उन दिनों लोग सुर्ती खाते थे, बीड़ी पीते थे और गाँजा पीते थे। बहुत थोड़े लोग भाँग भी पीते थे और दारू पीनेवाले तो गिने-चुने थे।

उन दिनों पहलवान छाप या 36 नम्बर बीड़ी चलती थी। सुर्ती पत्तेवाली चलती थी। इसे 'खैनी' भी कहा जाता था। इसमें चूना मिलाकर पहले देर तक मसला जाता था, उसे कई बार ताली की तरह ठोंका जाता था और तब जाकर उसे साथ रहे दोस्तों में बाँटते हुए खुद होठ और दाँतों के बीच रख लिया जाता था। लोग चुनौटी अपने साथ रखते थे जिसमें चूना भरा रहता था। कटे हुए स्थान पर चूना लगा देने से घाव जल्दी भर जाता था। इस तरह वह दवा का भी काम करता था। वैसे मेरे गाँव में लोगों ने एक व्यक्ति का नाम ही 'चुनौटी' रख दिया था। नौटंकी में वे जोकर का रोल निभाते थे।

सुर्ती बनाने के दौरान ठोंकते समय उसका गर्दा आसपास उड़ता था तो लोग छींकने लगते थे। काशी काका उसे 'बुद्धिवर्धिनी' कहते थे। उनका तर्क था कि उसे खा लेने के बाद बन्द बुद्धि की गाँठ खुल जाती है। आज भी उस पीढ़ी के कुछ लोग चूना मिलाकर सुर्ती मलते दिखाई दे जाते हैं। वह सुर्ती गुटके की तरह कैंसर पैदा करनेवाली नहीं होती थी क्योंकि उसमें मिलावट की गुंजाइश बहुत कम थी। मुजफ्फरपुर में मैने उसकी खेती देखी है। हाँ, सुर्ती खानेवाले पान खानेवालों की तरह जहाँ-तहाँ थूक देते थे। लोगों को बुरा लगता था। तभी तो लोग कहा करते थे—

राजा पीयें गाँजा तमाकू पीयें चोर,
सुर्ती खायें चिउतिया थूकेलें चारू ओर।

निश्चित रूप से किसी गँजेड़ी ने ही यह कहावत कही होगी। वर्ना गाँजा तो ज्यादातर साधू लोग पीते थे चिलम में डालकर, भगवान भोलेनाथ का आशीर्वाद समझकर। यहाँ तम्बाकू पीने से तात्पर्य बीड़ी पीने से ही है।

मेरे परिवार में कोई किसी तरह का नशा नहीं करता था। सिर्फ जगन्नाथ भैया बीड़ी पीते थे। वे मेरे ममेरे भाई थे किन्तु परिवार के सदस्य जैसे थे और मेरे अभिभावक भी। वे उ.प्र.परिवहन निगम के जी.एम. ऑफिस में क्लर्क थे। हर दूसरे शनिवार को वे गोरखपुर से मेरे घर आ जाते थे और रविवार को नदुआ बाजार जरूर जाते थे। जगन्नाथ भैया अमूमन वहाँ से चावल खरीदते थे और सोमवार को बड़े सबेरे चावल लेकर बस से गोरखपुर चले जाते थे। विभाग के कर्मचारी थे इसीलिए उन्हें बस का भाड़ा नहीं देना पड़ता था।

जगन्नाथ भैया 36 नम्बर बीड़ी पीते थे। जब अपने मुँह में बीड़ी दबाकर वे लाइटर से जलाते थे तो मुझे उसे देखना बहुत अच्छा लगता था। कई बार तो मुँह में धुँआँ भरकर वे कुछ देर तक रखे रहते थे और बाद में जब अपने नाक,

मुँह और कभी-कभी कान से भी निकालते थे तो मैं उन्हें एक टक निहारता रहता। उनके पॉकेट से बीड़ी चुराकर मैंने दो-तीन बार जलाकर पीने और अपने मुँह और नाक से धुआँ निकालने की कोशिश की थी किन्तु सफल न हो सका था और खाँसते-खाँसते परेशान हो गया था। पचास पार करते-करते जगन्नाथ भैया दमा के मरीज हो गए थे और रिटायर होने के चन्द दिनों बाद ही फेफड़े की बीमारी से चल बसे।

फगुआ के दिन भाँग पीने की परम्परा मेरे गाँव में थी। फागुन लगते ही गाँव-गाँव में ढोल बजने शुरू हो जाते थे और फगुआ के दिन ही उसका समापन होता था। पूरे महीने भर रंग पड़े हुए कपड़े ही लोग पहना करते। न जाने कब कहाँ से कोई सरहज, साली या भौजाई रंग डाल दे। "फागुन भर ससुरा देवर लागे" प्रचलन में था। लोगों के पास इतने कपड़े तो होते न थे कि वे रोज-रोज बदलते रहें।

मेरे अथवा राम बिरिछ भैया के बरामदे में महफिल जमती थी। भोजन के बाद रात नौ बजते-बजते ढोल पर थाप पड़ने लगती। सबके घरों में ढोल, झाल, करताल में से कुछ न कुछ जरूर रहता था। वैसे तो सबसे अच्छा फगुआ गाते थे गाँव के चौकीदार जॉन मोहम्मद, किन्तु वे पड़ोस के गाँव रेहाव के रहनेवाले थे और रात में चौकीदारी में व्यस्त रहते थे। उनके बाद राम बिरिछ भैया ही दूसरे व्यक्ति थे जो फगुआ गाने में माहिर थे। चौताल, डेढ़ताल और झूमर उन्हें खास प्रिय थे और बीच-बीच में चहका और उलारा। शिवप्रसाद द्वारा लिखी हुई फगुआ की किताब में शायद ही कोई बचा हो जो उन्हें याद न हो। ढोलक छब्बे काका (छबिलाल भगत) बजाते थे। झाल, करताल तो कोई भी बजा लेता था। जिनके हाथ में कोई बाजा नहीं होता वे ताली से काम चलाते। गाते सभी थे। कभी कभी भउजी के नेतृत्व में महिलाओं की महफिल घर में जम जाती थी और कम्पटीशन होने लगता। ऐसे अवसरों पर कम्पटीशन में कब तीसरा पहर हो गया, पता ही नहीं चलता।

होली के दिन पूरा गाँव फगुआ के रंग में रँगा रहता। सबेरे राख व कनई (कीचड़) और दोपहर के बाद रंग और अबीर। सभी फगुआ गाते, रंग खेलते और तरह-तरह के पकवान खाते। बरामदे में जब लोग फगुआ गाने में मगन रहते तो भीतर से अचानक रंग छपाक से लोगों पर पड़ता और लोग देखते रह जाते। दोपहर के बाद भाँग घुला हुआ शर्बत का सेवन होता।

उस साल होली के दिन मेरे बरामदे में फगुआ जमा था। बड़ी-बड़ी दो बालटी भरकर राब का रस तैयार हुआ। इसमें खूब महीन पिसी हुई भाँग डाली गई। भाँग का मजा तभी आता है जब उसे घंटों तक मजबूत हाथों से पीसा गया हो-सिल लोढ़े से। मेरे ही घर सब हो रहा था किन्तु कब किस सिरफिरे ने पीसनेवाले के

साथ मिलकर भाँग में धतूरे का बीज मिला दिया, मुझे पता ही नहीं चला। हम सभी छककर रसपान किये। होसिला कई गिलास पी गए। थोड़ी देर में ही उन्हें तेजी से नशा चढ़ने लगा। मैं डर गया और प्रेम (प्रेमसागर पटेल) को लेकर साइकिल से महाराजगंज डॉक्टर के पास दवा लेने चला गया। डॉ. एस.एन. राय मेरे सुपरिचित डॉक्टर थे। मऊपाकड़ में उनका चैम्बर था। अन्दर रहते थे किन्तु बाहर ही मिल गए। "कहिए पंडि जी, होली के दिन यहाँ कहाँ?" मैं उन्हें भाँग पीने की कहानी बताते-बताते हँसने लगा। मेरी हँसी रुक ही नहीं रही थी। वे ताड़ गए। पानी मँगाया। मुझे और प्रेमसागर दोनो को दवा देते हुए कहा, "पहले आप लोग यह दवा ले लीजिए। भाँग आपको भी चढ़ गई है।" इसके बाद होसिला के लिए भी उन्होंने दवा दी और अपेक्षित हिदायत भी।

उनसे दवा लेकर जब हम लोग वापस आने लगे तो हमारे पाँव डगमगाने लगे। हम दोनों का हँसते-हँसते बुरा हाल था। हम कभी हँसते और कभी इस बात को लेकर चिन्तित हो जाते कि हमने तो दो-दो गिलास ही पिया है। होसिला की दशा कैसी होगी जिन्होंने छह बड़े गिलास पी लिया है और वह भी निचला हिस्सा। भाँग के नशे का मेरा पहला अनुभव था। हम सिर्फ हँसते। साइकिल चलाने की स्थिति में कोई नहीं था। हम पैदल हो लिए। रह-रहकर हँसते रहे और फिर होसिला को याद करके चिन्तित भी। पैर इधर-उधर डगमगाता किन्तु चेतना कभी विलुप्त नहीं हुई। पाँच किलोमीटर की दूरी हमने पाँच घंटे में पूरी की। ढहते-ढिमलाते रात दस बजे हम घर पहुँचे। गाँव पर महिलाओं को छोड़कर कोई सामान्य स्थिति में नहीं था। होसिला को स्वस्थ होने में तीन दिन लग गए थे। उनके घर के लोग अनहोनी की आशंका में रोने लगे थे। उसके बाद से कभी मैंने भाँग का सेवन नहीं किया।

गाँव छूटे कई वर्ष हो चुके थे। बड़हलगंज से कलकत्ता आ चुका था। गाँव से सम्बन्ध धीरे-धीरे ढीले पड़ रहे थे। एक दिन महाराजगंज की कचहरी में गया। ट्रस्ट की रजिस्ट्री करानी थी। बैजनाथ मिश्र मेरे छोटे भाई की तरह हैं। चन्द्रशेखर मास्टर साहब के बेटे। वकालत करते हैं। उनके साथ बैठा था काम हो रहा था। कुछ स्टाम्प खरीदने थे। उन्होंने थोड़ी दूर पर बैठे, मुँह में गमछा लपेटे हुए एक सज्जन से स्टाम्प देने के लिए कहा। उस सज्जन ने मुझे देखा। उठकर मेरे पास आए और सामने आकर अपने चेहरे से गमछा हटा लिया। मैं उनका चेहरा देखकर घबड़ा गया। अधकटा होंठ नीचे लटका हुआ था। कुछ दाँत और मसूड़े दिखाई दे रहे थे। बदरंग मुँह देखकर उबकाई आने लगी किन्तु मैंने तुरन्त पहचान लिया, "अरे! ओमप्रकाश?" उन्होंने फिर गम्छे से चेहरा ढक लिया। मेरी स्मृतियों में उनका सुन्दर मुखड़ा कौंध उठा।

कृत पिपरा के ओमप्रकाश शर्मा ने बी.ए. की पढ़ाई मेरे साथ की थी। हम अच्छे दोस्त थे। गाँव छोड़ने के बाद लम्बे समय तक उनसे कोई सम्पर्क नहीं रहा। उन दिनों तो सम्पर्क के लिए फोन की भी सुविधा नहीं थी।

ओमप्रकाश पान बहुत खाते थे। जाहिर है उसमें तम्बाकू भी रहता था। मुँह का कैंसर हुआ। महीनों अस्पताल में भरती रहे। दो वर्ष इलाज चला। खेत बेचने पड़े। ऑपरेशन के अलावा कोई रास्ता नहीं बचा था। उन्होंने बताया कि अब उनका कैंसर ठीक हो गया है। किन्तु गमछे से मुँह ढँककर रखना पड़ता है। नये लोग चेहरा देखकर डर जाते हैं। उन्हें भी चेहरा दिखाना अच्छा नहीं लगता। पिछले पाँच महीने से दुबारा कचहरी में बैठ रहे हैं। अब वे स्टाम्प बेचने के साथ घूम-घूमकर लोगों को तम्बाकू का सेवन न करने की नसीहत देते हैं। उन्होंने बताया कि उनका कैंसर तो ठीक हो गया किन्तु बच्चों के लिए अब बहुत कम खेती बची है।

दो वर्ष बाद जब गाँव गया तो ओमप्रकाश से मिलने की इच्छा मुझे कचहरी तक खींच लाई। ओमप्रकाश के तख्ते पर उन्हें नहीं पाया। बैजनाथ ने बताया कि कैंसर फिर उभर आया था और वे अब इस दुनिया में नहीं हैं।

बड़हलगंज में अपने पड़ोसी रहे प्राथमिक स्वास्थ्य केन्द्र के डॉ. पी.सी. तिवारी का चेहरा देखकर तो मैं चक्कर खा गया था। उनके होंठ और मसूड़े के कुछ हिस्से काट दिये गए थे और खुले मुँह से लगातार लार टपक रहा था। आठ वर्ष बाद उन्हें देखा था। चेहरा देखकर मैंने अपना मुँह फेर लिया था। उन्हें बहुत बुरा लगा होगा।

उन दिनों दारू की दूकान सिर्फ महाराजगंज में थी। महाराजगंज के बीच से बहनेवाले बलिया नाले पर लोहे का पुल था। तब बलिया नाला तेज धारवाली बहती हुई नदी थी। इसकी धारा कभी थमती नहीं थी। पुल से ठीक पहले उत्तर तरफ 'देशी शराब के ठेके की दूकान' का बोर्ड लगा था। इसके अलावा मैंने और कहीं शराब की दूकान नहीं देखी। मैं जब कभी उधर से गुजरता तो तिरछी निगाह से शराब की दूकान की ओर देखता। एक-दो लोग दूकान के सामने खड़े दारू खरीदते और कुछ अगल-बगल जमीन पर बैठकर चुक्कड़ में दारू पीते दिखाई देते। ठेले पर चिखना बेचनेवाले भी एकाध नजर आते। कभी वहाँ खड़ा होकर देखने की हिम्मत मेरी नहीं हुई। कोई देखेगा तो क्या कहेगा? शराबियों को निहार रहा हूँ? शराबियों से मुझे घृणा थी। वे मुझे सामान्य से भिन्न बिलकुल अलग तरह के प्राणी लगते।

बिहार में नीतीश कुमार ने 2016 में जब शराब बन्दी का फैसला लिया तो मुझे बहुत खुशी हुई थी। लेकिन विपक्ष उनके पीछे पड़ गया था। विरोधी आरोप लगाते

रहे कि शराब रुका कहाँ है, स्मगल होकर उसी तरह आ रहा है। किन्तु, मई, 2024 में प्रकाशित एक खबर के अनुसार बिहार में शराब बन्दी से घरेलू हिंसा के 21 लाख मामले रुके हैं। वहाँ 18 लाख पुरुषों को मोटापे से ग्रस्त होने से शराब बन्दी ने रोका है। लेकिन पड़ोस की हमारी योगी सरकार?

इस बार एक दिन जब मार्निंग वाक से लौट रहा था तो सामने से आ रहे एक अधेड़ व्यक्ति ने दूर से ही प्रणाम किया, "बाबू पा लागी।" वे मैला-कुचैला कुर्ता-पैजामा पहने हुए थे। पाँव डगमगा रहे थे। लग रहा था सबेरे ही उन्होंने चढ़ा लिया है। चेहरा पहचाना हुआ लग रहा था। मैंने रामवृन्द की ओर प्रश्न की मुद्रा में निहारा, "के हवे?" रामवृन्द हँसे, "महेश मद्धेशिया। नरेश के बाप। गाँव में चारों ओर थू-थू होता है। बस घर बचा है और थोड़ी सी जमीन। बाकी सब बेचकर पी गए। बेटे ने अपना अलग घर बना लिया है। उसका ईंट का भट्ठा साझे में है फिर भी अच्छा चल रहा है। गाँव में प्रतिष्ठा है। सुनता हूँ वह भी पीता है किन्तु कभी-कभी। किसी को पता नहीं चलता। चारों ओर बाप अपने बेटों के कुकर्मों से परेशान रहते हैं लेकिन नरेश अपने पियक्कड़ बाप के कुकर्मों से परेशान हैं। शराब अनेक बुराइयों को अपने साथ लेकर आती है। झूठ-फरेब, चोरी-चकारी, मार-पीट, गाली-गलौज, दुराचार आदि सब इन्हीं दारू सिंह दुलहा के बाराती हैं।" रामवृन्द उपदेश देते-देते हँसने लगे। मैंने उनका हाथ पकड़ा और आगे बढ़ गया।

आजकल हमारे प्रदेश के गाँव-गाँव में देशी दारू की दूकानें हैं। मेरे गाँव में भी है। पहले यह दूकान गाँव के सरकारी प्राइम्री स्कूल के गेट के ठीक सामने थी। बड़ी लड़ाई लड़नी पड़ी थी इसे हटवाने के लिए। गाँव के एक नौजवान इन्द्रजीत मौर्य और उसके साथियों की प्रमुख भूमिका थी। वर्षों के संघर्ष के बाद दूकान अब गाँव की बस्ती से थोड़ी दूर चली गई है। किन्तु गाँव में कई किराने की दूकानों पर छिपे रूप में दारू के पाउच आसानी से सुलभ हैं। छोटे-छोटे बच्चे गुटका खाते हैं, 'पावर' नाम से एक-एक रुपये का पैकेट हर छोटी-बड़ी दूकानों पर मिल जाता है जिसमें पता नहीं नशे की क्या वस्तु भरी होती है। बच्चे उसका खूब सेवन करते हैं। शाम को शराब की दूकान पर मेले जैसी रौनक होती है। पाउच में मिलने के कारण दारू अब खरीदने-पीने-ढोने सबमें आसान है। देश विकास की छलाँग लगा रहा है। मदमत्त युवाओं में राष्ट्र-भक्ति हिलोरें मार रही हैं।

मेरी कोई बीमा नहीं है। नये साल के जनवरी में केयर हेल्थ इन्श्योरेन्स स्कीम की बीमा का फॉर्म भर रहा था तो उसके एक क़ॉलम में इस प्रश्न का भी जवाब देना था कि, "क्या बीमा धारक गुटका, तम्वाकू, पान मसाला, एक दिन में पाँच से ज्यादा सिगरेट या चार यूनिट अर्थात 120 मिलीलीटर से ज्यादा शराब पीता है?"

यानी, बीमा कम्पनी गुटका, तम्बाकू, सिगरेट और शराब पीनेवालों के बारे में पहले से तय कर चुकी है कि इनका खास ख्याल रखना है क्योंकि ये अपनी मौत को जल्दी बुलाने को उतावले हैं। अस्पतालों में ये जल्दी आएँगे, किन्तु वक्त गुजारेंगे ज्यादा। अपने परिवार को भी बर्बाद करके ही इन्हें स्वर्ग जाना है।

क्यों करते हैं लोग नशा? क्यों पीते है सिगरेट? क्यों खाते हैं तम्बाकू? क्यों पीते हैं शराब? सरकारें तो नशे का व्यापार करती हैं। उन्हें तो राजस्व चाहिए। शराब नहीं पिलाएँगी तो राजस्व कहाँ से आएगा? नितीश कुमार ने शराब बन्द कर दिया तो बिहारवालों ने उन्हें सिर-आँखों पर बिठा लिया है क्या?

यदि एक सिगरेट का दाम दस रुपये ही रखें और मान लें कि सिर्फ पाँच सिगरेट ही एक दिन में ये पीते हैं तो भी एक दिन का पचास रुपये हुआ और महीने का पन्द्रह सौ। यानी, पन्द्रह सौ रुपये महीने की रिकरिंग यदि जमा की जाय तो जोड़िए पचास साल में कितना होगा? सिगरेट, शराब, गुटका आदि में ये अपनी कमाई का कितना धन खर्च करते हैं अपनी उम्र घटाने, बीमारी बुलाने और नशेड़ियों-शराबियों में अपना नाम दर्ज कराने के लिए? परहित में इनकी रुचि न हो तो भी इस धन का सदुपयोग ये अपने ही बच्चों की सुख-सुविधाएँ बढ़ाने में कर सकते हैं या कम से कम उन्हें नशा न करने की नसीहत देने का नैतिक अधिकार हासिल कर सकते हैं। किस मुँह से ये अपने बच्चों को शराब-सिगरेट न पीने की सलाह दे सकते हैं?

एक नशेड़ी जितना धन नशे में उड़ा देता है यदि उस धन का इस्तेमाल नशाबन्दी में खर्च हो तो न जाने कितने परिवार बर्बाद होने से बच जाएँ, कितने बच्चे अनाथ होने से बच जाएँ और कितनी स्त्रियाँ विधवा होने से बच जाएँ। नशेड़ी अपने आप के ही दुश्मन नहीं होते, वे पूरी मानवता के दुश्मन होते हैं।

कलकत्ता आने के बाद बड़े-बड़े साहित्यकारों के सम्पर्क में आया। उन्हें दारू पीते देखा तो उनके लिए जो सम्मान का भाव था वह तेजी से घटने लगा। वामपन्थी साहित्यकारों को मजदूरों-किसानों के हित में बड़ी-बड़ी बातें करते, आदर्श बघारते और साथ में शराब के साथ ठहाके लगाते देखता हूँ तो उनसे वितृष्णा होती है। बहुत से अपने प्रिय लेखकों के प्रति मेरा सम्मान भाव, घृणा में बदल गया उनकी शराब पीने की आदतों को देखकर। लोग कहते हैं, "उनका सृजन देखिए, निजी जिन्दगी में वे क्या करते हैं उससे आपको क्या?" मैं इसे नहीं मानता। नशे में उड़ा दिये जानेवाले धन का सदुपयोग जरूरतमन्दों की जरूरतें पूरी करने के लिए भी किया जा सकता है। पहले अपना आचरण सुधारें तब आदर्श की बातें करें। यह गांधी का देश है। हमारे आदर्श गांधी हैं।

ईश्वर की कृपा से मैंने बचपन में जो संस्कार अर्जित किये वे बाऊजी, झिंगुरी काका और तिरबेनी भगत से मिले थे। मैं अपने संस्कारों को लेकर पूरी तरह सन्तुष्ट हूँ। आज के तथाकथित महान साहित्यकार इनके पासंग में भी नहीं है। होंगे साहित्यकार, किन्तु सच्चे और अच्छे इंसान मेरे बाऊजी, झिंगुरी काका और तिरबेनी भगत ही थे। हमें अपने देश के लिए अच्छे इंसान चाहिए, जिनका अकाल पड़ता जा रहा है, पियक्कड़ साहित्यकार नहीं।

ये जीभ मानती नहीं, इसका मैं क्या करूँ?

सुखदेव काका को नहारी (नाश्ता) पहुँचाने का काम मेरा था। स्कूल जाने से पहले मुझे नहारी लेकर खेत में जाना पड़ता था। माँ उनके लिए उबला हुआ चना या अरहर या मसूर या चावल का भूजा थमा देती थी। कभी-कभी हरे मिर्च व लहसुन की चटनी के साथ एक मोटी रोटी भी। यह रोटी वह चौकी-बेलन पर नहीं, हथेलियों के सहारे बनाती और तवे पर एक-दो बार पलटने के बाद चूल्हे के मुहाने पर लकड़ियों के आँच के सहारे धीरे-धीरे सेंकती। गोल-मटोल रोटी फूलकर जब तैयार होती तो उसकी सोंधी गन्ध मुझे पागल कर देती। माँ मेरे लिए भी उसके आधे आकार की एक रोटी उसी पैटर्न पर पकाती और मैं उसे खाने के बाद ही नहारी पहुँचाने जाता।

आज भी बच्चे जब पिज्जा या इस तरह का कुछ घर में मँगाते हैं तो मैं अपने लिए हाथ से ही एक मोटी रोटी बनवा लेता हूँ और उसे धनिया के पत्ते, लहसुन व हरे मिर्च की चटनी के साथ खाता हूँ। मुझे पिज्जा की तुलना में यह ज्यादा स्वादिष्ट लगता है, यद्यपि सेंकने के लिए अब न मिट्टी का चूल्हा उपलब्ध है और न लकड़ी की आग की धीमी आँच। मेरे इस व्यंजन का स्वाद मेरी पोतियों को भी भाने लगा है और वे भी समय-समय पर 'रोटंग' (मेरा दिया हुआ नाम) की फरियाद करती रहती हैं। सच है, स्वाद का भी संस्कार बचपन में ही पड़ जाता है। पिज्जा और बर्गर का पदार्पण हमारे देश में वैश्वीकरण अर्थात् 1990 के बाद हुआ। नई पीढ़ी भले इनपर लट्टू हो, हमारे जैसे बूढ़ों को इनका स्वाद लुभा न सका।

चूल्हेवाली रोटी की आंशिक क्षतिपूर्ति तो 'रोटंग' से हो जाती है किन्तु तरह-तरह के उन अनेक स्वादों का क्या करूँ जिनकी अब सिर्फ यादें बची हैं और जो रह-रहकर मन मसोसने के लिए आती रहती हैं। अब तो गाँव में भी वही सब मिलता है जो शहर में। हाँ शहर में आसानी से मिल जाता है और गाँव में उसके लिए भी बड़े पापड़ बेलने पड़ते हैं।

बाऊजी कभी कोई नगदी फसल नहीं बोते थे—गन्ना (ईख) को छोड़कर और अधिकतम दो लढ़िया (बैलगाड़ी) गन्ना ही मिल पर भेजते थे। बाकी गन्ना कोल्हुआड़ में आ जाता था और उसकी भेली बनती थी। बड़ी सी हाँड़ी में बाऊजी एक हाँड़ी राब भी ढलवाते थे, जो गर्मी भर रस बनाकर पीने और रोटी से खाने के काम आता था। राब के रस में अमूमन दही फेटकर मिलाया जाता और हर व्यक्ति भरपेट रस पीता। किसी मेहमान के आने पर भी रस पिलाने में किसी तरह का संकोच नहीं होता। दही की अनुपलब्धता पर कागजी नीबू का रस उममें निचोड़ दिया जाता। कागजी नीबू के पेड़ अमूमन हमारे दरवाजे पर लगे रहते और भरपूर फल देते। कुछ माह बीतने के बाद राब में दाने पड़ जाते और उन्हें काटकर खाने में खास मजा आता।

कोल्हुआड़ में जब भेली पकती तो पूरा वातावरण मिठास से भर जाता। भेली पकाने के लिए बड़ा सा चूल्हा बनाया जाता। उसके ऊपर बड़ा सा कड़ाहा होता। कड़ाहे में गन्ने का रस भरा जाता जिसे कोल्हू में गन्ने को पेरकर निकाला जाता। गन्ना पेरने के लिए कोल्हू में बैल चलते। बैलों के पीछे-पीछे चलकर उन्हें हाँकना पड़ता। चार-चार पाँच-पाँच घंटों तक बैलों को निरन्तर हाँकते हुए उनके पीछे चलते रहना सामान्य बात थी। कोल्हुआड़ तो रातभर चलता रहता। कड़ाहे में पकनेवाली भेली की गन्ध फिज़ा में ऐसे सनी होती कि हम कहीं भी होते, समय पर कोल्हुआड़ की ओर खिंचे चले आते।

दरअसल कड़ाहे में पकती भेली जब तैयार होने को होती तो उससे कुछ मिनट पहले ही 'महिया' तैयार हो जाती। महिया तैयार होने की सूचना मिलते ही दूर-दूर से बच्चे धमाचौकड़ी मचाते हुए कड़ाहा के किनारे घेरकर इकट्ठे हो जाते। भभूती फूफा भेली बनाने में उस्ताद थे। वे गाँव भर के बच्चों के फूफा थे। जनका बुआ से उनकी शादी हुई थी और वे ससुराल में ही रहते थे। हर कोई उनसे मजाक करता था। करिया भुजट्ट भभूती फूफा को एक बार नंगे बदन बँसवारी की ओर से आते देखकर मैंने भूत समझ लिया था और चिल्लाकर भागा था।

महिया तैयार होने के समय बच्चों की भीड़ लग जाती। महिया के स्वाद में आकर्षण ही कुछ ऐसा होता था कि बच्चे क्या, जवान भी खिंचे चले आते थे। लोग डाँटते रहते कि कहीं कोई बच्चा कड़ाह में गिर न जाए। इसके बावजूद कभी-कभी इस तरह की दुर्घटनाएँ हो ही जातीं। जगन्नाथ भैया के शरीर का दायाँ हिस्सा ऐसे ही उबलते हुए कड़ाहा में गिर जाने से जल गया था और चेहरे पर उसका दाग आजीवन बना रहा।

महिया खाने के लिए हम बाँस के निचले हिस्से से सूखकर गिरने के लिए तैयार कोपल का इस्तेमाल करते थे। बच्चे हाथों में कोपल लिए एक साथ कड़ाहा के सामने खड़े हो जाते। भेली तैयार होने के ठीक दस-बारह मिनट पहले महिया तैयार होती और उसकी अवधि सिर्फ दो-तीन मिनट होती। कड़ाहा में किनारे-किनारे सुनहले रंग के झाग के रूप में महिया ऊपरी परत पर फैल जाती। भभूती फूफा छन्नी से छानकर महिया हमारे कोपलों पर थोड़ा-थोड़ा गिरा देते। महिया खाने के लिए हम गन्ने के ऊपरी पतले और मुलायम हिस्से को दाँत से कूँचकर कूँची बनाते और उससे मजे ले-लेकर खाते।

महिया खाए कई दशक हो गए। स्वाद जीभ पर अटका रह गया है। महिया का स्वाद लेने के साथ-साथ हम कड़ाहा में पके आलू और सेम की फलियों का भी स्वाद प्राय: लेते रहते। असल में हम आलू अथवा सेम को धागे में पिरोकर और उसका माला जैसा बनाकर आधे घंटे पहले खदकते हुए कड़ाहा में डाल देते और महिया के तैयार होने के साथ वह भी पककर तैयार हो जाता जिसमें भेली की मिठास और उसका सोंधापन पूरे आलू और सेम की फलियों में भिन जाता। उसके स्वाद के क्या कहने?

थोड़ी देर बाद भेली भी तैयार हो जाती थी। भेली बाँधने के लिए आसपास से लोग आ ही जाते। भेली बाँधना एक–दो आदमियों के बस की बात नहीं थी। विलम्ब होने पर जब उसके भीतर की ऊष्मा कम हो जाती तो भेली बँधने की जगह छितराने लगती। लोग दूसरे काम छोड़कर भेली बाँधने में लग जाते। पूरे कड़ाहे की भेली बाँधने में अधिकतम बीस मिनट का समय लगता। बाँधने वालों को गरमा-गरम एक-एक भेली सोगहग मिलता और आसपास के लोगों के हाथों पर प्रसाद की तरह। लोग मजे लेकर खाते। हम बच्चे तो महिया का स्वाद लेकर ही तृप्त हो जाते, भेली की ओर देखते भी नहीं।

मेरे घर में मिट्टी की एक धुनकी थी भेली रखने के लिए। माँ ने अपने हाथ से उसे बनाया था। ज्यादा छोटी और गोलाकार होने पर उसे धुनकी कहा जाता था और आकार में बड़ी और चौकोर होने पर डेहरी। उसके ऊपर उसी आकार का मिट्टी का ढक्कन भी बनाया जाता था। डेहरी बनाने के लिए मिट्टी की पहचान आसान नहीं होती थी। पारखी महिलाएँ ही उसकी पहचान कर पाती थीं। उपयुक्त मिट्टी के लिए काफी मशक्कत करनी पड़ती थी। अमूमन गड्ढा खोदकर नीचे से चिकटी मिटटी निकालनी पड़ती थी। उचित मात्रा में पुरकेसा मिलाकर उसे साना जाता था। अन्त में उस मिट्टी से रोज-रोज डेहरी का एक–एक हिस्सा बनाया जाता था। एक डेहरी तैयार होने में पन्द्रह से तीस दिन तक लग जाता था।

डेहरी मुख्य रूप से अनाज रखने के काम आती थी, किन्तु बाऊजी भेली को भी धुनकी में ही रखवाते थे और वह साल भर तक खराब नहीं होती थी। हाँ, नया साल आते-आते उसका रंग जरूर काला पड़ जाता था।

कोल्हुआड़ में गन्ने का ताजा रस सबके लिए सहज सुलभ था। इसे हम कचरस कहते थे। किसी के भी वहाँ पहुँचने पर उनसे कचरस पीने की ख्वाहिश जरूर पूछी जाती थी और उनकी तनिक भी इच्छा होने पर भरपेट कचरस पीने को दिया जाता था। कचरस का मजा तब आता था जब मटर की उबली हुई छीमी और नमक मिर्च की चटनी भी साथ में हो। कभी-कभी हम गन्नों के भीतर पुदीने की पत्तियाँ डालकर कोल्हू में पेरने के लिए लगा देते। पुदीने का पूरा रस निचुड़कर कचरस में मिल जाता और कचरस के स्वाद और सुगन्ध में चार चाँद लग जाता। सयाने लोग गिलास में नहीं, लोटे में कचरस पीते। अब तो गाँवों में भी लोटा कम दिखने लगा है। हम ज्यादा सभ्य जो होते जा रहे हैं।

कोल्हू अमूमन मेरे बगइचा के एक छोर पर 'इद्दी आला पेड़' के नीचे गाड़ा जाता। बगइचा में ज्यादातर बीजू आम के बड़े-बड़े पेड़ थे, किन्तु फल अमूमन छोटे-छोटे लगते थे, अलग-अलग रूप, रंग और गुण के। कोई बहुत मीठा होता तो कोई खट्टा, किसी की गुठली पतली होती तो किसी का बोकला, किसी में रेशा अधिक होता तो किसी में गूदा, किसी की गन्ध लहसुन की तरह होती तो किसी की टटके गुड़ की तरह। सबके आकार भी अलग–अलग होते। कोई समय से पहले पक जाता तो कोई बाद में। कितना वैविध्य था उनमें। उसी के अनुरूप हमने उनका नामकरण भी कर रखा था। मिठउआ, खटउवा, गुरहवा, लिटिअहवा, कोनहवा, लहसुनहवा, सेनुरिअहवा, बुदबुदिअहवा, मल्दहवा, छिहुलवा, किरहवा, गुठलिहवा आदि। नदुआ, रेहाव और बागापार जानेवाले पैदल यात्री अमूमन हमारे बाग के बीच से होकर गुजरते थे। हम बच्चे बाल्टी में पानी भरकर उसमें पका आम डाल देते थे और जो भी यात्री आते-जाते उन्हें बाँह पकड़कर खटिया पर बैठाते और आग्रहपूर्वक बैठाकर भरपेट आम खिलाते।

उन दिनों प्रतिष्ठित घरों के लोग आम नहीं बेचते। ज्यादा होने पर गाँव के लोगों में बाँट देते। हम लोग तो आम के दिनों में भोजन कम करते और आम खाकर ही पेट भर लेते। मुझे आम का गाद (गूदा) और भूजा मिलाकर खाना बहुत अच्छा लगता और खूब खाता। देशी आम नुकसान तो करता नहीं, हाँ, जुलाई आते-आते हमारा शरीर जरूर निखर आता। वैविध्य में कितना सौन्दर्य होता है इसका अनुमान हम आमों की विविधता देखकर ही कर सकते हैं। अब बाजार में लँगड़ा, दशहरी, चौसा, सफेदा आदि तीन-चार किस्म के आम ही दिखाई देते हैं और उनमें भी अधिकांश बाहर से आते हैं।

मटर की फलियाँ उबालकर तो खाई ही जातीं, हम खेतों में उसका होरहा भी लगाते और एक साथ कई लोग मिल-बैठकर गरम-गरम सोंधी भुनी हुई मटर की फलियाँ खाते। एक बार नदी के किनारे होसिला भैंस चरा रहे थे। शाम हो रही थी और लौटने की बेला थी। मैं भी मन्टें के खेत से नदी पार करके निकल रहा था कि होसिला पर नजर पड़ी। बगल के खेत में होरहा लायक मटर हुआ था। उन्होंने अपने पॉकेट में रखे माचिस की ओर संकेत किया। मैंने पूछा, "केकर हऽ"

"गबड़ुआ वालन कऽ" उन्होंने कहकर आश्वस्त किया।

दरअसल गबड़ुआ गाँव काफी दूर था और यहाँ उनके खेत में हमारा होरहा लगाना निरापद था। मैंने पास के गन्ने के खेत से गन्ने की सूखी पत्तियाँ बटोर लाई। पत्तियों के ऊपर मटर की बेलें रखी गईं और आग लगा दी गई। हवा के झोंके से आग की लपटें खेत में लगी मटर की फसल तक पहुँच गईं। पास में नदी तो थी किन्तु पानी लाने के लिए कोई बर्तन नहीं था। हम आग कैसे बुझाते? होसिला के पास भैंस चरानेवाला डंडा था जिससे वे आग को पीटने लगे किन्तु उसका प्रभावी असर नही पड़ रहा था। आग फैलने लगी थी। होसिला ने भैंस की पीठ पर दो-तीन डंडा जोर से जमाया और मुझसे कहा, "भागऽ"

डंडे की चोट खाकर डेकरती हुई भैंस भागने लगी और होसिला उसके पीछेपीछे दौड़ने लगे। मैं भी जल्दी-जल्दी नदी पार करके अपने खेत में चला गया और वहाँ से अपनी करनी का फल देखने लगा। देखते-देखते मेरे सामने खेत की आधी फसल जल गई। मैं दूसरे रास्ते मन मारे घर लौट आया था। किन्तु होरहा खाने की आदत तभी छूटी जब गाँव छूटा। चने के पौधों का भी होरहा लगाया जाता था और वह भी उतना ही स्वादिष्ट होता था। साथ में सोआ-धनिया की चटनी हो तो फिर क्या कहने?

होरहा खाए लगभग तीन दशक हो चुके हैं। अब तो मटर और चने की फसलें हमारे गाँव में बोई ही नहीं जातीं। कहते हैं जमीन अब उस लायक नहीं रही। मटर और चने में अब फलियाँ ही नहीं लगतीं। ऐसा क्यों हुआ? हाँ, सोआ-धनिया की चटनी मैं आज भी बनवाता हूँ किन्तु खाते समय उसका बचपन वाला स्वाद नहीं मिलता। इस बार परभंस ने खेत से काटकर ताजा सोअ-पालक भेजा था। मुझे इसका साग बहुत पसन्द है, किन्तु तनिक भी अच्छा नहीं लगा। मैंने उनसे शिकायत की तो उन्होंने बताया,

"चाचा! सोआ-पालक होखे चाहे चौंराई, बिना कीटनाशक डरले कुच्छू ना होला। कई-कई बेर यूरिया आ कीटनाशक डारेके पड़ेला। एही से साग बेस्वाद हो जाला।"

यही कारण है कि आजकल अमीर लोग अपने लिये आर्गनिक खेती कराने लगे हैं।

चकबन्दी से पहले यानी, नवें दशक के पूर्व हमारे खेत बिखरे हुए थे। हमारे कुछ खेत रेहाव नदी के उस पार तट पर ही थे। इन्हें हम मंठें का खेत कहकर पुकारते थे। बरसात के दिनों में जब नदी उफनती थी तो उस खेत की फसलें भी पानी में डूब जातीं। इसीलिए इन खेतों में बाऊजी अगहनी धान बोते, खास तौर पर कनकजीर या कालानमक। इनपर बाढ़ का असर कम पड़ता। ये फसलें हफ्तों डूबे रहने के बावजूद गलकर खराब नहीं होतीं। लेकिन बाढ़ आने का एक फायदा भी होता था। बाढ़ का पानी अपने साथ दूर-दूर से उर्वरा शक्ति से भरी हुई मिट्टी अपने साथ बहाकर ले आता और पूरा एक परत हमारे खेतों में छोड़ जाता। इसे बाऊजी 'पाँक' कहते थे। जाहिर है 'पंक' से ही 'पाँक' बना होगा। उस पाँक में इतनी उर्वरा शक्ति होती थी कि इन खेतों में कभी किसी तरह की खाद डालने की जरूरत नहीं पड़ती थी। रबी की हर फसल बहुत अच्छी होती थी। सिर्फ सिंचाई करनी पड़ती थी और सिंचाई का एकमात्र आधार था नदी का जल और साधन होती थी बेड़ी। बाँस की खाँचीनुमा बनी होती थी बेड़ी, जिसमें चार डोरियाँ लगी होती थीं और जिन्हें पकड़कर दो आदमी, दोनो हाथों से नदी का जल खेतों में उलीचते थे। इस काम में मैं बाऊजी का हाथ बँटाता था। हम प्रात:काल बेड़ी लेकर खेत में पहुँच जाते और दिनभर पानी उलीचते रहते। इस तरह दो दिन में पूरे खेत की सिंचाई हो जाती।

दोपहर में हमारा भोजन होता लिट्टी चोखा। हम घर से आटा, आलू, बैंगन तथा आवश्यकतानुसार नमक-हरी मिर्च आदि साथ ले जाते। वहाँ गाय व भैंसें चरती रहतीं जिनका गोइँठा भरपूर मात्रा में और आसानी से मिल जाता। हम बड़ा सा अहरा लगाते और आटे को नदी के जल से सानकर लिट्टी बनाते। गोंइठा की आग में पकनेवाला आलू-बैंगन का चोखा और लिट्टी जब हम केले के पत्ते पर रखकर खाते और नदी की धारा से अँजुरी में भर-भरकर उसका जल पी लेते तो हमारी सारी थकान हव हो जाती। उन दिनों नदी का जल बिलकुल साफ होता था और लगातार बहता रहता था। अब हमारी वह प्यारी रेहाव नदी गन्दा नाला बन चुकी है और गर्मियों में सूख जाती है।

जब हम घर पर होते और बरसात का मौसम होता तो बाऊजी खुद पहल करके कचूर के पत्ते की लिट्टी लगवाते और अहरा का दाल बनवाते। कचूर एक तरह का पौधा होता है जिसकी पत्तियाँ हल्दी की पत्तियों तरह की होती हैं किन्तु उसकी गन्ध निराली होती है। हम लोग कचूर की एक बड़ी पत्ती पर मोटी रोटी बनाते और उसके ऊपर से भी कचूर की एक पत्ती रख देते। इसके बाद उसे अहरा

की आग में धीरे-धीरे पकाते। रोटी का आकार भी पत्तियों का होता। पकने के साथ रोटी के ऊपर की पत्तियाँ लगभग जल जातीं किन्तु पत्तियों की गन्ध रोटी में समाकर ऐसी सुगन्ध बिखेरतीं की उसका बयान करना सम्भव नहीं है। हम अहरा पर ही अरहर की दाल भी बनाते, कभी-कभी मिट्टी के बर्तन में। धीमी-धीमी आँच में पकनेवाली दाल अब भी कल्पना में बसी हुई है। अब तो गाँव में अहरा के लिए गोइँठा ही बड़ी मुश्किल से मिलता है।

कोलकाता के अपोलो हास्पिटल में एक दिन डॉक्टर से मिलने गया। डॉक्टर की लिखी दवाएँ लेने डिस्पेन्सरी पर गया तो देखा सामने कुछ आम स्वास्थ्यवर्धक चीजें सजाकर रखी गई हैं। मैने उसमें देखा कि तीसी (अलसी) के बीज का भी एक सुन्दर पैक किया हुआ डब्बा रखा था। उसमें शायद एक सौ ग्राम तीसी थी जिसका मूल्य था साठ रुपये। मैंने उसे खरीद लिया, लगा कि इसे कुछ खास तरह से तैयार किया गया होगा जिससे और भी स्वादिष्ट हो सके। किन्तु घर आने के बाद जब डिब्बा खोला तो उसमें अपने स्वाभाविक रूप में तीसी रखी हुई थी। हाँ, उसके लाभ जरूर कलात्मक ढंग से बताए गए थे। मुझे अपने बचपन का स्वाद याद आ गया। हमारे घर में भुना हुआ महुआ और भुनी हुई तीसी को मिलाकर और उसे ढेंकी में कूटकर लट्टा बनाया जाता था और हम खूब मन से उसे गरमागरम खाते।

बाऊजी मकई, बजड़ा, साँवाँ, टाँगुन, मड़ुआ, कोदो सब बोते थे। दस्त होने पर मड़ुआ की रोटी खिला दी जाती थी और रामबाण समझ लिया जाता था। बजड़े का लावा मुझे खास पसन्द था। कोदो का भात और भूजा दोनों होता था। कभी-कभी कोदो मतानेवाला भी होता था। खाने के बाद सिर घूमने लगता था।

भादों के महीने में दही खाने को वर्जित किया गया है, बाऊजी एक कहावत कहते थे,

चैत के गुर बैसाख के तेल, जेठ के पन्थ असाढ़ के बेल।
सावन सैंया साग न खइहौ, भादों दही के लग जनि जैहो।
क्वार मास चिउरा परिहरा, कातिक फरा अलग करि धरा।
तेरह दिन जब अगहन जाय, जो जो भावे सो सो खाय।

किन्तु, हम इस कहावत के ठीक उलटा करते थे। भादों के महीने में सरया और पाउस धान तैयार हो जाता था। गरीबों के लिए ये दोनो किस्म के धान बड़े ही उपयोगी होते थे, क्योंकि भादों तक आते-आते बहुतेरे घरों में अनाज खत्म हो जाता था। ऐसे मैं जल्दी पकने वाली किस्म होने के कारण सरया धान का तात्कालिक महत्त्व बहुत अधिक था। लोग सरया के बल पर भादों का महीना काट लेते थे।

तब गाँव में चिउड़ा-मिलें नहीं थीं। चिउड़ा भी घर में ही ढेंकी से कूटा जाता था। हाँ, ढेकी का मूसर थोड़ा भिन्न होता था। चिउड़ा कूटने से पहले धान को पानी में भिगोकर फिर उसे भूना जाता था और इसीलिए घर में बने नये सरया धान के चिउड़े का स्वाद कुछ अलग ही होता था।

इसी तरह भादों में चारो तरफ हरियाली होने के कारण पशुओं को अच्छा चारा मिल जाता था। वैसे भी पहले लोग गाय–भैंस को नदियों के किनारे तथा परती पड़े खेतों में चराया करते थे। दुधारू पशुओं को नाँद पर कम खिलाया जाता था। भरपूर चरागाह उपलब्ध थे। अच्छा और ताजा चारा मिलने से गाय-भैंस भी काफी स्वस्थ हो जाती थीं और उनका दूध भी अधिक स्वादिष्ट हो जाता था। हमें दूध भी पसन्द था और दही भी। नये सरया धान का चिउड़ा सजाव दही के साथ खाने का अलग ही आनन्द था। वह स्वाद अब दुबारा नसीब नहीं होगा क्योंकि दही जमाने का न तो वह साधन उपलब्ध है और न वह रुचि ही है। आजकल जिनके घर दुधारू भैंस बची हैं, उन लोगों ने दही जमाने के लिए स्टील या आल्मोनियम की कहँतरी खरीद रखा है। पहले मिट्टी की कहँतरी होती थी। लोग प्राण की तरह उसे सम्हालकर रखते थे कई-कई बरस वह चलती थी। उसमें जमाए गए दही में मिट्टी का सोंधापन आ जाता था। दही खा लेने के बाद भी सितुही (सीपी) से कहँतरी की खखोरी खखोरकर खाने में मैं आगे रहता था।

दही जमाने के लिए भी खास तैयारी की जाती थी। उसकी पवित्रता का पूरा ध्यान रखा जाता था। शाम को ही कहँतरी में दूध डालकर बोरसी पर रख दिया जाता था। खूब धीमी आँच में तीन-चार घंटे तक तपने के बाद दूध का पानी धीरे-धीरे कम हो जाता था और दूध गाढ़े लाल रंग का हो जाता था। बिलकुल सटीक समय पर और उचित मात्रा में जोरन डाला जाता था। जोरन की गुणवत्ता की परख भी भली-भाँति कर ली जाती थी। जोरन ज्यादा होने पर दही खट्टा हो सकता था और कम होने पर जमने में समस्या। जोरन डालने की निपुणता पर दही का स्वाद निर्भर करता था। सुबह जब दही जमकर तैयार हो जाता था तो उसका ऊपरी परत लाल रंग की मोटी साढ़ी से भर जाता था। यह सजाव दही था। किनारे से काट-काटकर लोगों को खाने के लिए दिया जाता था। मैं साढ़ी के सोंधेपन पर जान छिड़कता था। यह दही इतना मीठा होता कि इसको खाने वालों को भेली या चीनी की जरूरत नहीं पड़ती। नये सरया धान का चिउड़ा और सजाव दही। वाह, क्या कहने!

ठेके पर हरिनाम

"गाँव आए आज पाँच दिन हो गए। सिर्फ आज की रात सो पाया हूँ। दिन में मुझे सोने की आदत नहीं और रात होते ही लाउडस्पीकर की चिग्घाड़। कान झनझनाने लगते हैं। सर दर्द से परेशान हूँ।" मैं रामवृन्द से अपना दुखड़ा रो रहा था जो मार्निंग वाक से लौटते समय मेरे घर पता करने आए थे कि मैं दो दिन से उनके साथ जा क्यों नहीं रहा हूँ। मेरी बात सुनकर वे हँसने लगे,

"चिन्ता मत कीजिए, आज दोपहर से फिर शुरू होनेवाला है। पूरा भादों भर चलेगा। इन दिनों सबको फुर्सत रहती है। हर साल सावन-भादों में कीर्तन और भंडारा ही चलता है। धीरे-धीरे आप भी अभ्यस्त हो जाएँगे। हम लोग तो सो लेते हैं। आदत पड़ गई है।" रामवृन्द के कथन में व्यंग्य के साथ मजबूरी भी झलक रही थी।

दूसरे दिन टहलकर लौटते समय वे मुझे भावनन्द बाबा के मन्दिर की ओर ले गए। मन्दिर सड़क के किनारे है। सामने और अगल-बगल खूब जगह है। गाँव के लोग यहीं पर कीर्तन कराते हैं। सारी व्यवस्था बनी-बनाई मिल जाती है। गानेवाले तक। सिर्फ पैसे खर्च करने पड़ते हैं। मैंने देखा वहाँ कीर्तन चल रहा था। सिर्फ चार लोग गा रहे थे। सुननेवाला कोई नहीं। किन्तु लाउडस्पीकर की आवाज इतनी तेज कि वहाँ हम लोग चिल्लाकर भी कोई बात करें तो दूसरे को सुनाई नहीं पड़ रहा था।

"केकर कीर्तन होता?"

"बेचू मौर्या के।"

" जगलाल भैया के बेटा बेचू?" मैं कन्फर्म होना चाहा।

"हाँ, हाँ, उनहीं के।"

"उनहूँ के त नाईं देखत बाँड़ीं?" मैंने चारो ओर नजर दौड़ाई। "के के गाव ता?"

"गाँवे के लोग नाईं हवें।"

मैं चकित रह गया। कीर्तन में न घर का कोई है और न गाँव का।

"आजकल कई ठो ग्रुप बा कीर्तन गावे वालन के। सट्टा दिआ जाला।"

"क्या जमाना आ गया है। भगवान का नाम भी ठेके पर।" मैं मन ही मन बुदबुदाकर रह गया।

मन्दिर के सामने भूपनाथ मौर्य का घर है। वे अपने दरवाजे पर खड़े हमारी ओर देख रहे थे। मैं उनके समीप चला गया और चिल्लाकर पूछा,

"आपको इस लाउडस्पीकर की आवाज से कोई परेशानी नहीं होती है?"

"बहुत होती है।" उनकी पीड़ा आँखों से छलकने लगी। "एक लड़का है। इस साल फाइनल इम्तहान देगा। उसे पढ़ने को ही नहीं मिल रहा है।"

"मना क्यों नहीं करते?"

वे मेरा मुँह देखने लगे। उन्हें लगा कि ये कैसी बात कह रहे हैं। कीर्तन के लिए भला कैसे मना किया जा सकता है? मैंने उनकी समस्या ताड़ लिया।

"आपको उनसे कहना चाहिए कि बच्चे का इम्तहान है। लाउडस्पीकर का वाल्यूम थोड़ा कम कर लें। इससे बहुत असर पड़ेगा।"

"कई बार कह चुका हूँ। लोग कम करते भी हैं किन्तु बाद में दूसरे लोग आते हैं और फुल पर करवाकर चले जाते हैं।" उन्होंने अपनी विवशता प्रकट की।

मुझे अपने बचपन का कीर्तन याद आ गया। कीर्तन तो वैसे ही होता था जैसे आज हो रहा है किन्तु उन दिनों लाउडस्पीकर का प्रचलन नहीं था। लोग बिना माइक के गाते थे। तब भावनन्द बाबा का मन्दिर भी नहीं बना था। एक भी मन्दिर नहीं था गाँव में। शायद इसीलिए कीर्तन लोगों के अपने घरों के ओसारों में हुआ करते थे...।

हमारे टोले पर राम बिरिछ भैया के ओसारे में या हमारे ओसारे में हर साल कीर्तन होता। छब्बे काका ढोल बजाते और राम बिरिछ भैया कढ़ानेवाले होते और गानेवाले इतने होते कि उन्हें बैठने की जगह कम पड़ती। मुझे भी अच्छा लगता और मैं भी झाल या करताल उठा लेता और झूम-झूमकर गाने लगता,

"हरे रामा हरे रामा, रामा रामा हरे हरे, हरे कृष्णा हरे कृष्णा, कृष्णा कृष्णा हरे हरे।"

चौबीस घंटे इतना ही गाना होता है, चाहे जितनी भी राग-रागिनियों में इसे ढाल लीजिए और चाहे जितने भी ढोल, झाल, करताल बजा लीजिए। भला कैसे अच्छा लगेगा इतना ही बार-बार दुहराना? किन्तु लोगों को अच्छा लगता था, भगवान का नाम जो था। "घीव के लट्टू टेढ़ो भला।"

किन्तु मेरी समस्या दूसरी थी। राम और कृष्ण को 'हरे रामा' 'हरे कृष्णा' कहकर लोग रेरियाते क्यों हैं? इस तरह उन्हें अपमानित क्यों करते हैं? वर्षों तक मैं इस समस्या से जूझता रहा।

उन दिनों हरिकीर्तन बैठाने के लिए सिर्फ भगवान राम और कृष्ण की कुछ तसवीरें एक तरफ आसन बनाकर सजा दी जातीं और उन पर फूल-पत्तियाँ रख दी जातीं। ढोल, झाल, करताल में से कुछ न कुछ सबके घरों में होता था। कीर्तन शुरू। गाँव भर के लोग आते-जाते रहते अपनी सुविधा और समय के अनुसार। गानेवालों की भीड़ लगी रहती। हाँ जत्तन कोंहार जब कीर्तन गाने वालों की जमात में शामिल होते तो बैठनेवालों में खलबली मच जाती। लोग उन्हें जगह देने के लिए अगल-बगल सरकने लगते। कुछ तो उठकर चले भी जाते।

असल में जत्तन नहाते बहुत कम थे। बंडी (गंजी) पहनकर कहीं भी चले जाते। उनकी बंडी के ऊपर भी कभी-कभी चिल्लर रेंगते हुए दिखाई दे जाते। बंडी को चिल्लरविहीन न करने की मानो उन्होंने प्रतिज्ञा कर रखी थी। इसीलिए उनके पधारते ही बैठने के लिए महफिल में उन्हें भरपूर जगह मिल जाती। जत्तन अकेले रहते थे और खुद बनाते-खाते थे। उनका सौन्दर्यबोध अद्‌भुत था। उन्होंने एक बार बाऊजी से कहा था, "आजु खूब छोट-छोट आलू के भुजुआ तरकारी बनवली हईं। अँठई जइसन कुरकुर भईल रहल ह। खूब भरपेट खइलींहँ।" बाऊजी ने "धत् सारे के।" कहकर उनके दृष्टान्त का उपहास किया था।

इसी तरह गाँव भर के लिए मसखरे की तरह एक व्यक्ति थे 'गोबिन'। उनका पूरा नाम गोबिन्द रहा होगा किन्तु मैंने उन्हें हमेशा गोबिन के नाम से ही जाना। मूरत काका उनकी बहुत खिल्ली उड़ाते थे। बड़का टोला पर पोखरा के किनारे सड़क पर उनका घर था। उनके घर के दाएँ-बाएँ दोनों तरफ रास्ते निकलते थे। एक रास्ता चमरउटी की ओर जाता था और दूसरा गाँव के घर की ओर। गोबिन काका दरवाजे पर महुआ के पेड़ के नीचे बैठे-बैठे आने-जाने वालों की छींटाकसी का जवाब अपने मौन रूपी अमोघ अस्त्र से देते रहते थे। जाड़े के दिनों में महुआ के पेड़ से थोड़ा हटकर उन्हें धूप में ऊँड़ुस (खटमल) मारते प्राय: देखा जा सकता था। सुतरी से बुनी हुई चारपाई को वे जोर से पटकते और फिर नीचे झाँकते। जमीन पर गिरे हुए खटमलों को वे अपने नंगे पैर के अंगूठे से मसल-मसलकर ऐसे मारते जैसे भीमपुत्र घटोत्कच कौरव सेना को। खटिया पटकने से जो खटमल नीचे नहीं गिरते उन्हें वे छोटी लकड़ी से बाध हटा-हटाकर ढूँढ़ते और दाँत पीस-पीसकर मसलते। ऊँड़ुस मारने में उन्हें बड़ा मजा आता था। उन दिनों लोग खटमलों को मारने के लिए चारपाई को तालाब में डुबो देते और चौबीस घंटे के बाद उसे तालाब से निकालकर सुखा देते। ऊँड़ुस खत्म। पन्द्रह-बीस दिन की छुट्टी हो जाती। क़िन्तु गोबिन ऐसा नहीं करते। अपने अँगूठों से ऊंड़ुस मारने के सुख से वे वंचित नहीं होना चाहते थे।

'मंगलपुर के पहुना' की तरह गोबिन कभी-कभी मिरजई पहनते थे। मंगलपुर के पहुना रामचन्दर भैया (बदला हुआ नाम) के घर के दामाद थे किन्तु घरजमाई की तरह हफ्ते दो हफ्ते में घूम-फिरकर अपनी ससुराल आ जाया करते थे। गाँव भर के लोग उन्हें पहुना ही कहते थे। जाड़े में जब वे अपनी मटमैली मिरजई पहने हुए आते तो मजाक में लोग उन्हें हिंगुअरहा पहुना कहते। असल में पहले जाड़ों में पहाड़ी लोग हमारे इलाके में हींग बेचने आते। वे बहुत गन्दे मोटे कपड़ों की मिरजई जैसी पोशाक पहने रहते। शायद वे नहाते भी बहुत कम थे, किन्तु उनकी हींग बड़ी सुगन्धित और उम्दा किस्म की होती थी। महिलाएँ साल भर के लिए उनसे हींग खरीदकर रख लेतीं। उन पहाड़ियों को लोग 'हिंगुअरहा' कहकर ही पुकारते। मिरजई पहननेवाले अब नहीं दिखते।

चौबीस घंटे बाद ठीक उसी समय हरिकीर्तन का समापन होता। छोटी सी यज्ञ की बेदी बनती। हवन होता और सबको प्रसाद मिलता। प्रसाद में चरणामृत और पंजीरी। दही में भेली मिलाकर चरणामृत और गेहूँ के आटे को भूनकर और उसमें बतासा गड़ी-छोहाड़ा डालकर पंजीरी। चरणामृत आम के पत्ते के दोने से हथेलियों पर रख दिया जाता। लोग मुँह से सुड़ककर बाकी अपने सिर में पोंछ लेते और उसी हाथ में पंजीरी ले लेते।

उन दिनों भंडारा छोटा होता। लोग मिल-जुलकर सम्पन्न करते। रिश्तेदार भी आते और गाँव के लोग भी। पूड़ी, सब्जी और तस्मई। मेरे गाँव में राम बिरिछ भैया भोजन बनाने में भी उस्ताद थे। संख्या बढ़ने लगती तो पिसी मिर्च की बुकनी थोड़ी बढ़ा देते। उन दिनों तालाबों में पुरइन के पत्तों की कमी नही थी। भोजन पुरइन के पत्तों या केले के पत्तों पर कराया जाता। मिल-जुलकर बनाना और मिल-जुलकर खाना। भोजन में भी बोझ एक के सिर नहीं रहता। अपनी क्षमतानुसार कोई पिसान दे देता, कोई तस्मई के लिए दूध, कोई चावल और कोई सब्जी। मेल-जोल का माध्यम भी था हरिकीर्तन।

जन्माष्टमी के दिन कीर्तन जरूर होता। इस समय कृष्ण-जन्म की झाँकी सजाई जाती और उसी के सामने कीर्तन होता। झाँकी में मक्खन खाते बालक कृष्ण की तसवीर जरूर होती। ठीक बारह बजे रात को कृष्ण का जन्म होता। प्रतीक रूप में ढँका हुआ खीरा निरावृत कर दिया जाता। राम बिरिछ भैया बड़े उत्साह से गाते,

गोकुला में बाजे बधैया गोविन्द लाल भुइयाँ गिरे हैं।

कान्हाँ के भुइयाँ गिरने की खुशी में सभी खड़े हो जाते और झूम-झूमकर एक साथ गाते, "गोविन्द लाल भुइयाँ गिरे हैं।" गाते-गाते लोग मस्ती में झूमने लगते। इसके बाद प्रसाद बँटता।

हरिकीर्तन से भी बड़ा आयोजन होता है श्रीमद्भागवत। गाँवों में जो भागवत सुन लेता था उसे भरोसा हो जाता था कि उसको कम से कम कुम्भी नरक नहीं होगा। भागवत कथा कम से कम दस दिन चलती थी। सुननेवाले के यहाँ लोगों का आना-जाना लगा रहता था। मैंने भागवत सुनते पहली बार जिन्हें देखा वे थे हमारे पड़ोस के दुक्खी काका। सुनानेवाले थे बागापार के महातम सुकुल। वे श्लोकों को सुमधुर स्वर में गाते थे और इसके बाद उसकी व्याख्या भी करते थे। वे कहा करते थे कि संस्कृत के श्लोकों को सुनने से ही पुण्य मिलता है क्योंकि संस्कृत देववाणी है।

श्रोताओं में पुरुषों से अधिक महिलाएँ होती थीं जो सज-धजकर कथा सुनने आती थीं। कथा सुनने आनेवाली महिलाएँ सबसे पहले व्यास-गद्दी पर बैठे पंडितजी का बड़े आदर के साथ पाँव स्पर्श करतीं अपना आँचल पकड़कर। नई उमर की महिलाएँ जब उनका पाँव छूतीं तो पंडित जी उनके घूँघट में छिपे चेहरे की ओर बड़े ध्यान से झाँकते। झुकते समय कभी-कभी उन्हें ब्लाउज के ऊपरी हिस्से की भी एक झलक मिल जाती और उनकी आँखें तृप्त हो जातीं। लोग चोरी-छिपे कहते कि "महातम सुकुल कथा त बहुत बढ़िया बाँचेलें बकिर तनी मउगाह हवें।"

भागवत-कथा आज भी होती है। इस बार जब गाँव गया तो दो दिन बाद ही रामनयन भागवत सुनने बैठे। संयोग से उनके घर के पीछे मेरा घर है। उनके लाउडस्पीकर का मुँह पूरब की ओर था इसलिए मुझे कथा की आवाज कम सुनाई पड़ती थी। कथा का भी निर्धारित समय होता था। अखण्ड हरिकीर्तन की तरह चौबीस घंटे गाना नहीं होता था। रामनयन आकर मुझे कथा सुनने के लिए आमंत्रित कर चुके थे। "बिहान भागवत बइठी। तुहँऊ अइहऽ।" मैंने उन्हें आश्वस्त किया था।

कथा शुरू हुई तो लिहाज के नाते एक-दो दिन उनके दरवाजे पर गया भी किन्तु पंडित जी व्यास-गद्दी पर ऊँचे बैठे थे और नीचे कुछ महिलाएँ। कुर्सी थी नहीं। अपने लिये उपयुक्त जगह न देखकर लौट आया था। हाँ, भंडारा में जरूर शामिल हुआ किन्तु अब पूड़ी-सब्जी खाने में पहले जैसी रुचि नहीं रह गई है।

गाँव में इधर दो त्योहारों का प्रचलन तेजी से बढ़ा है, छट्ठि और दुर्गापूजा। छट्ठि माई बिहार से आई हैं और दुर्गा माई बंगाल से। हमारे इलाके में दोनों का आगमन डेढ़-दो दशक पहले ही हुआ है। जबसे इन दोनो देवियों का पदार्पण हमारे गाँव में हुआ है, इनके प्रताप से पूजा के समय गाँव में बड़ी चहल-पहल रहती है। इन दोनो देवियों को नाच-गाना, खाना-पीना, गाजा-बाजा, मौज मस्ती बहुत पसन्द है। इनके भक्त इनका जयजयकार करने, नारे लगाने और मद-मस्त होकर नाचने से कभी नही थकते।

पिछले वर्ष छट्ठि माई की पूजा के दिन गाँव में ही था। सायं दिन ढलने के साथ गाँव के प्रमुख तालाबों के किनारे से और रामघाट से भी पड़ाका फोड़ने की लगातार आवाज आने लगी तो मैंने रामवृन्द से फोन करके कह दिया कि आज तो विलम्ब हो गया किन्तु कल हम पूजा देखने जरूर चलेंगे। हम ठीक चार बजे रात में ही मार्निंग वाक के बहाने पहले टिकुलहिया पोखरी पर और उसके बाद वहीं से रामघाट चले गए। टिकुलहिया पोखरी को चारो ओर से सजा दिया गया था। ग्राम समाज की ओर से लाइटिंग की सुन्दर व्यवस्था की गई थी। बाजे बज रहे थे और सजी-धजी महिलाएँ छट्ठि माई का गीत गा रही थीं। मादक वातावरण था। वहीं से हम रामघाट गए तो वहाँ का दृश्य देखकर चकित रह गए। नदी पर बने पुल से हम देख रहे थे। लगता था नदी की क्षीण धारा के किनारे स्वर्ग से अप्सराओं का समूह उतर आया है। थोड़ा-थोड़ा पाँव नदी के जल में डाले, हाथों में अर्घ्य लिए पंक्तिबद्ध खड़ी सजी-धजी महिलाओं की लम्बी श्रेणी सूर्य के उगने की प्रतीक्षा कर रही थी। अपने गाँव की नदी के किनारे ऐसा मनोरम दृश्य मैंने पहली बार देखा था।

मैंने देखा कि छट्ठि माई का व्रत लेनेवाली महिलाओं के साथ आर्केस्ट्रा के कई ग्रुप, जिनमें लड़कियाँ अपने झीने कपड़ों में भोजपुरी के अश्लील गानों पर थिरक रही थीं। स्वाभाविक रूप से लुहेड़ो की टोली रह-रहकर इन लड़कियों के पास जाने की कोशिश भी कर रही थी। नीचे नदी के किनारे खड़ी व्रती सुन्दरियों की श्रेणियाँ और ऊपर पुल पर से उन्हें घूरती लम्पटों की भूखी निगाहें। मुझे लगा कि मेरा गाँव अब उत्तर-आधुनिक युग में प्रवेश कर चुका है।

दुर्गा-पूजा के क्या कहने! इस बार मेरे छोटे से गाँव में दुर्गापूजा के तीन पंडाल बने थे। एक चौराहे पर, एक भावनन्द बाबा के मन्दिर पर और एक पंचायत भवन के सामने। पंचायत भवन के सामने बजनेवाले लाउडस्पीकर की आवाज सीधे मेरे कानों में पड़ती थी और मेरे कान धन्य हो रहे थे। गाँव की देवियाँ सुबह चार बजे से जागरण गीत गाना शुरू करती थीं,

ऊठऽ ऊठऽ हो जगदम्मा माई भोर हो गईल।
ऊठऽ ऊठऽ हो सिवसंकर बाबा भोर हो गईल।

मैंने रामवृन्द से पूछा, "एक ही गाँव में ये तीन पंडाल क्यों? यदि एक ही बनता और दूसरे पंडालों का खर्च एक ही पंडाल में लगता तो पंडाल और अधिक सुन्दर बन सकता था। पूरे गाँव की भीड़ भी एक जगह इकट्ठी होकर पूजा की रौनक में चार चाँद लगा देती।"

"यह गाँव की गुटबन्दी का फल है। इन दिनों गाँव में तीन गुट सक्रिय हैं।

पंडालों के बहाने तीनों गुट अपना-अपना शक्ति-प्रदर्शन कर रहे हैं। एक जगह कैसे इकट्ठा हो सकते हैं?"

विसर्जन रेहाव नदी में हुआ था। किन्तु विसर्जन से पहले मूर्ति को ट्राली में रखकर जुलूस की शक्ल में पूरे गाँव में घुमाया गया। मूर्ति को पकड़कर कुछ युवा ट्राली में खड़े थे और बड़ी संख्या में युवक और युवतियाँ लाउडस्पीकर के गानों पर झूम-झूमकर नाच रहे थे। उनके सारे अंग अबीर और गुलाल में सराबोर थे। उनकी चाल-ढाल और नृत्य की मुद्राएँ उनकी मस्ती का बयान खुद कर रही थीं। जुलूस 'दुर्गा मइया की जय' के साथ 'जय श्रीराम' के नारे भी लगा रहा था,

मैंने रामवृन्द से पूछा, 'जय श्रीराम' का दुर्गा की पूजा से क्या सम्बन्ध है?

"आप बताइए न। आप तो प्रोफेसर हैं।" उन्होंने कहा और मैंने हाथ जोड़ लिए।

मैं सोचने लगा। ये जुलूस और नारे ही आज की सारी समस्याओं की जड़ हैं। इस बार मोहर्रम के वक्त भी मैं यहीं था। कई दशक बाद गाँव के मोहर्रम के जुलूस को देख रहा था। मन हुआ कुछ दूर ताज़िये के साथ चलूँ। बचपन में महीनों से कर्बला के मेले की प्रतीक्षा करता था। मेले से पहले रात में निकलने वाले ताज़िये के जुलूस में जब ढाँक-तासा बजता था तो मैं अपने को कहाँ रोक पाता था? सोये रहने पर बाऊजी जगा देते थे। लाख तंगी हो, ताज़िये के जुलूस में शामिल होने के लिए बाऊजी फूलझरी और मोमबत्ती जरूर खरीदते थे जिसे जलाकर मैं फूले न समाता। महिलाएँ ताज़िए के पीछे-पीछे चलती हुई 'जारी' गातीं। बच्चे 'पायख' बनते। हिन्दू-मुसलमान का कोई भेद नहीं था।

किन्तु इस बार मोहर्रम के जुलूस को देखकर डर लगा। एक भी हिन्दू शामिल नहीं था। लोग 'अल्लाहू अकबर' के नारे लगा रहे थे।

हमारे यहाँ यह जुलूसवाली भक्ति आई कहाँ से?

जिन ग्रंथों में भक्ति का विवेचन है उनमें 'श्रीमद्भगवद्गीता', 'श्रीमद्भागवत' और 'रामचरितमानस' प्रमुख हैं। इनमें तो जुलूस निकालकर और नारे लगाकर भक्ति करने का उल्लेख नहीं है। सूर, कबीर, मीरा, रैदास आदि संतों के साहित्य को भी मैंने जाँचा-परखा है। किसी ने इसका सुझाव नहीं दिया है।

तुलसी सहित अधिकांश भक्तों ने श्रीमद्भागवत में उल्लिखित नवधा भक्ति के अनुसरण का सुझाव किया है। नवधा भक्तिवाला श्लोक निम्न है,

श्रवणं कीर्तनं विष्णोः स्मरणं पादसेवनम्
अर्चनं वन्दनं दास्यं सख्यमात्मनिवेदनम्।

यानी, ईश्वर की लीला का श्रवण करना, उसका गुणगान करना, उसका स्मरण करना, उसके चरणों का आश्रय लेना, उसका पूजन करना, उसकी वन्दना करना, उसे अपना स्वामी और स्वयं को उसका दास मानना, उसे अपना सबसे घनिष्ठ मित्र मान लेना और उसके सामने अपने को समर्पित कर देना—यही नौ तरह की भक्ति नवधा भक्ति है। इस नवधा भक्ति में भी गाजे-बाजे के साथ जुलूस निकालने और उसमें नारे लगाने का सुझाव कहीं नहीं है।

'नारद भक्ति-सूत्र' भी भक्ति से सम्बन्धित बहुत प्रसिद्ध ग्रंथ है। नारद ने भक्ति को परिभाषित करते हुए उसे "सात्वस्मिन् परम प्रेमरूपा" कहा है। अर्थात्, भगवान में परम प्रेम होना ही भक्ति है। 'शांडिल्य भक्ति-सूत्र' में कहा गया है "सा परानुरक्तिरीश्वरे भक्तिः" अर्थात ईश्वर मां अत्यधिक अनुरक्ति ही भक्ति है।

वैसे भी भक्ति का मूल तत्त्व प्रेम ही है। प्रेम का समाजीकरण ही भक्ति है। जब तक कोई चाहे कि जिससे वह प्रेम करता है उससे कोई दूसरा प्रेम न करे तब तक प्रेम है किन्तु, जब कोई चाहने लगे कि जिससे वह प्रेम करता है उसी से सभी प्रेम करें तो वह भक्ति है।

जब किसी भी धर्मग्रंथ में जुलूस निकालने, नारे लगाने और इस तरह शक्ति-प्रदर्शनवाली भक्ति का उल्लेख नहीं है तो फिर यह जुलूस और नारेबाजी वाली भक्ति आई कहाँ से?

"ये जो छोटे-छोटे बच्चे मुट्ठी बाँधकर 'जय श्रीराम' का नारा लगाते हैं उसका असली रूप आपको याद हैं?" मैंने रामवृन्द से पूछा। वे ठहरकर सोचने लगे। "याद है जब आपके दादा भजन गाते थे तो शुरुआत किससे करते थे? 'जय सियाराम जय जय सियाराम।' 'सियाराम' में से 'सिया' को कब 'राम' से अलग कर दिया गया और उसकी जगह 'श्री' जोड़ दिया गया, कुछ पता चला आपको? यही राजनीति है। करुणा, दया और त्याग की साक्षात मूर्ति हैं माता सीता। उनके रहते ये बच्चे दंगाई कैसे बन सकते थे? मुट्ठी भाँजकर जब ये बच्चे 'जय श्रीराम' का नारा लगाते हैं तो उनके चेहरे पर आक्रोश होता है और भुजाओं में आक्रामकता। अब 'नीलाम्बुजश्यामलकोमलांगम्' वाले राम के दर्शन कम होंगे जिनकी बाईं ओर माता सीता विराजमान हों। अब तो धनुष पर प्रत्यंचा चढ़ाए जिस राम की मूर्ति से इन बच्चों का परिचय हो रहा है उनकी त्योरी चढ़ी ही रहती है। न जाने क्या होनेवाला है मेरे इस प्यारे मुल्क का?" मेरे साथ रामवृन्द भी उदास हो गए।

पिछले कुछ वर्षों से साम्प्रदायिकता में जो उभार आया है उसमें इस जुलूस और नारेबाजीवाली भक्ति की भूमिका कम नहीं है।

एक बार मैंने अपनी फेसबुक पर यही सब लिखकर पोस्ट कर दिया था, इस सुझाव के साथ कि सभी धार्मिक जुलूसों पर प्रतिबन्ध लगा दिया जाना चाहिए, चाहे वे जुलूस किसी भी धर्म से सम्बन्धित क्यों न हों, तो मेरे खिलाफ लोगों ने मोर्चा खोल दिया था।

एक दिन मैं अपने घर के बरामदे में बैठा था। देखता हूँ कि सड़क पर सैकड़ों की संख्या में बाइक सवार गेरुवाधारी नौजवान धीरे-धीरे चले आ रहे हैं। उनके पीछे सैकड़ों की संख्या में महिलाएँ, युवतियाँ और छोटी उम्र की लड़कियाँ भी अपने सिर पर कलश लिए शोभा-यात्रा में शामिल हैं। इनके पीछे-पीछे दर्जनों ट्रैक्टर-ट्राली और कारें और सबसे पीछे जन समूह। लगता था पूरा गाँव ही उमड़ पड़ा है। मैंने अपने पड़ोसी रामनयन से पूछा, "कइसन जलूस हे हो?"

"लखिमा में आजु जग्गि बइठी। ओही के तैयारी में कलश-यात्रा निकरल बा।"

दूसरे दिन मार्निंग वाक की हमारी दिशा बदल गई। हम लखिमा पोखरा के किनारे मन्दिर के समीप यज्ञ-स्थल पर गए। सुबह पाँच बजे से ही यज्ञ-मंडप की परिक्रमा के लिए महिलाओं की कतारें लग गई थीं। वे सज-धजकर यज्ञ-मंडप की परिक्रमा कर रही थीं। पता चला कि यज्ञ अगले दस दिन तक चलेगा और तब तक यहाँ मेला लगा रहेगा।

लखिमा मेरे गाँव के बगल का गाँव है। रामवृन्द ने बताया कि आजकल यज्ञ कराना भी कुछ लोगों का धन्धा बन चुका है। बाहर से कुछ लोग आते हैं और गाँव के कुछ प्रतिष्ठित लोगों से सम्पर्क करके यज्ञ का आयोजन करते हैं। खूब दान मिलता है। खूब खर्च भी होता है और अन्त में बचत भी। आयोजक कमाते भी हैं और साथ में हिन्दुत्व का पाठ भी पढ़ाते हैं। ऊपर के आका भी खुश।

हो रहा है न उत्तर-आधुनिक हमारा गाँव?

रामपुर का दाम्पत्य

सत्नरायन भैया की पत्नी दरवाजे के बगल में खड़ी होकर माँ से बातें कर रही थीं। नजरें झुकाए हुए मैं घर के भीतर जाने लगा तो उन्होंने मुसकराते हुए मेरी ओर देखा और माँ से कहा, "ए बड़की अम्माँ! ई राउर दुलरुआ के बिआह होई त अपने मेहरारू के साथे का करिहें? ई त मेहरारुन के तिरछो नजर से नाईं निहारेलें।"

"बड़ा सीधा हवें हमार बाबू।" माँ ने भी मुसकराते हुए उनकी बातों को तसदीक किया था।

फगुआ के दिन मैं अपनी भौजाइयों को रंग डालने जरूर जाता था। किन्तु लोटा से रंग ऊपर डालते समय इस बात का पूरा ख्याल रखता था कि उनके अंगों का स्पर्श न हो। उन दिनों पराई स्त्री को गलत निगाह से छूना ही नहीं, देखना भी पाप समझता था। आखिर चेतना का विकास तो समाज में ही होता है न! जिसको जैसा परिवेश मिले। जिन किताबों का मैं नियमित अध्येता था उनसे यही सीख मिलती थी। 'विश्राम सागर', 'रामचरितमानस' और आत्मसंयम की सीख देनेवाली अद्‌भुत कृति 'श्रीमद्‌भगवद्‌गीता'। इन ग्रंथों के द्वारा ब्रह्मचर्य की घुट्‌टी मुझे कदम-कदम पर पिलाई गई थी। इन्हीं दिनों मैंने गांधी जी की आत्मकथा 'सत्य के प्रयोग' को भी पढ़ डाला था। उन्होंने भी ब्रह्मचर्य के महत्व का खूब बखान किया है। मुझे लगने लगा कि स्त्री मेरे मार्ग में सबसे बड़ी बाधा बन सकती है। ऋषि-मुनियों की तपस्या भंग करने के लिए अप्सराओं को ही भेजा जाता था। मुझे तो संस्कृत का बड़ा विद्वान बनना था और किसी विश्वविद्यालय में संस्कृत का प्रोफेसर। इंटर में पहुँचा तो संतों का साहित्य भी पढ़ा। मेरी धारणा और भी पुष्ट होती गई। तुलसीदास अपना मानस तभी लिख सके जब उन्होंने अपनी पत्नी से रिश्ता तोड़ लिया। 'आँखिन देखी' की बात करनेवाले कबीर ने तो यहाँ तक कहा है,

नारी की झाँईं पड़त अन्धा होत भुजंग
कबिरा तिनकी कौन गति नित नारी को संग।
नारि नसावै तीन गुन जो नर पासे होय
भक्ति मुक्ति निज ध्यान में पैठि सके नहिं कोय।

मैंने तय कर लिया कि शादी नहीं करूँगा। इधर हाई स्कूल प्रथम श्रेणी से पास करते ही बरदेखुआ लोगों की लाइन लग गई। बाऊजी छोटी उम्र का बहाना करते थे तो लोग सुझाव देते थे कि गौना तीसरे में कर लीजिए। शादी न करने के निर्णय की सार्वजनिक घोषणा करने का साहस मैं न कर सका और बाऊजी से कह दिया कि जो भी लोग शादी के लिए आते हैं उनसे वे कह दिया करें कि वह जब तक अपने पैरों पर खड़ा नहीं हो जाएगा, शादी नहीं करेगा। बाऊजी कहने लगे कि लड़का अभी नहीं चाहता है। इसके बावजूद लोग रिश्तेदारों को लेकर आते रहे, बाऊजी पर दबाव बनाते रहे और बाऊजी सबसे मेरी इच्छा बताकर पल्ला झाड़ते रहे। धीरे-धीरे चारों ओर मैं बदनाम हो गया कि अपने बाप की बात नहीं मानता है और बहुत घमंडी है। किन्तु इस बदनामी का इतना असर जरूर हुआ कि मेरे ऊपर शादी का दबाव कुछ दिनों के लिए टल गया।

महाराजगंज, उन दिनों गोरखपुर जिले का तहसील मुख्यालय था और पूरी तहसील में प्रो. शिब्बनलाल सक्सेना के उद्योग से दो कॉलेज खुल चुके थे, पहला जवाहरलाल नेहरू डिग्री कॉलेज महाराजगंज और दूसरा लालबहादुर शास्त्री डिग्री कॉलेज आनन्दनगर। इंटर करने के बाद मैंने महाराजगंज डिग्री कॉलेज में प्रवेश लिया जो मेरे घर से लगभग 6 किलोमीटर पड़ता था। इंटर में मुझे राजकिशोर मिश्र जैसे सुरुचिसम्पन्न शिक्षक मिले थे जिनके कारण हिन्दी में मेरी रुचि बढ़ गई थी। बी.ए. की कक्षाओं में डॉ. वेदप्रकाश पांडेय मिले और उन्होंने अनजाने ही भविष्य की मेरी दिशा निर्धारित कर दी। डॉ. विजयरंजन वर्मा और डॉ. घनश्याम पांडेय जैसे शिक्षको के नाते हिन्दी के प्रति मेरी रुचि दृढ़ से दृढ़तर होती गई। मैं अपने घर से पैदल आता-जाता रहा और कॉलेज में सर्वाधिक अंकों के साथ बी.ए. प्रथम श्रेणी से पास किया।

उन दिनों एम.ए. करने के लिए गोरखपुर विश्वविद्यालय के अलावा दूसरा कोई विकल्प नहीं था। मेरिट स्कॉलरशिप तो हाई स्कूल के अंकों के आधार पर ही मिलने लगी थी जो अध्ययन-काल में कभी बन्द नहीं हुई। मेरिट के आधार पर एम.ए. में एडमीशन भी हुआ और संत कबीर छात्रावास जैसे सर्वोत्तम छात्रावास में कमरा भी मिला। मेरी पढ़ाई सुचारु ढंग से चलने लगी। किसान पुत्र और गँवईं

मानसिकता के कारण मैं एक संकोची और दब्बू किस्म का विद्यार्थी बना रहा किन्तु जब एम.ए. प्रथम वर्ष का रेजल्ट आया तो मेरे भीतर आत्मविश्वास पैदा हुआ और क्लास में मेरी प्रतिष्ठा भी बढ़ी। क्लास के सर्वोत्तम विद्यार्थियों की ऐसी दोस्ती कायम हुई जिन्हें देखकर क्लास के अन्य खल प्रकृति के सहपाठी द्वेष की दावाग्नि में दहकने लगे। मेरे जीवन का वह स्वर्णिम काल था। विभाग के जो चार विद्यार्थी एम.ए. प्रथम श्रेणी में उत्तीर्ण हुए वे हम आठ दोस्तों में से ही थे। ये चारों बाद में उच्च शिक्षा के लिए चयनित हुए। सुरेन्द्र दुबे कुलपति होकर रिटायर हुए, सदानन्द गुप्त उत्तर प्रदेश हिन्दी संस्थान के कार्यकारी अध्यक्ष रहे, मैं कलकत्ता चला गया और आशा सिंह (आशा उपाध्याय) इलाहाबाद वि.वि. से सम्बद्ध एस.एस. खन्ना गर्ल्स पी.जी. कॉलेज में प्रोफेसर बनीं। चार, जिनका प्रथम क्षेणी आते-आते रह गया उनमें देवेन्द्र सिंह गवर्नेंट इंटर कॉलेज मे शिक्षक बने, कनक श्रीवास्तव लखनऊ के एक इंटर कॉलेज में शिक्षिका बनीं, शची शुक्ला (मिश्र) मिलिटरी के कर्नल से शादी करके गायब हो गईं और लगभग चालीस वर्ष बाद कथाकार के रूप में अवतरित हुईं। हाँ, अनीता वर्मा कहाँ गायब हो गईं कुछ पता नहीं चला।

उन दिनों विश्वविद्यालय के प्रत्येक विभाग से एक शोध-छात्र को मेरिट के आधार पर शोध वृत्ति मिलती थी। उसका मैं हकदार था। पी.एच-डी. में रजिस्ट्रेशन की तिथि से शोध वृत्ति मिल सकती थी। विभागाध्यक्ष प्रो. भगवती प्रसाद सिंह से मैंने आग्रह किया और हमारे शिक्षकों ने उदारता का परिचय देते हुए प्रो. रामचन्द्र तिवारी के निर्देशन में रजिस्ट्रेशन की कार्यवाही पूरी कर दी। संत कबीर छात्रावास में फिर से कमरा एलॉट हो गया, किन्तु अब नौकरी ढूँढ़ना मेरी पहली प्राथमिकता थी।

इसी बीच पवित्रा डिग्री कॉलेज, मानीराम में एडहॉक ज्वायन कर लिया। कॉलेज अभी एडेड नहीं था। भविष्य की उम्मीद पर लोग पढ़ा रहे थे। डेढ़ सौ रुपये महीना सैलरी थी। मैं हॉस्टल से ही साइकिल से आता-जाता था और शोध कार्य भी जारी था।

एक दिन क्लास लेकर आया तो एक आकर्षक व्यक्तित्व के धनी व्यक्ति को स्टाफ रूम में बैठे देखा। मेरे सहधर्मी शिक्षकों ने बताया कि ये आपकी ही प्रतीक्षा कर रहे हैं। मैंने जिज्ञासा प्रकट की तो उन्होंने अपना परिचय देते हुए बताया कि वे रिटायर्ड पुलिस इन्स्पेक्टर हैं और उनकी एक बेटी है जिसकी शादी के लिए वे आए हैं। शादी मुझे करनी नहीं थी किन्तु इनकार करने का साहस नहीं था। बदनामी बहुत हो चुकी थी। मैंने उन्हें रिक्शे पर बैठाया और स्वयं उनके साथ साइकिल से चलते हुए रोडवेज जी.एम. आफिस में वरिष्ठ लिपिक के पद पर कार्यरत जगन्नाथ भैया

के पास चला आया। जगन्नाथ भैया मेरे ममेरे भाई थे और स्थानीय अभिभावक भी। भैया से मैंने कह रखा था कि यदि कहीं से शादी का प्रस्ताव आए तो उन्हें स्पष्ट बता दें कि जब तक स्थाई नौकरी नहीं मिल जाएगी तब तक शादी के विषय में मैं बात भी नहीं करूँगा।

जगन्नाथ भैया इन्स्पेक्टर साहब को पहले से जानते थे। उनके हृदय में इन्स्पेक्टर साहब के प्रति बड़े सम्मान का भाव था। पुलिस लाइन में रिजर्व इन्स्पेक्टर के पद पर कार्य करते हुए उन्होंने क्षेत्र के बहुत से लोगों को पुलिस की भर्ती में मदद की थी। भैया उन्हें स्पष्ट रूप से मना नहीं कर सके। इन्स्पेक्टर साहब ने अपने पॉकेट से बायोडाटा सहित लड़की की तसवीर निकालकर जगन्नाथ भैया के हाथ में थमा दिया। जगन्नाथ भैया ने एक नजर देखा और उन्हीं के सामने वह तसवीर मेरी ओर बढ़ा दिया। बेलबाटम और कॉलरदार ओपेन शर्ट के दोनो बाजुओं पर इठलाती घुँघराले बालों की दो चोटियाँ तथा नील कमल सी आँखोंवाली लड़की की उस तसवीर ने मेरे संकल्प-वृक्ष को जड़ से हिलाकर झकझोर दिया। जगन्नाथ भैया ने उन्हें गाँव जाकर बाऊजी से बात करने का सुझाव दिया। इन्स्पेक्टर साहब चले गए। वहाँ से साइकिल से एक किलोमीटर से भी कम दूरी पर स्थित हॉस्टल तक पहुँचने में मुझे एक घंटा से अधिक लग गया। बार-बार मैं साइकिल से उतरता, पॉकेट से फोटो निकाल कर देखता और फिर जल्दी से पॉकेट में रखकर चल देता।

बाद में इन्स्पेक्टर साहब गाँव गए और बाऊजी से मिले। बाऊजी भी शादी करना चाहते थे किन्तु उन्हें पता था कि मेरी सहमति के बगैर बात आगे नहीं बढ़ सकती। मैंने निर्णय लेने के लिए उन लोगों से कुछ और समय की माँग की। जिसके साथ जीवन गुजारना है उसे देखना कौन नहीं चाहता? किन्तु अपनी इस अभिलाषा को सार्वजनिक करना मेरे बूते की बात न थी।

मैंने कॉलेज से पाँच दिन की छुट्टी ली। बैग उठाया और ट्रेन से बनारस के लिए प्रस्थान किया। दरअसल, इन्स्पेक्टर साहब ने बताया था कि उनकी बेटी इन दिनों उनके बड़े बेटे के पास बनारस में है जो साहूपुरी कैमिकल्स एंड फर्टिलाइजर्स में केमिस्ट हैं और वहीं कैम्पस में रहते हैं। मेरे लिए उनका पता लगाना कठिन नहीं था। बनारस में मैं शोध छात्र की हैसियत से नागरी प्रचारिणी सभा के गेस्ट हाउस में ठहरा और दूसरे दिन साहूपुरी में उनके आवास पर पहुँच गया। ग्राउंड फ्लोर के एक फ्लैट में वे रहते थे। पहले मैंने गोरखपुर का निवासी और उनके पिता जी से परिचय का हवाला देकर उनसे मिला। उनके आग्रह पर बैठा, चाय पिया और जब देखा कि यहाँ कोई सयानी लड़की नहीं है तो मैंने उन्हें अपना परिचय देते हुए अपने आने का उद्‌देश्य भी बता दिया। अब वे लोग अतिरिक्त रूप से सतर्क हो गए।

पकौड़े बने और दुबारा चाय पीनी पड़ी। उन्होंने मुझे बताया कि उनकी बहन दो दिन पहले ही उनके छोटे भाई के पास चली गई है जो कछवा (जिला-मिर्जापुर) के प्राथमिक स्वास्थ्य केन्द्र पर चिकित्साधिकारी हैं। उस दिन मैं गेस्ट हाउस लौट आया।

28 मार्च 1977, दिन सोमवार। सुबह सिटी बस से कैंट गया और वहाँ से सवा दो रुपये का टिकट खरीदकर कछवा जानेवाली बस में बैठ गया। दोपहर तक बस कछवा पहुँच गई। रास्ते भर तरह-तरह के विचार उमड़ते-घुमड़ते रहे। मिलने और बात करने के तरीकों के बारे में कल्पनाएँ करता रहा। मेरा इरादा था कि डॉक्टर साहब के अस्पताल में रहते हुए ही मैं उनके आवास पर जाकर सरोज का दर्शन कर लूँ। इरादा अपने को भी उसके सामने प्रस्तुत करने का था और उससे स्पष्ट रूप से कहने का कि मैं एक किसान पुत्र हूँ। गाँव में रहता हूँ। मेरा खपड़े का एक छोटा सा मकान है। आर्थिक दृष्टि से भी सम्पन्न नहीं हूँ। शादी के बाद तब तक गाँव में रहना पड़ेगा जब तक मेरी स्थाई नौकरी नहीं लग जाती और परिस्थितियाँ अनुकूल नहीं हो जातीं। मेरे ऊपर जिम्मेदारियाँ भी बहुत हैं। माता-पिता के अलावा अपने छोटे भाई और दो छोटी बहनों की जिम्मेदारी भी मुझे ही निभानी है। नौकरी के बारे में कुछ भी कहना कठिन है। मुझे वह देख ही रही है। यह सब जानकर यदि वह शादी करना चाहे तो ठीक अन्यथा वह मुझे चुपके से संकेत कर दे। मैं स्वयं ही कोई बहाना करके शादी से इनकार कर दूँगा। इसके लिए यदि वह समय लेना चाहे तो बाद में भी पत्र द्वारा सूचित कर सकती है। मैं रास्ते भर यही सब सोच रहा था किन्तु व्यक्ति का सोचा हुआ हो पाता है क्या?

कछवा का छोटा सा प्राथमिक स्वास्थ्य केन्द्र। मरीजों की भीड़ छँट चुकी थी। घुसते ही देखा, कम्पाउंडर मरीजों को दवा बाँट रहा था। मैं उसी से पूछ बैठा,

"यहाँ गोरखपुर जिले के कोई डॉक्टर हैं क्या?"

"हाँ, एक डॉक्टर शर्मा हैं।" कहकर उसने अपने पीछे का परदा हटाया और डॉक्टर साहब को आवाज दिया, "आपसे कोई मिलने आया है।"

मेरा दिल थम सा गया। मकसद तो मेरा सिर्फ यह पता करना था कि डाक्टर साहब अस्पताल में हैं या नहीं। किन्तु डॉक्टर साहब आवाज सुनते ही बाहर आ गए।

मैंने डॉक्टर साहब को नमस्कार किया।

"आइए बैठिए।" उन्होंने कहा और मैं उनके चैम्बर में चला गया। मरीज नहीं थे।

"कहिए कहाँ से आए हैं?"

“मैं भी गोरखपुर का ही हूँ। यहाँ अपनी एक रिश्तेदारी में आया हूँ। पता चला कि यहाँ मेरे जिले के कोई डॉक्टर आए हैं तो मिलने चला आया। बड़ा पिछड़ा क्षेत्र है यह। कैसा लगता है आपको?”

“पहली पोस्टिंग है न! ग्रामीण क्षेत्र में जाना ही पड़ेगा। वैसे यहाँ से नजदीक ही मेरी ससुराल भी है, भदोही के पास मूसी”

वे हालचाल बताते रहे। तबतक चाय आ गई। मैंने चाय पी और चलने को उद्यत हुआ।

“कोई काम था?”

“नहीं, बस मिलने चला आया था।”

अबतक दोपहर के दो बज चुके थे। डॉक्टर साहब के लंच का समय हो चुका था। अभी तक मुझे उनके आवास के बारे में भी पता नहीं चल पाया था। अब उम्मीद सिर्फ यह थी कि जब डॉक्टर साहब लंच के बाद चार बजे अस्पताल आएँ तो मैं उनके आवास पर जाकर चुपके से सरोज का दर्शन करूँ।

मैं समय काटने के लिए बाजार की ओर चला गया और ठीक चार बजे लौटा। डॉक्टर साहब के आवास और अस्पताल को एक सड़क विभाजित करती थी। इसी सड़क पर एक छोटी सी चाय की दूकान थी और पास में पान बेचनेवाले की गुमटी। आते-जाते डॉक्टर साहब उस गुमटी पर पान खाते थे। दूकानदार ने वहीं से डॉक्टर साहब का आवास दिखाया और यह भी बताया कि डॉक्टर साहब इस समय अस्पताल में हैं।

मैं शीघ्र उनके आवास पर गया। दरवाजा खटखटाया। दो-तीन बार खटखटाने के बाद सौन्दर्य की देवी बाहर निकली। मेरी नजर उसकी आँखों पर पड़ी और ऐसी पड़ी कि गड़ी ही रह गइ। सिर्फ आँखे ही देखता रह गया।

“कहिए, क्या बात है?”

मैं अचकचा गया।

“डॉक्टर साहब से मिलना है।”

“वे नहीं है। अस्पताल में हैं।” कहते हुए उसने फटाक से दरवाजा बन्द कर लिया।

मैं हताश। कहाँ तो सोचा था बातें करूँगा। कहाँ सिर्फ आँखें देखते रह गया। चेहरा भी न देख सका।

थोड़ी दूर पर मैंने देखा, एक किसान अपनी फसल की ओसौनी कर रहा था। पास में उसके दो बच्चे खेल रहे थे। बगल में एक चारपाई पड़ी थी। मैं उसी पर जाकर बैठ गया।

दो मिनट बाद किसान की पत्नी ने पूछा, "का बाबू केहूके अगोरतानीं का?"

"हाँ, एक जनी आवेके बाड़ें। उनहीं के अगोरतानीं।"

समय तेजी से भाग रहा था। मुझे सात बजे की ट्रेन पकड़नी थी। डॉक्टर साहब कभी भी अपने आवास पर लौट सकते थे। मैंने हिम्मत करके उस किसान की पत्नी से कहा,

"डॉक्टर साहब के घर में एक लड़की रहती है। मुझे उसे देखना है। क्या तुम मेरी मदद कर सकती हो?"

उसने अपनी असमर्थता जाहिर की, किन्तु तुरन्त आ रही एक दूसरी महिला की ओर संकेत करती हुई बोली, "ऊ चाहें त देखा सकेली।"

मैंने उस महिला से सब कुछ बता दिया और कहा कि मैं उस लड़की को देखने के लिए गोरखपुर से आया हूँ और सात बजे की गाड़ी से बनारस लौटना है।

उसने मुसकराते हुए कहा, "ई कवन बड़हन बाति बा? हम अब्बे देखा दे तानीं।" कहते हुए उसने मुझे अपने साथ चलने को कहा और जाकर डॉक्टर साहब के बँगले के पीछे का दरवाजा जोर-जोर से खटखटाने लगी।

फाटक खुला। एक चेहरा झाँका। जैसे घने बादलों के बीच से चाँद। उस महिला ने थोड़ी दूर पर चर रही मुर्गियों की ओर संकेत करते हुए कहा, "ए बहिनी, देखऽ तोहार मुर्गिया कुल हमार गेहूँ खा लेति बाड़ी।"

"हमारी नहीं हैं। हम लोग मुर्गी नहीं पालते हैं।" उसने दरवाजे के भीतर से ही जवाब दिया।

"अरे तनि बहरे आके देखऽ तऽ।" महिला भी हिम्मतवाली थी।

घटाओं को चीरकर चाँद बाहर आ गया था और मुर्गियों को निहारने लगा। मैं अपनी आँखों में वह सौन्दर्य भर लेना चाहता था। एकटक निहारता रहा। मृग-शावक सी चंचल उसकी नजरें अचानक मेरे ऊपर पड़ीं।

"एक मिनट सुनिएगा।" कहता हुआ मैं उसके करीब जाने लगा।

"भाभी! वही आदमी दुबारा आया है।" कहती हुई वह भीतर गई और बदले में उसकी भाभी बाहर आ गईं।

"कहिए, क्या बात है?"

"डॉक्टर साहब से मिलना है।"

"डॉक्टर साहब अस्पताल में हैं।" कहते हुए उन्होंने दरवाजा बन्द कर लिया।

लौटते समय मैंने उस महिला को दो रुपये ईनाम दिये, आभार जताया और पूछा,

"कइसन जोड़ी बा?"

"बबुआ, भगवान ब्रह्मा के भेजले बाड़ें।"

19 मई, 1977। सादे समारोह के साथ शादी सम्पन्न हो गई। उन दिनों शादी में लड़की की बिदाई अमूमन नहीं होती थी। मेरी भी नहीं हुई। इस दौरान हमारे बीच नियमित पत्राचार होता रहा। शायद कोई हफ्ता गुजरा हो जिसमें हमने एक दूसरे को चिट्ठियाँ न लिखी हों। पत्र लिखना, पत्र की प्रतीक्षा करना और पढ़कर उसका जवाब देना, बस यही दिनचर्या थी उन दिनों।

और आखिर गौना भी हो गया। सरोज के लिए उत्तरवाले कमरे में चारपाई डाल दी गई। दो ही कमरे थे। आगे-पीछे ओसारा और बीच में दालान। दालान में हमेशा चहल-पहल बनी रहती थी। लोग उसी रास्ते आते-जाते थे और हम भोजन भी वहीं करते थे। दक्खिनवाला कमरा राशन तथा खाने-पीने के सामान से भरा रहता था।

उन दिनों लोग रात के अँधेरे में चुपके से अपनी पत्नियों के पास जाते थे ताकि कहीं कोई देख न ले। किसी दम्पति को एक साथ लेटे हुए मैंने कभी नहीं देखा था। गौने के दिन मैं बाहर सोया था जीजा जी के साथ। जीजा जी ने बारह बजे के बाद दो तीन बार मुझे अपनी केहुनी से ठेला और घर में भेजने का प्रय़ास किया। हमारे आसपास कई रिश्तेदार सोये हुए थे। ओसारे में माँ थी और बहनें भी। दालान का दरवाजा ओठगाँ दिया गया था। उसे खोलकर अन्दर जाना था। माँ, बहनों और दूसरे रिश्तेदारों के बीच से होते हुए घर के भीतर जाने की हिम्मत मैं न कर सका। इस निर्लज्जता की दीवार को फाँदना मेरे लिये बहुत कठिन था। मैं न तो रातभर सो सका और न घर के भीतर दाखिल हो सका। भटक खुलने में मुझे हफ्तों लगा और निर्लज्ज बनने में महीनों।

हमारा भारतीय समाज भी विचित्र है। साधु-संन्यासी अमूमन रँडुआ या अविवाहित होते हैं और ब्रह्मचर्य की महिमा गाते रहते हैं जबकि उनके सारे आराध्य बीबी-बच्चेवाले हैं। भगवान विष्णु क्षीरसागर में लक्ष्मी के साथ विहार करते हैं, शिव, पार्वती के साथ हिमालय पर। राम जंगल में भी सीता को लेते गए और अनेक गोपिकाओं के साथ रास रचानेवाले कृष्ण तो सबसे निराले हैं। कई बीबियाँ हैं किन्तु प्रेम किया राधा रानी से।

हमें भी स्कूल की कक्षाओं में कीट-पतिंगों की प्रजनन-क्रिया के बारे में तो थोड़ा-बहुत पढ़ाया गया था किन्तु मानव जाति के इस सबसे महत्त्वपूर्ण पक्ष को गोपनीय रखा गया। मान लिया गया कि सब कुछ तो प्राकृतिक है। यौन शिक्षा की जरूरत ही क्या है? लोग सीख ही लेते हैं अपने-अपने अनुभवों से। अरे भाई, बच्चा पैदा होना भी तो प्राकृतिक है फिर गर्भ धारण करने के बाद से ही डॉक्टर के पीछे उसकी राय लेने क्यों दौड़ते रहते हैं?

बहरहाल, ब्रह्मचर्य के महत्त्व का पाठ पढ़ते हुए शादी न करने का जो संकल्प मैंने बचपन में ही ले लिया था उसका परिणाम यह हुआ कि लड़कियों से हमेशा दूरी बनाकर रहने लगा था। स्त्री-पुरुष के प्राकृतिक रिश्ते को समझने में मेरी धार्मिक आस्था ने शादी होने के समय तक मुझे बाधित किया।

सरोज से शादी का निर्णय लेते समय प्रेमचन्द की कहानी 'बड़े घर की बेटी' ने मेरी बहुत मदद की थी। मुझे अपने घर की दशा का भली-भाँति बोध था। इन्स्पेक्टर साहब को सिर्फ मेरे ऊपर भरोसा रहा होगा। किन्तु फौरी तौर पर उनकी बेटी को तो इसी गाँव के उस कमरे में गुजर करना था जिसमें बिजली की कौन कहे, कोई खिड़की तक न थी। सरोज का जन्म शहर में हुआ था और उनका अबतक का जीवन भी कानपुर, लखनऊ और झाँसी जैसे बड़े शहरों के सरकारी बँगलों में रहते हुए बीता था। शादी के बाद इस पिछड़े हुए गाँव में मेरे जैसे लड़के के साथ जो स्वभाव से भी संन्यासी हो, निभा पाना आसान था क्या?

शादी के कुछ महीने बाद ही मुझे स्थाई नौकरी मिल गई। 700-1600 का स्केल था। पहली सैलरी मिली 927 रुपये। किन्तु परिवार का सबसे वरिष्ठ सदस्य होने के नाते खर्च बहुत अधिक थे। दो छोटी बहनों की शादी और विश्वम्भर की पढ़ाई की जिम्मेदारी मेरे ही ऊपर थीं। मेरी ही तरह विश्वम्भर को छात्रवृत्ति आरम्भ से ही मिलने लगी थी और मेरी ही तरह वे भी मितव्ययी थे, इसीलिए उनकी पढ़ाई में अधिक खर्च नहीं होता था। किन्तु दोनों छोटी बहनें सयानी हो चुकी थीं और उनकी शादी की जिम्मेदारी मेरी थी। मैं अपनी सैलरी का बड़ा हिस्सा बहनों की शादी के लिए जमा करने लगा। इधर माँ भी बीमार रहने लगी थी और उसके इलाज में भी खूब खर्च हो रहा था। सरोज के भाग्य में कमाऊ पति तो था किन्तु उसकी कमाई से कोई लाभ नहीं था।

शादी हुई तो सरोज इंटर में पढ़ रही थीं। शादी के बाद बी.ए. किया, बी.टी.सी. किया और सरकारी प्राइमरी स्कूल में टीचर बनीं। और इस तरह जब खुद कमाने लगीं तो नौकरी छोड़कर मेरे साथ कलकत्ता आ गईं। केवल पाँच साल तक नौकरी कर पाई थीं। निदा फाज़ली का कहना है, "कभी किसी को मुकम्मल जहाँ नहीं मिलता।"

शादी के एक साल बाद ही मेरे बड़े बेटे का जन्म हुआ। गाँव में सुविधाएँ बिलकुल नहीं थीं। सरोज को बड़हलगंज लाना पड़ा किन्तु जन्म के कुछ दिन बाद फिर से सरोज को गाँव जाना पड़ा और अगले कई वर्षों तक गाँव आना-जाना जारी रहा।

आज हमारी शादी के सैंतालीस साल हो चुके हैं। सरोज से शादी और शादी के बाद सरोज से ही प्यार। मन आज तक न भरा न बहका। किसी अन्य लड़की से प्यार की कौन कहे मुझे किसी ने कभी आकर्षित तक न किया। हम आपस में खूब लड़ते भी हैं और एक दूसरे पर जान भी छिड़कते हैं। शादी से पहले न तो हम एक दूसरे की रुचियाँ समझ सके थे और न एक दूसरे के स्वभाव। हमें नियति ने मिला दिया था। बुजुर्गों ने एक डोर में बाँध दी और हम आज तक उसी डोर में बँधे हुए हैं। वे लोग अवश्य भाग्यशाली होते हैं जिनके जीवन-साथी समान विचारों और समान रुचियोंवाले मिल जाते हैं। जैसे कार्ल मार्क्स-जेनी मार्क्स, ज्योतिबा फुले-सावित्रीबाई फुले, महात्मा गांधी-कस्तूरबा गांधी, गोपराजू रामचन्द्र राव-सरस्वती गोरा, जयप्रकाश नारायण-प्रभावती देवी आदि। किन्तु इस तरह के जोड़े अपवाद होते हैं। हम जैसे सामान्य लोग प्यार के बल पर एक दूसरे के साथ एडजस्ट करके ही काम चला लेते हैं।

अपने अध्ययन और अनुभव के क्रम में मैं स्वयं अपने को बदलता हुआ पाता हूँ, विचार और आचरण दोनों ही रूपों में। जब तक मैं धर्मभीरु था तब तक सरोज के प्रति मेरा दृष्टिकोण पितृसत्तात्मक अधिक था। अधिकारबोध अधिक था। किन्तु, जब मार्क्सवाद से परिचित हुआ तो धीरे-धीरे उनके प्रति दृष्टिकोण बदलता चला गया। रवैया दोस्ताना हो गया। धर्म हमें औरत के प्रति एकनिष्ठ तो बनाता है किन्तु उससे ज्यादा वह औरत से अपेक्षा भी रखता है। जहाँ भी धार्मिक कट्टरता है वहाँ औरत की दशा ज्यादा दयनीय है। इस्लामिक देशों में दशा और भी खराब है। तालिबानों ने उन्हें पालतू जानवर बना दिया है। मार्क्सवाद से परिचित होने के बाद ही मैं 'नारी का मुक्ति संघर्ष' लिख सका।

अपने अनुभवों के आधार पर आज मैं कह सकता हूँ कि प्रेम-विवाह ही जीवन साथी चुनने का सर्वाधिक उपयुक्त तरीका है किन्तु उसमें माता-पिता और परिवार के वरिष्ठ जनों की सहमति भी आवश्यक है। प्रौढ़ व्यक्तियों का प्रेम ही स्थाई हो सकता है। प्रेम अनायास ही नहीं होता। एक दूसरे के सम्पर्क में आने, साथ रहने, एक दूसरे की रुचियों को जानने-समझने से प्रेम होता है। जाहिर है प्रेम-विवाह में जाति-धर्म के बन्धन बाधक नहीं होने चाहिए। जिस समाज में ये बाधक हैं वह समाज पिछड़ा है और ऐसी बाधाओं का मुकाबला करना किसी भी प्रेमी जोड़े के लिए बहुत कठिन होता है। इसलिए इससे बचना ही समझदारी है। प्रेम ही सब कुछ नहीं है जीवन में। फैज़ ने सही कहा है, "और भी दुख है जमाने में मोहब्बत के सिवा।"

गँवई कलम का तेवर

गँवई मन ऐसे खेत की तरह होता है जिसमें मौसम के हिसाब से कोई भी फसल बो दीजिए, अंकुर निकल आएँगे। बाद में उसकी देख-रेख करते रहिए, फसल लहलहाती रहेगी। मेरे अपने गाँव में बीस-पचीस साल पहले तुलसी की कंठी पहननेवाले वैष्णवों की भरमार थी। आजकल बुद्ध के अनुयायी और कबीरपन्थी अधिक हैं। कुछ भक्त मौसमी होते हैं। दुर्गापूजा के समय शक्ति के पुजारियों की संख्या बढ़ जाती है और छठ पूजा के समय सूर्य के उपासकों की। जयगुरुदेव के अनुयायी रामवृन्द भी आए दिन 'सत्संग' में शामिल होकर 'ज्ञान' के किसी नये पाठ के साथ लौटते हैं।

जीवन और जगत की नश्वरता का पाठ पढ़ते हुए ही मैं बड़ा हुआ था। भौतिक उपलब्धियों की आकांक्षा वहीं तक थी जहाँ तक कबीर का सुझाव था, "साईं इतना दीजिए, जामें कुटुंब समाय...।" इधर जब गाँव में पुस्तकालय भवन के निर्माण का कार्य आरम्भ हुआ तो एक दिन रामवृन्द ने मुझे प्रोत्साहित करते हुए कहा, "पैसा तो लगेगा किन्तु इस भवन से आपके यश में चार चाँद लग जाएगा।"

वे भी बहुतों की तरह शायद मेरी 'बेवकूफी' पर व्यंग्य कर रहे थे।

"लेकिन यश के लिए तो मैं यह कर नहीं रहा हूँ। मेरा उद्देश्य तो अपने उस गाँव का विकास है जिससे मैं प्रेम करता हूँ।"

"वह तो होगा ही, लेकिन यश भी बढ़ेगा। आप नहीं रहेंगे तब भी आपका नाम-यश कायम रहेगा।"

"लेकिन उस यश से मुझे क्या मिलेगा?"

"यश मिलेगा, नाम होगा, प्रतिष्ठा मिलेगी और क्या?"

"मुझे कैसे पता चलेगा कि मेरा यश फैल रहा है? मैं तो मर चुका होऊँगा। गांधी जी को क्या पता है कि उनका यश खूब फैला हुआ है और उन्हें भुलाने की तमाम कोशिशें नाकाम हो रही हैं?"

रामवृन्द मेरा मुँह देखने लगे। उन्हें कोई जवाब नहीं सूझ रहा था। थोड़ा ठहरकर उन्होंने कहा,

"आपकी आत्मा को शान्ति मिलेगी, सुकून मिलेगा।"

"किन्तु आपकी मान्यता के अनुसार आत्मा तो परमात्मा में मिल चुकी होगी या उसका दूसरा जन्म हो चुका होगा या वह स्वर्ग या नरक में जा चुकी होगी और जहाँ तक मेरा सवाल है, मैं तो आत्मा को मानता नहीं। मैं विज्ञान का कहा मानता हूँ और विज्ञान कहता है कि मरने के बाद मनुष्य का सब कुछ खत्म हो जाता है, जिसे आप आत्मा कहते हैं वह भी।" रामवृन्द गम्भीर हो गए। मैंने अपनी बात जारी रखी।

"जैसे धन-दौलत सब यहीं छूट जाता है वैसे ही यश भी। यश भी धन-दौलत की तरह भौतिक सम्पत्ति है। जैसे धन के लोभी धन कमाने के लिए तरह-तरह के छल-प्रपंच, लूट-खसोट और बेईमानी का सहारा लेते हैं वैसे ही यश के लोभी भी यश के लिए वही सारे कुकर्म करते हैं।"

अब रामवृन्द के पास कोई जवाब नहीं था। लेकिन जयगुरुदेव की जमात में मगन रहनेवाले रामवृन्द पाप-पुण्य और स्वर्ग-नरक में आस्था से भला कैसे मुक्त हो सकते थे? उन्हें भला कैसे हजम हो सकता था कि कोई व्यक्ति परलोक की चिन्ता किये बगैर परहित का काम कर सकता है? उन्होंने आश्वस्ति भाव से कहा, "अच्छा, इतने पुण्य का काम जो कर रहे हैं, वह तो मिलेगा ही।"

"पुण्य पर इतना जोर क्यों दे रहे हैं? क्या अपने परिवार की देखभाल आप पुण्य-लाभ के लिए करते हैं? क्या अपने गाँव-जवार के हित की बात सोचने के पीछे भी पुण्य का स्वार्थ जुड़ा रहता है? ऐसा नहीं है। प्रेम करना, करुणा और दया करना मनुष्य का स्वभाव है। किसी दुर्घटना में घायल होकर छटपटाते हुए व्यक्ति को जब दौड़कर आप उठाते हैं, उसे सहलाते हैं, डॉक्टर तक पहुँचाते हैं तो क्या उस वक्त आपके मन में पुण्य-लाभ पाने की प्रेरणा काम करती है? बिलकुल नहीं। आपकी मनुष्यता आपको यह सब करने के लिए विवश कर देती है। मनुष्य और जानवर में यही तो फर्क है। हमारे किसी काम से हमारे गाँव-जवार के लोगों को सुख मिलना क्या! हमारे सुख के लिए काफी नहीं है?"

रामवृन्द के गले कुछ नहीं उतरा। चलते-चलते हम उस गली की मोड़ तक पहुँच चुके थे जहाँ से उनके घर की ओर रास्ता फूटा था। मुझे भी देर हो रही थी। नाश्ता करने में जिस दिन विलम्ब हो जाता था उस दिन कुछ न कुछ व्यवधान भी जरूर आ जाता था। मैंने नमस्ते किया और अपने घर की राह ली।

❑

स्कूल के दिनों से ही कविता में हाथ आजमाने लगा था। ओजस्वी कविताएँ लिखने और उसी अन्दाज़ में पढ़ने के लिए मशहूर हो चुका था। महफिल जमने लगी थी। गजल, गीत और कविताएँ पत्र-पत्रिकाओं में खूब छप भी रही थीं। कविता लिखने का भ्रम तब टूटा जब चुनी हुई और ज्यादातर प्रकाशित हो चुकी अपनी पचास कविताओं का संग्रह छपवाने के लिए तैयार कर लिया और उसे प्रख्यात आलोचक शिवकुमार मिश्र को इस आग्रह के साथ भेज दिया कि वे निर्मम होकर अपनी प्रतिक्रिया हमें दें। शिवकुमार जी ने बड़े ध्यान से मेरी कविताएँ पढ़ीं और लगभग चार पृष्ठों में अपनी लम्बी प्रतिक्रिया 10 अक्टूबर, 2001 को लिख भेजी। उनकी प्रतिक्रिया का अन्तिम अंश इस तरह है,

"अमरनाथ के गीतों-ग़ज़लों-कविताओं से होकर गुजरते समय मुझे बराबर अहसास हुआ है कि उनके पास कहने को बहुत कुछ है और विविध प्रकार का है। गाँव-घर से लेकर उनकी दृष्टि ने विश्व परिदृश्य तक को समेटा है। अनुभव-संवेदन भी उनके बहुआयामी हैं, निजी भी और देश-दुनिया के भी। वे निजी प्यार पर भी लिखते हैं और साम्राज्यवादी युद्धों पर भी, साम्प्रदायिक दंगों पर भी। उनके पास अनुभव-संवेदनों और बाहरी यथार्थ को देखे-सुने और अनुभव किये गए की एक अच्छी खासी पूँजी है, उन्नत विचार हैं, प्रशस्त संवेदना है और साफ-सुथरी सोच है। कुछ हड़बड़ी भी उनमें है—सब कुछ को एक बार में ही कहने, उँड़ेल देने की। जिसे रचनात्मक धीरज कहा जा सकता है, उसके बिना इस हड़बड़ी को रोकना मुमकिन नहीं है। जरूरत आवश्यक और अनावश्यक में फर्क करने और आवश्यक को ही चुनने की है, जिसके लिए रचनाकार का अपना रचनात्मक विवेक भी खरा होना चाहिए। अनन्तर इसके जरूरी है शब्द की साधना—सही शब्द, सही जगह पर सही शब्द रखने की समझ, अभिव्यक्ति के दूसरे माध्यमों का उपयोग, भाषा की व्यंजकता और लाक्षणिकता तथा अनुभव को रूप में ढालने की क्षमता। बड़े से बड़े कवि भी कविता की इन सारी जरूरतों को पूरा नहीं कर पाते। वह जितना कर पाते हैं उतने ही बड़े कवि के रूप में हमें याद रहते हैं। अमरनाथ शर्मा की कविताएँ पढ़ते समय यह सब लिखना इस नाते भी जरूरी लगा कि उनकी सम्भावनाओं में फलश्रुति तक जाने की क्षमता है—जरूरत रचनात्मक धैर्य और अभिव्यक्ति के माध्यमों को माँजने-निखारने की है। गीत है, ग़ज़ल है तो उसमें लय और तरन्नुम बना रहना चाहिए। उन्हें टूटना-खंडित नहीं होना चाहिए। शब्द प्रयोग भी सावधानी से होना चाहिए-चुस्त दुरुस्त। छन्द सधा होना चाहिए। अमरनाथ के गीतों और ग़ज़लों में सर्वत्र ऐसा नहीं है-उन्हें इस ओर ध्यान देना चाहिए। कविताएँ आवश्यक-अनावश्यक के निर्णय में दुविधा के नाते अधिकतर लम्बी होती चली गई हैं, विवरण-प्रधान हो उठी हैं।

उन्हें प्रभाव-सघन कराने के लिए, रूप में अनुभव और विचारों को ढालने के लिए अमरनाथ के कवि को और भी गम्भीर होने की जरूरत है।

यदि अमरनाथ के कवि में सम्भावनाएँ न होतीं, अनुभव-संवेदनों की विशद पूँजी न होती, सोच और समझ की पारदर्शिता और खुलापन न होता, हिन्दी-उर्दू दोनों भाषाओं पर एक जैसा अधिकार न होता और अपनी भाषा और उसकी सर्जकता के प्रति उनमें गहरी संसक्ति न होती, मैं उनकी सर्जना के बारे में गहन आशंसा ही व्यक्त करता, उन्हें उधेड़ता नहीं। मैंने उसे उधेड़ा है, इसलिए कि मुझे उनकी सर्जनात्मक निष्ठा ने, उनके पास जो कुछ है उसने प्रभावित भी किया है। इस 'जो कुछ' में गँवई-गाँव के मन की पारदर्शिता है, जो उनके कुछ प्रकृति-चित्रों में दीख पड़ती है, उनकी निगाह का वह पैनापन है जिसके चलते कलकत्ते के संकुल जीवन और उस जीवन की आपाधापी और भागदौड़ के कुछ सजीव चित्र, इस जीवन में घिरे लोगों की मनोदशाएँ, महानगरों की सतही भव्यता और आभिजात्य के भीतर पलती विकृतियाँ तथा छद्म उजागर हुआ है। अमरनाथ की कुछ कविताएँ एकदम अनौपचारिक शैली में सीधे लोक को सम्बोधित करती हैं और उसे उसके अन्तरंग जीवन और आसपास के यथार्थ से परिचित कराती हैं। कुछ कुछ नजीर अकबराबादी की शैली में रची कविताएँ बड़े श्रोता समाज में लोकप्रियता की कसौटी में खरी उतरेंगी, ऐसा मेरा विश्वास है।

अपने समय की गतिविधियों के प्रति पूरी तरह से जागरूक अमरनाथ शर्मा के कवि से मेरी उम्मीद है कि आगे वह उन तमाम सम्भावनाओं की फलश्रुति के साथ हमसे मुखातिब होंगे, जो उनकी इन कविताओं में विद्यमान है।"

किन्तु मैं दोबारा अपनी कविताओं के साथ उनके समक्ष मुखातिब न हो सका। प्रतिक्रिया पढ़ने के बाद मैंने अपने काव्य-संग्रह के प्रकाशन का इरादा तो छोड़ा ही, कविता लिखना भी लगभग छोड़ दिया और हिन्दी-हित के साथ-साथ आलोचना के सरोवर में ऐसा डूबा कि उसी के जल में सुकून मिलने लगा। भूल गया कि मैं कभी कविताएँ भी लिखा करता था।

धीरे-धीरे समझ में आया कि आलोचना लिखना आज सबसे चुनौतीपूर्ण और अनुपादेय कार्य है। कविता, कहानी की तरह कहीं भी एकान्त में बैठकर आप नहीं लिख सकते आलोचना। आलोचना लिखने के लिए किताबें चाहिए, धैर्य चाहिए, अध्ययन की गहराई और व्यापकता चाहिए और रचनाकारों द्वारा नासमझी के आरोप झेलने की क्षमता चाहिए। हर रचनाकार अपने को महान समझता है और आलोचक से अपेक्षा करता है कि वह भी उसे प्रेमचन्द, निराला, मुक्तिबोध और नागार्जुन की श्रेणी में शामिल कर ले। लोग आलोचक को अपना प्रचारक समझते हैं।

अकारण नहीं है कि इतना श्रमसाध्य होने के बावजूद आलोचक के खाते में कोई ढंग का पुरस्कार तक नहीं है।

❑

"हिन्दी आलोचना की पारिभाषिक शब्दावली" धुआँधार बिक रही थी। ई-बुक के अलावा उसके पेपरबैक और हार्डबाउंड के छह संस्करण आ चुके थे। इधर भोजपुरी और राजस्थानी को संविधान की आठवीं अनुसूची में शामिल करने की माँग जोरों पर थी। रघुवंश प्रसाद सिंह, प्रभुनाथ सिंह, अली अनवर अन्सारी, संजय निरूपम, जगदम्बिका पाल, अर्जुनराम मेघवाल, मनोज तिवारी, शत्रुघ्न सिन्हा, रवि किशन जैसे सांसद बार-बार संसद में इसकी माँग कर चुके थे। गृहमंत्री राजनाथ सिंह आनेवाले संसद के सत्र में भोजपुरी और राजस्थानी को संविधान की आठवीं अनुसूची में शामिल करने का आश्वासन दे चुके थे। बिहार, उत्तर प्रदेश, छत्तीसगढ़ और राजस्थान में कई सांस्कृतिक संगठन भी इस माँग के साथ सुर में सुर मिला रहे थे।

अपनी मातृभाषा हिन्दी को अपनी आँखों के सामने बिखरते देखना सहा नहीं गया। मैथिली के अलग होने का दंश अभी कम नहीं हुआ था। मैंने खुद अपनी सारी पढ़ाई-लिखाई छोड़कर हिन्दी को बिखरने से बचाने के लिए इन लोगों की माँग के विरोध में उतर पड़ा और हिन्दी-परिवार को संगठित रखने के उद्‍देश्य से देशभर में घूम-घूमकर विश्वविद्यालयों के शिक्षकों, छात्रों और जिम्मेदार नागरिकों को सचेत और संगठित करने लगा। कलकत्ता के 'अपनी भाषा' के सदस्यों को साथ लेकर हमने 'हिन्दी बचाओ मंच' का गठन किया और उसके बैनर के नीचे देश-विदेश में घूमकर पर्चे बाँटे, हस्ताक्षर अभियान चलाया, प्रेस कॉन्फ्रेंस किया, दिल्ली के जन्तर मन्तर तथा कलकत्ता विश्वविद्यालय के गेट पर धरना-प्रदर्शन किया, गृहमंत्री राजनाथ सिंह, संयुक्त सचिव, भारत सरकार तथा पश्चिम बंगाल के राज्यपाल केशरीनाथ त्रिपाठी से मिलकर बातें कीं, अनुरोध किया और पत्र दिये। 18 दिसम्बर, 2016 को मैंने अपने फेसबुक पर लिखा, "हिन्दी हमारी माँ है। हम जीते जी अपनी माँ के अंग कटने नहीं देंगे। आइए, हम सभी संकल्प लें कि जब तक यह प्रस्ताव वापस नहीं होता, हम हर मोर्चे पर लड़ेंगे, जो जहाँ भी हों, जिस रूप में हों, अपनी भाषा रूपी माँ से प्रेम है तो आगे बढ़िए, लिखिए, नारे लगाइए, जुलूस निकालिए, बहस कीजिए, हर तरह से अपनी क्षमतानुसार संघर्ष कीजिए। बँगलादेशी जनता की तरह अपनी भाषा बचाने के लिए हर कुर्बानी देने के लिए तैयार हो जाइए। समय की यही माँग है। अब चुप बैठकर प्रतीक्षा करने का वक्त नहीं है।

ये स्वार्थान्ध लोग इतना भी नहीं समझते कि छोटी-छोटी नदियों के जल से गंगा में प्रवाह बनता है। यदि इन सबका जल रोक देंगे तो गंगा सूख जाएगी चाहे उसकी जितनी भी सफाई कर लो।"

सुधी जनों ने हमारी बातें सुनीं। लगभग डेढ़ वर्ष तक चले हमारे उस आन्दोलन का ही परिणाम था कि यह मुद्दा ठंडे बस्ते में डाल दिया गया। इस आन्दोलन का लेखा-जोखा 'हिन्दी बचाओ मंच का एक साल' नामक पुस्तक में संकलित है जिसका सम्पादन, आन्दोलन की एक योद्धा शची मिश्र ने किया है। इस आन्दोलन के कारण उन दिनों मेरी प्रतिष्ठा एक सच्चे हिन्दी-हितैषी के रूप में हो चुकी थी।

इन्हीं दिनों केन्द्रीय हिन्दी संस्थान ने पुरस्कार देने के लिए विज्ञापन प्रकाशित किया और लेखकों से आवेदन-पत्र माँगे। संयोग से उन दिनों केन्द्रीय हिन्दी संस्थान के निदेशक प्रो. नन्दकिशोर पांडेय थे और उपाध्यक्ष थे प्रो. कमलकिशोर गोयनका। इन्हीं दिनों मेरे सहपाठी मित्र प्रो. सुरेन्द्र दुबे भी बुन्देलखंड विश्वविद्यालय के कुलपति बने। 'हिन्दी बचाओ मंच' के आन्दोलन में इन तीनों विद्वानों का भरपूर समर्थन मिला था।

अवसर अनुकूल देखकर मेरे जैसे निर्लिप्त व्यक्ति के मन में भी पुरस्कृत होने की कामना कुलबुलाने लगी। मैंने मित्रों से राय ली और केन्द्रीय हिन्दी संस्थान के सुब्रह्मण्य भारती पुरस्कार के लिए आवेदन भेज दिया।

❑

4 मार्च, 2017। मार्निंग वाक से लौटा तो पुरस्कार-निर्णायक समिति के एक विशिष्ट सदस्य का मिस काल था। बैक कॉल किया तो उधर से बड़े उमंग के साथ उन्होंने कहा, "बधाई डॉक्टर साहब। बड़ी खुशी की खबर है। सबेरे-सबेरे आपको बताने का लोभ संवरण नहीं कर सका। सुब्रह्मण्य भारती पुरस्कार आपको देने का निर्णय हुआ है। सिर्फ मंत्री जी का हस्ताक्षर होना बाकी है।"

मैंने हृदय से उनके प्रति आभार जताया। कुछ देर बाद ही मेरे एक अन्य मित्र का भी फोन आया। उन्होंने भी गर्मजोशी से बधाई दी और मेरे झाँसी जाने के कार्यक्रम की जानकारी चाही। इसी हफ्ते मुझे राष्ट्रीय संगोष्ठी में हिस्सा लेने झाँसी जाना था।

पुरस्कार की औपचारिक घोषणा मंत्री जी के हस्ताक्षर के बाद होनी थी इसलिए सार्वजनिक घोषणा होने तक इसकी गोपनीयता बरकरार रखनी थी।

उसी दिन शाम को फेसबुक पर बनारस के प्रो. सदानन्द शाही ने पोस्ट डाली जो शची मिश्रा को सम्बोधित थी। उन्होंने लिखा,

"शुची मिश्रा जी, खबर है भोजपुरी विरोध के लिए आपके मित्र बड़ी राशि से पुरस्कृत हो रहे हैं।"

"इस सुखद खबर में मेरा गलत नाम भी चलेगा सदानन्द जी, कृपया इन्बॉक्स में ही सही, उनका नाम बता दें जिससे मैं उन्हें बधाई दे सकूँ।" शची मिश्रा की प्रतिक्रिया थी।

किन्तु प्रो. सदानन्द शाही ने इसके आगे कुछ नहीं लिखा। मैं भी अगले तीन दिन तक पुरस्कृत होने के आनन्द-सागर में डुबकी लगाता रहा।

❑

बुन्देलखंड विश्वविद्यालय के कुलपति और अपने सहपाठी मित्र प्रो. सुरेन्द्र दुबे के आवास पर उनके साथ जब मैं सायंकाल भोजन कर रहा था तभी मुझे यह भी सूचना मिली कि वह पुरस्कार मुझे नहीं मिल पाएगा क्योंकि मंत्री जी को मेरे नाम पर आपत्ति है और उन्होंने उस फाइल पर हस्ताक्षर करने से मना कर दिया है।

सन्तोष के लिए मुझे यह भी बताया गया कि वास्तव में यह पुरस्कार अहिन्दी क्षेत्र में हिन्दी का प्रचार करनेवाले किसी अहिन्दी भाषी लेखक को ही दिया जाता है, हिन्दी भाषी को नहीं। तर्क सुनकर मैं हँसने लगा। क्या ब्रजेश्वर वर्मा, देवेन्द्रनाथ शर्मा, शिवमंगलसिंह सुमन, कल्याणमल लोढ़ा, कमला प्रसाद, विजेन्द्र नारायण सिंह, निर्मला जैन, अजित कुमार, सुधीश पचौरी, नन्दकिशोर नवल, नित्यानन्द तिवारी, दिलीप सिंह, विष्णुचन्द्र शर्मा, कृष्णदत्त पालीवाल आदि हिन्दी भाषी नहीं हैं जिन्हें यह पुरस्कार मिल चुका हैं? किन्तु कहा कुछ नहीं।

पुरस्कार मिलने की कुछ बधाइयाँ मुझे मिल चुकी थीं इसलिए थोड़ा मायूस जरूर हुआ। इस पुरस्कार को लेकर मैं पूरा आश्वस्त था। परिस्थितियाँ भी पूरी तरह मेरे अनुकूल थीं। केन्द्रीय हिन्दी संस्थान के तत्कालीन निदेशक प्रो. नन्दकिशोर पांडेय मेरा बहुत सम्मान करते थे। मैं राजीव गांधी विश्वविद्यालय, ईंटानगर की उस चयन समिति में विषय-विशेषज्ञ रह चुका था जिसके द्वारा प्रोफेसर पद पर डॉ. पांडेय की नियुक्ति हुई थी। पुरस्कार हेतु मेरे नाम का प्रस्ताव भी पद्मश्री डॉ. कृष्णबिहारी मिश्र ने किया था। अनुशंसा करते हुए उन्होंने लिखा था,

"कलकत्ता विश्वविद्यालय के आचार्य डॉ. अमरनाथ हिन्दी के प्रख्यात पंडित एवं लेखक आचार्य रामचन्द्र तिवारी के कृती छात्र हैं। उन्हीं के विचक्षण निर्देशन में डॉ. अमरनाथ जी ने अनुशीलन कर्म का अनुशासन अर्जित किया और अपने कार्य से हिन्दी को समृद्धि दी। अपनी पीढ़ी के अध्येताओं में विशिष्ट पहचान बनाई।

'अपनी भाषा' नामक प्रसिद्ध संस्था और लगभग एक दर्जन पुस्तकों की रचना कर वे बंगाल में प्रवास करते हुए पूरे देश में प्रतिष्ठित विद्वान के रूप में सम्मानित हैं। मेरे विवेक का आग्रह है कि डॉ. अमरनाथ जी के उल्लेख्य अवदान के आधार पर सुब्रह्मण्य भारती पुरस्कार से सम्मानित किया जाना चाहिए।"

मैंने गीता का स्मरण किया, "सुख दुखे समे कृत्वा लाभालाभौ जया जयौ..." और अपने कमरे में आकर लेट गया। याद करने लगा उस दिन को जब पुरस्कार के लिए प्रस्तावक-पत्रक भर रहा था और उसे लेकर स्वयं कृष्णबिहारी मिश्र के पास गया था। कितना अपमानजनक लगता है पुरस्कार के लिए स्वयं अपने को ही प्रस्तुत करना। मैंने उसी रात प्रतिज्ञा कर ली कि भविष्य में कभी किसी पुरस्कार या सम्मान के लिए प्रयास नहीं करूँगा।

अपने पर मुझे तरस आने लगी। पुरस्कार की लालसा कहाँ से जग गई थी मेरे भीतर? मिल गया होता तो क्या आज मैं अपनी कलम के प्रति इतना ईमानदार रह पाता? क्या किसी अगले अधिक बड़े पुरस्कार के लिए समझौते नहीं करता? अपने कई आदरणीयों को पुरस्कार की लालच में कदम-दर-कदम समझौते करते हुए मैंने देखा है, उन पर तरस खाई है और उन्हें सारा पुरस्कार यहीं छोड़कर खाली हाथ दिवंगत होते हुए भी देखा है।

बाद में मुझे यह भी पता चला कि बंगाल के ही एक हिन्दी प्रोफेसर ने मंत्री महोदय तक सन्देश पहुँचाया था कि, "अमरनाथ तो वामपन्थी विचारधारा के हैं उन्हें यह पुरस्कार कैसे दिया जा रहा है?"

उस दिन झाँसी में काफी रात तक मुझे नींद नहीं आई थी। किन्तु आज यह लिखते समय परम सुख और सन्तुष्टि का अनुभव कर रहा हूँ। आज लगता है कि उस पुरस्कार का न मिलना ही मेरे लेखन का सच्चा पुरस्कार है।

पुरस्कारों से किसी का कद नहीं बढ़ता। हाँ, उसकी थोड़ी चर्चा जरूर हो जाती है। गांधी को नोबेल पुरस्कार नहीं मिला तो उनका महत्त्व घट गया क्या? निराला, मुक्तिबोध, फणीश्वरनाथ रेणु, धर्मवीर भारती, राजेन्द्र यादव जैसे साहित्यकारों को साहित्य अकादमी पुरस्कार नहीं मिला और ऐसे बहुतों को मिला है जिन्हें जनता याद भी नहीं करती। अपने लिखे और किये पर मेरी अपनी सन्तुष्टि क्या पर्याप्त नहीं? हिन्दी के हित में किये गए मेरे कार्य क्या यूँ ही भुला दिये जाएँगे? हिन्दी आलोचना के इतिहास में मेरे योगदान को क्या रेखांकित नहीं किया जाएगा? रेखांकित न करनेवाले अपना ही नुकसान करेंगे। मेरा क्या? मेरा तो सब कुछ जिन्दगी के साथ है, जिन्दगी के बाद कुछ भी नहीं।

कट्टर हिन्दुत्व के आग्रही मेरे एक मित्र को एक प्रतिष्ठित संस्थान का मुखिया मनोनीत किया गया। संस्थान की ओर से हर साल दर्जनों लेखक पुरस्कृत किये जाते थे। हमारे मित्र ने बताया कि उन्होंने पुरस्कारों की संख्या और धनराशि भी दोगुनी करने के लिए एक प्रस्ताव सरकार के पास भेजा था जो स्वीकृत हो गया। सुनकर पहले तो मुझे खुशी हुई कि अब हिन्दी के कुछ अधिक लेखक पुरस्कृत हो सकेंगे। उन्हें कुछ आर्थिक लाभ भी हो जाएगा। किन्तु बाद में जब उस वर्ष के पुरस्कृत लेखकों की लिस्ट जारी हुई तो माथा ठनका। यह 'अपनों' को पुरस्कृत करने के लिए जनता के धन का सीधे-सीधे दुरुपयोग था। मेरी मान्यता इस सिद्धान्त के प्रति दृढ़ हो गई कि लेखकों को सरकारी पुरस्कार मिलने ही नहीं चाहिए। एक ईमानदार और सच्चे लेखक की नजर प्रेमचन्द और निराला की तरह हमेशा जन सामान्य के साथ दबे-कुचले लोगों के प्रति हमदर्द की होती है और वह शासक वर्ग के प्रति आलोचनात्मक दृष्टिकोण रखता है। सरकार से मिलनेवाले पुरस्कार, साहित्यकार को जनता के प्रति नहीं, व्यवस्था के प्रति निष्ठावान बनाते हैं।

दुनिया में लेखकों को अपने लेखन के लिए क्या-क्या नहीं झेलना पड़ा है? जेल, देश-निकाला, नजरबन्दी और मौत की सजा तक। हिटलर के जमाने में न जाने कितने लेखकों को जान गँवानी पड़ी थी, कितनों को देश छोड़कर भागना पड़ा था। लगातार दो वर्ष तक एक ही मकान में छिपकर रहते हुए तेरह-चौदह वर्ष की लड़की ऐनी फ्रैंक की डायरी पढ़कर मुझे लगा कि यदि वह लड़की जिन्दा बच पाती और उसे लिखने का अवसर मिल पाता तो दुनिया का कोई भी पुरस्कार उसके लिए छोटा पड़ जाता। इतनी कम उम्र में उस लड़की ने जीवन के प्रति अपने जिस दृष्टिकोण, समझ, अध्ययन और कल्पनाशीलता का परिचय दिया है, वह अद्भुत है। महान रूसी साहित्यकार सोल्झेनिस्तिन के जेल अनुभव तानाशाह स्तालिन के दमन के गवाह हैं।

लिखने के कारण ही कार्ल मार्क्स को अपना वतन छोड़कर पराए देशों में शरण लेनी पड़ी थी। ओ हेनरी, आस्कर वाइल्ड, क्रिस्टोफर मार्लो, मार्टिन लूथर किंग जूनियर, दोस्तोयेव्स्की जैसे न जाने कितने लेखकों को अपने जीवन के अनमोल दिन जेल की सलाखों के भीतर गुजारने पड़े। भारत में भी 'पयामे आजादी' के सम्पादक अजीमुल्ला खाँ को अन्तिम दिन जान बचाने के लिए नेपाल के जंगलों में दर-दर की ठोकरें खानी पड़ीं और उन्हीं जंगलों में प्राण गँवाने पड़े। बहादुर शाह जफर को रंगून में दफन होना पड़ा। 'देहली उर्दू अखबार' के सम्पादक मौलवी मुहम्मद बाकर को 1857 में देहली दरवाजे के सामने हडसन के आदेश से गोली मार दी गई। पं. नेहरू ने 'डिस्कवरी ऑफ इंडिया', राहुल सांकृत्यायन ने

‘दर्शन दिग्दर्शन’ और माखनलाल चतुर्वेदी ने प्रसिद्ध कविता ‘पुष्प की अभिलाषा’ जेल की सलाखों में रहकर लिखी। सुभद्राकुमारी चौहान 17 साल की उम्र में अपने नाटककार पति लक्ष्मण सिंह के साथ जेल गई थीं। प्रख्यात कथाकार यशपाल की तो शादी ही जेल में हुई थी। प्रेमचन्द को लिखने के लिए अपना नाम बदलना पड़ा और सरकारी नौकरी छोड़नी पड़ी। आज भी एम.एम. कलबुर्गी, नरेन्द्र दाभोलकर और गौरी लंकेश को लिखने के बदले गोलियाँ खानी पड़ीं, वरवर राव के जीवन का बड़ा हिस्सा जेल में ही कटा और बँगलादेशी लेखिका तसलीमा नसरीन आज भी अज्ञातवास में जीवन गुजार रही हैं।

❑

कलकत्ता विश्वविद्यालय में ज्वायन करने से पहले मेरी तीन किताबें प्रकाशित हो चुकी थीं और मैं जनवादी लेखक संघ की राष्ट्रीय समिति का सदस्य मनोनीत हो चुका था। कलकत्ता आने के बाद जलेस की राज्य इकाई में विभिन्न पदों पर रहकर सक्रिय योगदान देने लगा। देश की सबसे समृद्ध इकाई पश्चिम बंगाल की ही थी।

पटना में 12-14 सितम्बर, 2003 को आयोजित होनेवाले छठें राष्ट्रीय सम्मेलन की तैयारी चल रही थी। “जनवादी लेखक संघ” का उर्दू नाम “अंजुमन जम्हूरियत पसन्द मुसन्नफीन” रखने का प्रस्ताव हुआ था। तर्क था कि जब जनवादी लेखक संघ हिन्दी और उर्दू दोनो भाषाओं के साहित्यकारों का संगठन है तो नाम भी दोनो भाषाओं में होना चाहिए। मैंने प्रस्ताव का विरोध करते हुए कहा कि ऐसा कौन सा उर्दू लेखक है जो “जनवादी लेखक संघ” का अर्थ नहीं समझ सकता कि उसके लिए इस तरह का फारसीनिष्ठ नाम रखना जरूरी है? यदि उर्दू में लिखना जरूरी है तो जनवादी लेखक संघ को फारसी लिपि में लिख लीजिए जिसमें उर्दू के लिखे जाने का चलन है।

मैंने देखा कि मेरे तर्कसंगत विरोध को वहाँ नजरन्दाज किया गया और पटना के राष्ट्रीय अधिवेशन में पास कराने के लिए उक्त प्रस्ताव भी सदस्यों के बीच रखा गया। वहाँ प्रस्तावों का समर्थन हाथ उठाकर करने की परम्परा थी। जब प्रस्ताव रखा गया तो मैं अपने स्थान पर खड़ा हो गया और प्रस्ताव पर एक मिनट बोलने की अनुमति माँगी। अनुमति मिल गई। मैने कहा कि, “जनवादी लेखक संघ एक संस्था का नाम है, संज्ञा है। संज्ञाएँ नहीं बदलतीं। इसका नाम बदलना वैसे ही है जैसे ‘प्रेमचन्द’ को हम ‘मोहब्बतचन्द’ कहें या ‘लालकृष्ण अडवाणी’ को ‘सुर्खस्याह अडवाणी’ जनवादी लेखक संघ को फारसी लिपि में लिखकर काम चलाया जा सकता है। नाम बदलना किसी भी तरह उचित नहीं है।”

तालियाँ खूब बजीं किन्तु निर्णय नहीं बदला और दूसरे दिन जब जलेस की राष्ट्रीय कार्यकारिणी की घोषणा हुई तो उसमें से मेरा नाम गायब था। मुझे आभास हो गया कि जलेस का संचालन जलेस के पदाधिकारी नहीं, पार्टी के पदाधिकारी करते हैं। उसके बाद मैंने जलेस के कार्यक्रमों में हिस्सा लेना हमेशा के लिए छोड़ दिया और प्राथमिक सदस्यता से भी मुक्ति पा ली।

इसी तरह हिन्दी के शिक्षकों और लेखकों के सबसे बड़े और पुराने संगठन भारतीय हिन्दी परिषद से तो मैं 1991 में ही इलाहाबाद विश्वविद्यालय में आयोजित प्रथम पुनश्चर्या कार्यक्रम में हिस्सा लेने के दौरान ही जुड़ गया था। बाद में 2002 तथा 2014 में दो कार्यकाल के लिए परिषद का उपसभापति भी निर्वाचित हुआ किन्तु जयपुर में आयोजित अधिवेशन के बाद जब परिषद पर राजनीतिक दल विशेष के वर्चस्व का अनुभव हुआ तो धीरे-धीरे परिषद की गतिविधियों से अपने को दूर कर लिया, यद्यपि परिषद का आजीवन सदस्य आज भी हूँ।

मुझे एक दूसरी रोचक घटना भी याद आ रही है। उन दिनों मैं प. बंग हिन्दी अकादमी की कार्यकारिणी का सदस्य था और उसकी गतिविधियों से सन्तुष्ट नहीं था। अकादमी के अध्यक्ष मुख्यमंत्री ज्योति बसु थे और उपाध्यक्ष तत्कालीन शिक्षामंत्री सत्यसाधन चक्रवर्ती। बैठकों का नियमित न हो पाना भी एक समस्या थी। उपाध्यक्ष महोदय बैठक के लिए समय ही नहीं निकाल पाते थे।

अकादमी में रहते हुए अकादमी की गतिविधियों का विरोध एक सीमा तक ही किया जा सकता था। मैं छटपटाकर रह जाता। मैंने अकादमी की गतिविधियों पर अपना असन्तोष व्यक्त करने का एक रास्ता निकाला। 'विवेकानन्द भट्टाचार्य' के छद्म नाम से पश्चिम बंग सरकार की हिन्दी नीति और अकादमी की गतिविधियों की आलोचना करते हुए समाचार-पत्रों में लिखना शुरू किया। सरकार के लिए तिलमिला देनेवाले सत्य आधारित लेख आए दिन अखबारों में छपने लगे। मैं चकित था यह देखकर कि किसी भी समाचार-पत्र ने विवेकानन्द भट्टाचार्य के अस्तित्व के बारे में पता करने की जहमत नहीं उठाई। एक-दो वर्ष में ही विवेकानन्द भट्टाचार्य की ख्याति हिन्दी के लिए लड़नेवाले योद्धा की हो गई। परिणाम यह हुआ कि 1998 में जब प. बंग हिन्दी अकादमी का पुनर्गठन हुआ तो उसकी कमेटी में विवेकानन्द भट्टाचार्य भी शामिल कर लिये गए। सरकार की ओर से जो अधिसूचना जारी हुई उसमें अन्तिम नाम विवेकानन्द भट्टाचार्य का था।

विवेकानन्द भट्टाचार्य कभी किसी बैठक में उपस्थित नहीं हुए किन्तु अकादमी के पूरे कार्यकाल में सम्मानित सदस्य के रूप में वे एक छाया की तरह मौजूद रहे। "निन्दक नियरे राखिए" की नीति का सरकार द्वारा समर्थन करता देखकर जहाँ मुझे सन्तोष का अनुभव हुआ, वहीं अकादमी जैसी प्रतिष्ठित सरकारी संस्था का सम्मानित सदस्य बनाते वक्त भी सरकार द्वारा उस व्यक्ति के अधिवास आदि के बारे में पता न करना चकित करनेवाली घटना थी। इस रहस्य को सार्वजनिक इसलिए भी कर रहा हूँ क्योंकि इसका एकमात्र साक्षी मैं हूँ।

गाँव में ग्रंथालय? शर्मा जी पगला गए हैं

गाँव में ग्रंथालय खोलने की बात जब मैंने अपने पड़ोसी तपन बाबू से की तो वे ठठाकर हँस पड़े। "ग्रामे लाइब्रेरी? कोलकाता शहरेर लाइब्रेरीगुलोर अवस्था की आपनी जानेन? पाठकरा आश्छे ना। बई बिक्री होच्छे ना। लोगरा मोबाइल थेके समय पाच्छे ना आर आपनी ग्रामे लाइब्रेरी खुलबेन? अद्‌भुत ब्यापार।"

साहित्य और संगीत में गहरी रुचि रखनेवाले तपन भट्टाचार्य की पहली प्रतिक्रिया ने मेरा उत्साह ठंडा कर दिया। किन्तु इसके बाद भी मैं अपने निर्णय पर अडिग था। हाँ, उसके बाद लोगों से मैं लाइब्रेरी की जगह ट्रस्ट के निर्माण की बात करने लगा।

दरअसल मैं कभी-कभी बुद्धि से नहीं, अन्तरात्मा की आवाज सुनकर भी काम करता हूँ और मेरी अन्तरात्मा कहती है कि मेरे गाँव की जमीन हमारी पैतृक सम्पत्ति है, मुझे वह विरासत में मिली है, वह मेरी कमाई नहीं है। ऐसी दशा में उसे बेंचने का मुझे नैतिक अधिकार नहीं है। मुझे इस विरासत को सँभालकर रखना है और उसे अपनी आने वाली पीढ़ी को सुपुर्द कर देना है। मैं सिर्फ इसका संरक्षक हूँ, ट्रस्टी हूँ। जब मैं अपने शुभचिन्तकों से यह सब कहता हूँ तो उनकी राय सकारात्मक तो होती है किन्तु वे यह सुझाव देना नहीं भूलते कि यदि नहीं बेच सकते तो न बेचें किन्तु गाँव में अपनी ओर से कुछ खर्च न करें क्योंकि वहाँ से हमें कुछ मिलनेवाला नहीं है। जो भी हम खर्च करेंगे वह सब डूबेगा। बदले में हमें बदनामी ही मिलेगी। किन्तु मैं हूँ कि गाँव का मोह छोड़ता ही नहीं।

मेरी अन्तरात्मा यह भी कहती है कि मेरे जिन माता-पिता ने मुझे जन्म दिया है, भरण-पोषण किया है, वे किसान थे। खेत से अनाज और शाक-भाजी पैदा करते थे और उसी से हमारा पेट भरता था। सिर्फ पेट ही नहीं भरता था, नौकरी पाने तक का सारा जीवन-यापन भी इसी खेती से हुआ। मेरे लिए हमारी खेती भी

हमारे माँ-बाप जैसी ही है। उसे भला बिकने के लिए कैसे यूँ ही छोड़ दें? अपने को ही अपनी जड़ों से कैसे विच्छिन्न कर लें? हम दोनों भाइयों की ग्रेजुएशन तक की शिक्षा और तीनो बहनों की परवरिश गाँव से ही हुई है। जो संस्कार गाँव ने हमें दिये हैं, उन्हीं के बल पर तमाम प्रतिकूल परिस्थितियों से संघर्ष करते हुए हम आज भी सम्मान के साथ जी रहे हैं और दोनों भाई देश के दो सर्वाधिक प्रतिष्ठित विश्वविद्यालयों में अध्यापन, शोध और प्रशासनिक उत्तरदायित्वों का भी सफलतापूर्वक निर्वहन करने में सक्षम हो सके हैं। तो क्या इस गाँव के प्रति हमारा कोई दायित्व नहीं है? क्या हमारा दायित्व सिर्फ अपने उन्हीं बच्चों तक है जिन्हें हमने जन्म दिया है? यदि हम पढ़-लिखकर शहर में इन प्रतिष्ठित पदों पर न पहुँचे होते तो क्या हमारे बच्चों को इससे आगे जाने के अवसर मिल पाते?

निश्चित तौर पर हर माता-पिता का यह दायित्व बनता है कि वह अपनी सन्तान को अपनी क्षमता के अनुसार शिक्षा दे, संस्कार दे और उसे इस योग्य बनाने में मदद करे कि उसकी सन्तान अपने पैरों पर खड़ी हो सके। किन्तु इसी के साथ हमारा अपने गाँव के प्रति, पड़ोस के प्रति और अपने उस परिवेश के प्रति भी एक दायित्व बनता है—उसे भी बेहतर बनाने और सँवारने का, क्योंकि हमारी निर्मिति में उनका भी योगदान है।

बाऊजी के निधन के बाद घर में स्थाई ताला लग गया था और उसके तीन वर्ष बाद यानी,1994 में मैंने कलकत्ता की राह ली। उसके बाद गाँव लगभग छूट ही गया। गाँव जाने का समय न मैं निकाल पाता था और न विश्वम्भर। मंठें और बागापार घाट के खेत कई वर्षों से परती थे। पाँच-छह वर्ष तक हम खेत देखने तक न जा सके थे। इसी बीच मेरे पास सोनरा के मोहन गुप्ता का पत्र आया। वे हमारे खेत खरीदने के इच्छुक थे। मैंने पत्र का हवाला देते हुए विश्वम्भर को लिखा कि जब हमारे पास खेत देखने तक की फुर्सत नहीं है तो उन्हें रखने से क्या लाभ? दोनों बड़े चक छोड़कर बाकी हमें बेच देने चाहिए। विश्वम्भर तैयार हो गए और इस तरह हमारे कुछ खेत माटी के मोल बिक गए।

इधर गाँव जाता हूँ तो मंठें के अपने उस खेत के किनारे तक रोज सुबह टहलने जाता हूँ। नदी के किनारे खड़े होकर कुछ क्षण अपने खेत में लहलहाती फसलें निहारता हूँ, कुछ यादें ताजा करता हूँ और मुँह लटकाए लौट आता हूँ। एक किसान के लिए उसके खेत की कीमत कोई दूसरा आँक सकता है क्या? बागापार घाटवाले खेत के बगल में तो अनेक मकान बन चुके हैं।

कोलकाता जाने के बाद से लगभग दो दशक तक गाँव में शायद ही हमने कोई रात बिताई हो। किन्तु बीच-बीच में मुझे गाँव की सुधि सताने लगती थी।

कभी-कभी तो कलकत्ता से आता और घर का ताला खोलकर देख लेता, झाड़ू लगवा देता मगर रात महाराजगंज में गुजारता, किसी दूसरे के घर।

आखिर इस तरह कब तक चलेगा? अपने दोनों बड़े चक और घर हम अपने जीते जी भले न बेचें, हमारे बाद बच्चे इन्हें निश्चित रूप से बेच देंगे। हम दोनों भाइयों के बच्चे गाँव में आनेवाले नहीं हैं। वे भी देख रहे हैं कि खेती करना अब घाटे का सौदा है। ग्राम-स्वराज का सपना तो गांधी ने देखा था। हम तो उसके विपरीत दिशा में चलते हुए अब इतनी दूर आ चुके हैं कि जहाँ से पीछे मुड़कर देखना भी डरावना लगता है। भारत के गाँव अब दुनिया को लेबर सप्लाई करने के कारखाने बन चुके हैं। ऐसी दशा में हमारे बच्चों के सामने रास्ता ही क्या है? मैं उस दिन के बारे में सोचकर भी सिहर उठता हूँ जब मेरे गाँव का घर और खेत बिक जाएगा और हमारे बच्चे पूरी तरह जड़विहीन हो जाएँगे।

ट्रस्ट के निर्माण की अपनी इच्छा को सबसे पहले मैंने अपने अनुज विश्वम्भर के सामने जाहिर किया क्योंकि उनकी सहमति और सहयोग के बगैर कुछ भी सम्भव नहीं था। उनकी सहमति मिल गई। उन्होंने मुझे गाँव में कुछ भी करने के लिए पूरी आजादी दे रखी है। किन्तु हमारे मित्रों और शुभचिन्तकों ने आगाह किया। उनका कहना था कि गाँव के लोग अब इतने स्वार्थी हो चुके हैं कि लोक-हित की बात वे सोच भी नहीं सकते। वे हमारे कार्यों में बाधा ही डालेंगे और पीठ पीछे हमारी खिल्ली भी उड़ायेंगे। उनका सहयोग तो हर्गिज नहीं मिलेगा। लोग कहते हैं कि गाँव का मेरा यह घर यदि शहर में होता तो इसका अच्छा खासा भाड़ा मिलता। ऐसी राय देनेवाले निश्चित रूप से मेरे शुभचिन्तक तो हैं ही, वे व्यावहारिक भी हैं और जमाने के साथ कदम से कदम मिलाकर चलनेवाले हैं। किन्तु जीवन के प्रति उनका और मेरा दृष्टिकोण एक जैसा होना जरूरी तो नहीं।

श्री चन्द्रिका शर्मा फूला देवी स्मृति सेवा ट्रस्ट, रामपुर बुजुर्ग, जनपद—महाराजगंज (उ.प्र.) का रजिस्ट्रेशन 23 फरवरी, 2012 को हो गया और उसकी ओर से पहली बार 26-27 अक्टूबर, 2013 को 'रामपुर उत्सव' का आयोजन भी हुआ। शिक्षा, स्वास्थ्य और संस्कार के महत् उद्देश्यों के लिए समर्पित ट्रस्ट के इस दो दिवसीय आयोजन में ग्रामवासियों सहित क्षेत्र तथा देश के दूसरे हिस्सों से आए अनेक गण्यमान्य व्यक्तियों ने उत्साह के साथ भाग लिया था। इसके बाद से ट्रस्ट द्वारा प्रतिवर्ष अक्टूबर-नवम्बर में दो दिवसीय 'रामपुर उत्सव' का नियमित आयोजन होता है जिसके उद्घाटन के लिए महाराजगंज जनपद के जिलाधिकारी को आमंत्रित किया जाता है। ट्रस्ट की ओर से प्रतिवर्ष गाँव के दो प्रतिभाशाली छात्र-छात्राओं को समारोहपूर्वक पुरस्कृत और सम्मानित किया जाता है,

उन्हें पुरस्कार के रूप में नकद धनराशि के अलावा पुस्तकें तथा प्रमाण-पत्र दिये जाते हैं। प्रतिवर्ष प्रदेश के किसी एक शिक्षक को 'आदर्श शिक्षक सम्मान' से अलंकृत किया जाता है। इसी के साथ प्रतिवर्ष ग्राम स्वराज व्याख्यानमाला का आयोजन होता है। छात्र-छात्राओं तथा लोक-कलाकारों द्वारा सांस्कृतिक कार्यक्रम आयोजित किये जाते हैं और इन सांस्कृतिक कार्यक्रमों में हिस्सा लेनेवाले सभी विद्यार्थियों को प्रमाण-पत्र के साथ श्रेष्ठ साहित्यिक कृतियाँ देकर पुरस्कृत किया जाता है। इस अवसर पर फुटबाल, वालीबाल और कबड्डी जैसी कम खर्चवाली खेल-प्रतियोगिताएँ आयोजित की जाती हैं। गरीब किन्तु प्रतिभाशाली विद्यार्थियों को यथासंभव आर्थिक सहयोग दिया जाता है। जिले के मुख्य चिकित्साधिकारी की देख-रेख में नि:शुल्क चिकित्सा शिविर का आयोजन होता है जिसमें जिला चिकित्सालय के डॉक्टरों के अलावा क्षेत्र के अन्य विशेषज्ञ डॉक्टर अपनी सेवाएँ नि:शुल्क देते हैं। इन चिकित्सा-शिविरों में मरीजों की जाँच के साथ ही आर्थिक दृष्टि से कमजोर मरीजों को दवाएँ और नि:शुल्क चशमे वितरित किये जाते हैं। अब तक ट्रस्ट द्वारा लगभग दो हजार जरूरतमन्द रोगियों को नि:शुल्क चश्में वितरित किये जा चुके हैं। इस अवसर पर ज्ञानवर्धक व लोकहितकारी फिल्में भी दिखाई जाती हैं। इसी के साथ प्रतिवर्ष 'गाँव' नाम की पत्रिका का प्रकाशन भी होता है जिसमें गाँव से सम्बन्धित विषय तो प्रकाशित होते ही हैं पत्रिका में ग्रामीण क्षेत्र की प्रतिभाओं को प्रकाशन का अवसर देकर उन्हें प्रोत्साहित किया जाता है। क्या ट्रस्ट द्वारा किये गए लोकहित के इन सारे कार्यों का कोई मूल्य नहीं?

ट्रस्ट की ओर से ग्राम स्वराज पुस्तकालय का भी संचालन होता है। इस पुस्तकालय का औपचारिक शुभारम्भ 22 अक्टूबर, 2016 को हुआ था। आरम्भ में हमने अपने निजी मकान के प्रथम तल पर एक बड़ा कमरा बनवाकर उसमें पुस्तकालय आरम्भ कर दिया। 2018 में हमने पुस्तकालय के लिए स्वतंत्र भवन निर्मित करने का निर्णय लिया। इसके लिए हम दोनों भाइयों ने अपनी भूमि 'ग्राम स्वराज पुस्तकालय भवन' के निमित्त दान कर दी जिसपर दो हजार वर्गफुट का दो मंजिला पुस्तकालय भवन बनकर तैयार है। हम शीघ्र ही इस भवन में पुस्तकालय को शिफ्ट करेंगे। इस भवन के निर्माण में किसी सरकारी अथवा गैरसरकारी संगठन से हमने कोई आर्थिक सहायता नहीं ली है। सारा खर्च हमारे परिवार के सदस्यों और कुछ गिने-चुने मित्रों ने ही वहन किया है। इतना ही नहीं, ट्रस्ट को हम पूरी तरह राजनीतिक हस्तक्षेप से मुक्त रखते हैं इसीलिए हमने न तो कभी किसी राजनेता से कोई आर्थिक सहयोग लिया और न कभी किसी राजनेता को अपने कार्यकर्मों में आमंत्रित किया।

जबसे ट्रस्ट की नींव पड़ी तो हम इसी बहाने गाँव में आने और आयोजनों को सम्पन्न करने के लिए रहने को भी बाध्य हो गए। अब हमने यहाँ रुकने के लिए आवश्यक संसाधन भी जुटा लिए हैं।

रामपुर उत्सव का आयोजन जब भी होता है, गाँव में रौनक बढ़ जाती है। अनुज प्रो. विश्वम्भरनाथ शर्मा, दोनों बेटे, बेटी, दोनो बहनें, भान्जे और भाँजियाँ सभी सपरिवार आयोजन में शामिल होने की कोशिश करते हैं। इस तरह रामपुर उत्सव के बहाने वर्ष में एक बार मेरे परिवार का भी मिलन हो जाता है। गाँव-क्षेत्र के लोग भी जुटते हैं। डॉ. घनश्याम पांडेय स्थानीय अभिभावक की तरह आरम्भ से ही सहयोग करते रहे। आज वे नहीं हैं। उनके अभाव की क्षतिपूर्ति सम्भव नहीं हैं। इसी तरह मेरे गुरु डॉ. वेदप्रकाश पांडेय प्रतिवर्ष रामपुर उत्सव में शामिल होकर हमें आशीर्वाद देते हैं। सी.जे. थामस, डॉ.एस.के. वर्मा, विमल पांडेय, के.के. शुक्ल, जगदीश नारायण शर्मा जैसे लोगों का भरपूर स्नेह और सहयोग आज भी यथावत मिलता है।

किसी भी व्यक्ति या संस्था के न रहने पर ही उसके महत्त्व का आकलन हो पाता है। कल्पना कीजिए कि यदि ट्रस्ट न बना होता तो अब तक क्या हुआ होता? हम अधिक से अधिक साल में एकाध बार गाँव जाकर देख आते। वहाँ ठहरने लायक व्यवस्था न होने से रात कहीं अन्यत्र बिताते। ऐसी दशा में आजिज आकर और बच्चों के दबाव में या तो हम जमीन बेंच चुके होते या आसपास के लोग उसके कुछ हिस्सों पर कब्जा कर चुके होते। जमीन और घर बेंचने के लिए हम दोनों भाइयों का आपस में बँटवारा हुआ होता और जैसा अमूमन होता है, बँटवारे के दौरान हमारे बीच ईर्ष्या-द्वेष की गाँठें पड़ी होतीं।

ट्रस्ट बना तो गाँव में हमारा आना-जाना बढ़ गया। हमने घर में बिजली का कनेक्शन लिया। गृहस्थी की जरूरी चीजें इकट्ठी कीं और आने पर उसे ठहरने लायक बनाया। ट्रस्ट में होनेवाले आयोजनों के नाते जिले में पहचान बढ़ी और मैत्री-सम्बन्धों में इजाफा हुआ। आखिर व्यक्ति तो सामाजिक प्राणी है न!

यह सही है कि ट्रस्ट में हमारे लाखों रुपये खर्च हुए और आज भी हो रहे हैं। ट्रस्ट न रहता तो यह धन बचाकर हम किसी महानगर में एक फ्लैट खरीद सकते थे। उससे कुछ किराया मिलता और उस धन से हमारे बच्चों के सुख के साधनों का और भी विस्तार होता। किन्तु मुझे तो विनोबा भावे की चेतावनी याद रहती है, "सुख के साधनों का बढ़ जाना दुख का सबसे बड़ा कारण है।"

गाँव में ट्रस्ट का भवन बनाने के लिए जमीन खरीदने की जरूरत नहीं पड़ी। पुस्तकालय-भवन में लगभग अस्सी लोगों को बैठने लायक सभागार, कार्यालय, किचेन के साथ ही अतिथियों को ठहरने के लिए आवास भी बन गया है।

छुट्टियाँ होने पर कहीं बाहर घूमने की जगह परिवार के सदस्य या ट्रस्ट के हमसफर यहाँ आ सकते हैं, दो-चार दिन अतिथि-कक्ष में ठहर सकते हैं, सामाजिक कार्यों में हिस्सा ले सकते हैं, गाँव की शुद्ध हवा, शुद्ध दूध-दही, खेत की ताजी सब्जियाँ और फल-फूल का आनन्द उठा सकते हैं और गाँव से जुड़कर अपनी संवेदना में थोड़ा सा इजाफा करके अपने-अपने शहर लौट सकते हैं। अगर ट्रस्ट न होता तो बच्चे गाँव देखने के लिए तरस जाते।

एक दिन मेरी पाँच वर्षीय पोती आशी ने घर के सामने के खेत में धान की बाली को देखकर पूछा था, "बाबा, ये क्या है?" मैंने बाली से एक दाना तोड़कर उसका छिलका छुड़ाया और दिखाया, "यह धान है जिसमें से चावल निकलता है।" उसकी आँखें आश्चर्य से फैल गईं। अब हमारे बच्चे शहर की उस दुनिया में पहुँच चुके हैं जहाँ किसानों, फसलों और पशुओं को वे कम्प्यूटर के स्क्रीन या किताब के पन्नों पर ही देख सकेंगे।

हमारा यह ट्रस्ट लम्बे समय तक अपने परिवार की आनेवाली पीढ़ी को जोड़े रखने का सबसे महत्त्वपूर्ण उपक्रम साबित होगा। जैसे माता-पिता अपनी सन्तान को एकजुट रखने के लिए नींव का काम करते हैं, उसी तरह हमारा यह ट्रस्ट हमारे परिवार को जोड़ने के लिए माता-पिता की भूमिका निभाएगा।

किसी भी सामान्य परिवार के व्यक्ति से उसके परिवार की चार-पाँच पीढ़ी पहले के किसी पूर्वज का नाम पूछिए तो उसे भी बता पाने में वह सक्षम नहीं हो सकेगा। यानी, जिनकी विरासत हम ढो रहे हैं, जिनके हम वंशज हैं, जिनसे हमारा वजूद है, उनका नाम तक हम भूल चुके हैं। हमारे इस ट्रस्ट के माध्यम से हमारी आनेवाली पीढ़ियाँ सदियों तक अपने पुरखों को याद रखेंगी और गर्व के साथ लोगों को बता सकेंगी कि उनकी जड़ें कहाँ हैं। उनके पुरखे कैसे थे और कौन थे। यह ट्रस्ट और यह गाँव उनके लिए किसी तीर्थ-स्थल से कम नहीं होगा।

आज लोग कहते जरूर हैं कि जब पुस्तकालय में पढ़ने के लिए लोग नहीं आते तो ऐसे पुस्तकालय पर इतना पैसा खर्च करने से क्या लाभ? तात्कालिक तौर पर उनकी बातें सही लगती हैं किन्तु सचाई यह है कि हमारे पूरे जनपद में यह अकेला सार्वजनिक पुस्तकालय है। इसके अलावा जिला मुख्यालय पर एक सरकारी पुस्तकालय भी है किन्तु वहाँ बाहर के लोगों की पहुँच मुश्किल है क्योंकि वह मुख्यालय के प्रशासनिक क्षेत्र की परिधि के भीतर है। अब यदि किसी व्यक्ति को वेद देखने की लालसा हो, महाभारत पढ़ने की इच्छा हो या कोई भी ऐसी पुस्तक पढ़ना या देखना चाहता हो जो बाजार में आसानी से सुलभ न हो तो उसके पास क्या विकल्प है? वह कहाँ जाएगा देखने? यहाँ रोज भले ही पर्याप्त संख्या में

पाठक न आते हों किन्तु कोई विशिष्ट अध्येता, कोई पाठक, हफ्तों क्या महीनों में ही आ जाए तो मैं समझता हूँ कि मेरी योजना सफल है, क्योंकि उसके पास और दूसरा कोई विकल्प नहीं है।

पुस्तकालय के अलावा हमारी योजना इस भवन को आर्थिक दृष्टि से कमजोर लोगों को नि:शुल्क चिकित्सकीय सुविधा दिलाने एवं सामाजिक-सांस्कृतिक गतिविधियों के केन्द्र के रूप में विकसित करने की है। गाँवो के लोग अन्धविश्वासों में जन्म लेते हैं, अन्धविश्वासों में पलते-बढ़ते हैं और अन्धविश्वासों के भँवर में डूबते-उतराते मर जाते हैं। यह ट्रस्ट गाँव के लोगों को अन्धविश्वासों से मुक्ति दिलाने और उनमें वैज्ञानिक चेतना विकसित करने का प्रयास करेगा। ट्रस्ट हर प्रकार की नशा के विरुद्ध व्यापक जनजागरण अभियान चलाएगा, सुयोग्य विधिवेत्ताओं व समाजसेवियों की मदद से गाँवों में बढ़ते पारिवारिक झगड़ों और अनावश्यक मुदमेबाजी को सुलझाने का प्रयास करेगा, कुशिक्षा, जातिवाद, साम्प्रदायिकता आदि समाज के विकास में अवरोधक मूल्यों के उन्मूलन का प्रयास करेगा, योग शिविरों का आयोजन करेगा, युवाओं में कबड्डी, फुटबाल, वालीबाल, हाकी जैसे ग्राम आधारित खेलों के प्रसार में मदद करेगा। बालक-बालिकाओं में समान शिक्षा और रोजगार के लिए उनका मार्ग-दर्शन करेगा, दहेज-प्रथा के खिलाफ व्यापक जनजागरण अभियान चलाएगा। इसके साथ गाँव के सर्वांगीण विकास के लिए जो भी उचित होगा उसे करेगा।

ट्रस्ट ने गाँव के कई बच्चों के भीतर आत्मविश्वास पैदा किया है, उन्हें अपना लक्ष्य चुनने में मदद पहुँचाया है। ट्रस्ट के आयोजनों से जनपद के बाहर भी अनेक लोगों को प्रेरणाएँ मिली हैं। दूसरे प्रदेशों में भी अनेक प्रबुद्ध व्यक्तियों ने अपने-अपने गाँवों में इस तरह के आयोजन शुरू किये हैं।

कभी-कभी पीड़ा जरूर होती है जब मुझे अपने गाँव के लोगों की प्रतिकूल टिप्पणियाँ सुनने को मिलती हैं। सामने कोई नहीं कहता, किन्तु पीठ पीछे योजनाबद्ध ढंग से दुष्प्रचार किया जाता है। ये वे लोग हैं जिनके स्वार्थ की पूर्ति मैं नहीं कर सका। कोई कहता है कि "टैक्स बचाने के लिए ये सब कर रहे हैं।" कोई कहता है "इससे मुझे क्या मिलेगा? मैं क्यों उनके यहाँ जाऊँ?।" कोई कहता है कि "इतना पैसा है तो गाँववालों को खिलाते-पिलाते, गरीबों में ही बाँट देते।" आदि आदि। कई लोग बीच-बीच में आते हैं पैसे माँगने। कोई उधार माँगता है तो कोई सहयोग। कोई कहता है कि "बेटी की शादी है, सहयोग कर दीजिए," कोई कहता है, "घर की छत ढलवानी है, सहयोग कर दीजिए," कोई कहता है, "बेटे को सऊदी भेजना है उधार दे दीजिए," कोई कहता है "बेटे को अमुक कोर्स में एडमीशन लेना है उधार दे दीजिए।"

आरम्भ में कुछ लोगों की मैंने मदद भी की किन्तु मैंने देखा कि जिनकी भी मैंने मदद की उनसे रिश्ते खराब हुए। ज्यादातर लोगों ने वापस न करने की इच्छा से दूरी बना ली, पैसे वापस माँगने पर भी नहीं दिया और कुछ ने वापस किया भी तो दुखी होकर।

यह बहुत पीड़ादायक प्रसंग है। आज गाँव के अनेक लोग हमसे नाराज हो चुके हैं और वे निन्दा-अभियान में लगे हैं, किन्तु बड़ी संख्या में गाँव के लोगों से हमें मदद भी मिल रही है। ऐसे ही लोगों के सहयोग से हम गाँव में सफलतापूर्वक आयोजन करते आ रहे हैं। मुझे उम्मीद है कि देर-सबेर बाकी लोगों की समझ में जब आएगी कि ट्रस्ट की ओर से होनेवाले सामाजिक कार्यों के लिए हम गाँववालों से कोई आर्थिक सहयोग नहीं लेते और यह सब बड़े त्याग और कष्ट से संचित धन तथा अपने पेन्शन के बचाए हुए पैसे से कर रहे हैं तो उनका प्यार हमें जरूर मिलेगा।

इस्लाम में ज़कात देने की परम्परा है। कोलकाता में मैंने देखा है कि बड़े-बड़े व्यवसायी अपनी कमाई का एक हिस्सा लोक-कल्याण के कार्यों में खर्च करने के लिए सुरक्षित रख देते हैं। मेरी भी आकांक्षा है कि हमारे परिवार के सदस्य अपनी क्षमतानुसार अपनी कमाई का कुछ अंश नियमित रूप से ट्रस्ट के खाते में जमा करते रहें जिससे ट्रस्ट की गतिविधियाँ सुचारु रूप से चलती रहें। इससे एक तो उनके भीतर लोक-हित के लिए कुछ न कुछ दान देने की प्रवृत्ति बनी रहेगी, उनके भीतर की मनुष्यता परिमार्जित होती रहेगी और दूसरे, जिस ट्रस्ट को वे दान दे रहे हैं उसके प्रति भी अपनत्व का भाव बना रहेगा। वे यह भी देखना चाहेंगे कि उनके दान के धन का समुचित इस्तेमाल हो रहा है या नहीं। अपने ट्रस्ट के प्रति उनका लगाव उन्हें बार-बार गाँव की ओर आने के लिए प्रेरित करता रहेगा। ट्रस्ट की प्रेरणा से हमारे परिवार के सदस्यों तथा गाँव की आनेवाली पीढ़ी के भीतर यदि कुछ मनुष्यता बची रहेगी तो ट्रस्ट की सार्थकता खुद प्रमाणित होती रहेगी वर्ना, बाजारवाद का उद्‌देश्य तो हमारी नई पीढ़ी को सिर्फ उपभोक्ता बनाने का है।

और चन्द बातें कलकत्ते की भी...

कलकत्ता आने से पहले मैं नेशनल पोस्टग्रेजुएट कॉलेज बड़हलगंज, गोरखपुर में लगभग सोलह वर्ष तक अध्यापन कर चुका था और वहाँ की जनवादी लेखक संघ की इकाई का सचिव भी था। जलेस से जुड़े होने के कारण ही मेरा परिचय प्रो. कुँवरपाल सिंह से हो गया था और वे मेरे कार्यों से प्रभावित भी थे। कलकत्ता विश्वविद्यालय में जब रीडर पद का विज्ञापन हुआ तो प्रो. कुँवरपाल सिंह ने मुझे पत्र लिखकर सूचित तो किया ही, आवेदन-पत्र की प्रति भी मेरे पास भेजने की व्यवस्था की। मैंने आवेदन-पत्र भरकर उसे कलकत्ता विश्वविद्यालय में नहीं, शम्भुनाथ जी के घर के पते पर ही भेज दिया और शम्भुनाथ जी ने ही उसे विश्वविद्यालय के काउंटर पर जमा कराया। कलकत्ता में शम्भुनाथ जी मेरे पूर्व परिचित थे। उनसे मेरी एक बार की भेंट 1992 ई. में जयपुर में हो चुकी थी जहाँ वे जलेस के राष्ट्रीय सम्मेलन में भाग लेने गए थे।

दरअसल कलकत्ता जाने में मेरी कोई खास दिलचस्पी नहीं थी। सोलह साल की अपनी सेवा छोड़कर किसी दूसरे राज्य में शिक्षक बनना किसी भी दृष्टि से समझदारी का काम नहीं था क्योंकि, यहाँ की सेवा का बंगाल में जुड़ने की व्यवस्था नहीं थी और इसका मेरे पेंशन पर प्रतिकूल प्रभाव पड़ना तय था। इसके अलावा आज की तरह उन दिनों भी बंगाल में महँगाई-भत्ता केन्द्र की तुलना में काफी कम मिलता था जबकि उत्तर प्रदेश में केन्द्र के बराबर मिलता था और तीसरी बड़ी समस्या थी मेरी पत्नी की सरकारी नौकरी। वे उन दिनों सरकारी प्राइमरी स्कूल में स्थाई शिक्षिका थीं और उनकी भी सेवा पाँच वर्ष हो चुकी थी। सभी बच्चे वहीं लिख-पढ़ रहे थे और मेरी जिन्दगी बड़े सुचारु ढंग से चल रही थी। सुविधा इतनी थी कि कॉलेज की घंटी मेरे आवास में सुनाई पड़ती थी। कभी-कभी तो घंटी की आवाज सुनकर भी मैं घर से निकलता था और पाँच मिनट के भीतर ही अपनी कक्षा में हाजिर।

यह सब छोड़कर परदेश के एक महानगर में नई नौकरी शुरू करने का निर्णय आसान नहीं था।

कलकत्ता विश्वविद्यालय में इंटरव्यू देने भी मैं अपने मकान-मालिक और मित्र स्व. अवध नारायण दुबे के आग्रह पर गया था। मुख्य उद्देश्य था कलकत्ता-दर्शन। इसके पहले मैं कभी कलकत्ता नहीं गया था। दुबे जी का कलकत्ता के बड़ा बाजार में कपड़े का व्यवसाय था जो आज भी है और हावड़ा के बाँधाघाट में दवा की दूकान। मैं दुबे जी के साथ ही कलकत्ता आया, उन्हीं के घर ठहरा, कलकत्ता घूमा और बिना किसी दबाव में इंटरव्यू दिया। इंटरव्यू अच्छा हुआ। इंटरव्यू में प्रो. कुँवरपाल सिंह को भी विषय-विशेषज्ञों में देखकर उम्मीद भी जग गई किन्तु गोरखपुर लौटने पर भूल गया कि मैंने कलकत्ता विश्वविद्यालय में इंटरव्यू दिया है।

मेरी नियुक्ति होने की सूचना किसी ने भी नहीं दी। कुँवरपाल सिंह ने भी नहीं। मैंने पता लगाने की कोशिश भी नहीं की। मेरे साथ ही प्रो. जगदीश्वर चतुर्वेदी ने भी रीडर पद के लिए इंटरव्यू दिया था। वे यहाँ पहले से पढ़ा रहे थे। नियुक्ति के बाद उन्होंने तुरन्त कार्यभार ग्रहण कर लिया। लगभग दो महीने बाद जब गोरखपुर में प्रो. परमानन्द श्रीवास्तव से मिलने मैं उनके घर गया था तो उन्होंने देखते ही मुझसे कहा, "तुम यहाँ? तुम्हारी तो नियुक्ति कलकत्ता विश्वविद्यालय में हो गई है?"

दरअसल मुझे कोई नियुक्ति-पत्र नहीं मिला था। उनके सुझाव पर मैं कलकत्ता गया और सीधे शम्भुनाथ जी के आवास पर। शम्भुनाथ जी ने मेरी नियुक्ति को तस्दीक किया। बंगाल की मशहूर मिठाई 'सन्देश' खिलाया और भोजन के लिए जिद किया। उन्हीं के निर्देशानुसार मैं विश्वविद्यालय में कला संकाय के सेक्रेटरी से मिला तो पता चला कि नियुक्ति-पत्र मुझे महीनों पहले भेजा जा चुका है। फिलहाल, रजिस्टर्ड डाक से भेजा गया वह नियुक्ति-पत्र मुझे आजतक नहीं मिला और न तो वह विश्वविद्यालय में लौटकर वापस ही आया। कारण जानने की कोशिश मैंने नहीं की, यद्यपि इस सम्बन्ध में हुए षड्यंत्र का संकेत मुझे मिल चुका था।

फिलहाल, विश्वविद्यालय से मैंने नियुक्ति-पत्र की डुप्लीकेट कॉपी प्राप्त की और लौट गया। असमंजस में दिन बीतते गए और कार्यभार ग्रहण करने के लिए विश्वविद्यालय द्वारा निर्धारित की गई 90 दिन की अवधि के अन्तिम दिन मैंने ज्वायन किया। पूरे एक वर्ष तक कलकत्ता में मैं अकेले रहा। यहाँ से वापस लौट जाने की मेरी इच्छा लम्बे समय तक बनी रही किन्तु वापस यदि नहीं लौटा तो इसके पीछे पढ़ने-लिखने का बेहद अनुकूल वातावरण, शहर भर में फैले असीम संसाधन तथा विभागीय सहयोगियों का स्नेह प्रमुख कारण था।

30 मार्च, 1994 को कलकत्ता विश्वविद्यालय में रीडर पद पर ज्वायन किया। गर्मी की छुट्टी के बाद विधिवत आना था और क्वार्टर ढूँढ़ना था। नैहटी में मेरे एक दूर के रिश्तेदार तिवारी जी अपने दो बेटों के साथ रेलवे क्वार्टर में रहते थे। वे नैहटी स्टेशन पर ही बुकिंग क्लर्क थे। मैं भी उन्हीं के साथ रहने लगा। उन्होंने संस्कृत कॉलेज के प्रो. सूर्यदेव शास्त्री तक मेरे बारे में सूचना पहुँचा दी जो नैहटी से ही अप-डाउन करते थे। संस्कृत कॉलेज भी कलकत्ता विश्वविद्यालय के पास ही है। तीसरे दिन सूर्यदेव शास्त्री स्टेशन पर मेरी प्रतीक्षा कर रहे थे। देखते ही उन्होंने मुझे अँकवार में भर लिया। "ये लीजिए, और इसे अपने कन्धे से लटका लीजिए।" कहते हुए उन्होंने शान्तिनिकेतनी झोला खुद अपने हाथ से ही मेरे कन्धे से लटका दिया। झोले में एक फोल्डिंग छाता भी था। "यदि कलकत्ता में रहना है तो ये दोनो चीजें अनिवार्य हैं।"

सूर्यदेव शास्त्री हमारे विश्वविद्यालय में भी अंशकालिक शिक्षक थे। बेहद लोकप्रिय। मनोभाषिकी पर लिखी हुई उनकी किताब देशभर में प्रसिद्ध है। वे जहाँ भी रहते, चार-छह लोग उन्हें घेरे रहते। नैहटी में हिन्दी भाषी बहुसंख्यक हैं, ज्यादातर जूट मिल के मजदूर और उनके बच्चे। इस क्षेत्र से हिन्दी अनुवादक और हिन्दी अधिकारी जितने चुने जाते हैं उतने देश के किसी एक शहर से नहीं चुने जाते होंगे। यहाँ के हिन्दी भाषियों में शिक्षा की ज्योति जगानेवाले सूर्यदेव शास्त्री ही थे। गर्मी की छुट्टी के बाद जुलाई में जब मैं पुन: कलकत्ता लौटा तो दमदम के पास बेदियापाड़ा मुहल्ले में भाड़े पर एक कमरा लिया। एक वर्ष बाद छोटे बेटे को ले आया और समीप के केन्द्रीय विद्यालय में एडमीशन कराया। धीरे-धीरे परिवार भी ले आया और जुलाई, 2000 में साल्टलेक के अपने फ्लैट में स्थाई रूप से बस गया। हाँ, सूर्यदेव शास्त्री से जो मैत्री कायम हुई वह अन्त तक यथावत बनी रही। यहाँ तक कि उम्र ढलने पर जब उन्हें नैहटी से रोज आने-जाने में तकलीफ होने लगी तो उन्होंने मेरे घर के समीप ही भाड़े पर क्वार्टर लिया और वहीं उनका निधन भी हुआ।

मैं पहली बार शम्भुनाथ जी के साथ अलीमुद्दीन स्ट्रीट गया था, जिसे पार्टी ऑफिस कहा जाता है, यानी, भारतीय कम्युनिस्ट पार्टी (मार्क्सवादी) का मुख्यालय। वहीं से 'स्वाधीनता' का प्रकाशन होता है। उन दिनों इसराइल उसके सम्पादक थे। बंगाल के हिन्दी भाषियों की बागडोर उन्हीं के हाथ में थी। मैंने उनके बारे में पहले से सुन रखा था। भेंट हुई तो वे बड़े प्रसन्न हुए। सीसे के गिलास में तीन गिलास लाल चाय मँगाई। अपने लिए पूरी गिलास और हमारे लिए आधी-आधी। आधी भी दो कप के बराबर थी। बिस्कुट साथ में। फिर वे अपना सारा काम छोड़कर

हमसे देर तक बातें करते रहे। मैंने कहाँ पढ़ाई की? क्या लिखा है? रुचियाँ क्या हैं? जलेस से कब जुड़ा? पार्टी मेम्बर हूँ या नहीं? वगैरह। मेरे बारे में वे सब कुछ जान लेना चाहते थे। इस बीच हमारे सामने गरम-गरम मूढ़ी और हरे मिर्च-लहसुन और धनिया की स्वादिष्ट चटनी आ चुकी थी। शम्भुनाथ जी ने जब कहा कि हम आगे भी मिलते रहेंगे। तब वे मुस्कराये और उन्होंने हमें छोड़ा।

कलकत्ता विश्वविद्यालय से जुड़ने के महज दो वर्ष बाद ही मुझे विभागाध्यक्ष का दायित्व मिला। मेरे जैसे गँवईं पृष्ठभूमिवाले व्यक्ति के लिए यह चुनौती भरा दायित्व था। उन दिनों मैं विभाग में सबसे जूनियर शिक्षक था। विभाग में दो महारथी पहले से मौजूद थे। दो वर्षों में दोनों से मैं भली-भाँति परिचित हो चुका था। दोनो एक दूसरे को देखते ही बिदकते थे। एक जेएनयू में उन दिनों छात्रसंघ के अध्यक्ष रह चुके थे जब जेएनयू अपने पूरे शबाब पर था। नामवर सिंह, केदारनाथ सिंह और मैनेजर पांडेय जैसे लोग उनके शिक्षक रह चुके थे और सबसे बड़ी बात, वे उन दिनों, जब कामरेड ज्योति बसु मुख्यमंत्री थे, सीपीआई (एम) से घनिष्ठ रूप से जुड़े थे। विभाग की वरिष्ठ शिक्षक और सांसद चन्द्रकला पांडेय ने एक बार मुझसे कहा था कि "जगदीश्वर मेरे बेटे जैसा है।" सांसद रहते विभाग की अध्यक्षता का दायित्व भी उन्होंने निभाया था और उस दौरान अघोषित रूप से उनका ज्यादातर विभागीय दायित्व जगदीश्वर जी ही सँभालते थे, यद्यपि बाद में उनके रिश्तों में थोड़ी खटास आ गई।

दूसरी ओर शम्भुनाथ जी अपनी कई पीढ़ियों से देश की सांस्कृतिक राजधानी कही जानेवाली इस नगरी के निवासी। यह शहर बँगला नवजागरण के मनीषियों की स्मृतियों से भरा हुआ है। कदम-कदम पर उस स्वर्णिम युग के चिह्न मिलते हैं। राजा राममोहन राय, ईश्वरचन्द्र विद्यासागर, माइकेल मधसूदन दत्त, केशवचन्द्र सेन, रामकृष्ण परमहंस, स्वामी विवेकानन्द, गिरीशचन्द्र घोष, रवीन्द्रनाथ टैगोर आदि सबके कर्मक्षेत्र का केन्द्र कलकत्ता विश्वविद्यालय के आसपास का यही क्षेत्र था। जिसे हम बँगला नवजागरण कहते हैं उसका केन्द्र यही कॉलेज स्ट्रीट से श्याम बाजार और शोभा बाजार से राजा बाजार तक का छोटा सा इलाका है जिसे तीन-चार घंटे में पैदल घूमा जा सकता है। शम्भुनाथ जी का बचपन ही नहीं, शिक्षा और संस्कृति का संस्कार भी यहीं मिला और शिक्षा के बाद पढ़ाने का अवसर भी। प्रो. कल्याणमल लोढ़ा जैसे प्रभावशाली व्यक्ति से उन्हें दीक्षा मिली थी। अकारण नहीं है कि नवजागरण उनका सबसे प्रिय विषय है। वे ऐकान्तिक साधना करनेवाले आलोचक नहीं हैं। संगठन बनाना और उसे संचालित करना उनकी प्रकृति का हिस्सा है। बड़ी संख्या में बचपन के साथी उनसे आज भी जुड़े हुए हैं।

रिटायरमेंट के बाद भी यही भूमि उनकी कर्मस्थली है। उनकी सक्रियता में आज भी कोई कमी नहीं आई है। वे साहित्य के होलटाइमर एक्टिविस्ट हैं और बंगाल में हिन्दी साहित्य के सबसे बड़े कमांडर हैं। वे अपनी कमान से बाहर रहनेवालों की भी खोज-खबर लेते रहते हैं।

उन दिनों मुझे इन दोनों महारथियों के द्वन्द्वात्मक रिश्तों के बीच समन्वय के सूत्र तलाशने थे, क्योंकि विभाग और छात्रों का हित इसी में था। मेरे लिए एक 'आदरणीय' थे तो दूसरे 'प्रिय'। मैने मध्यम मार्ग अपनाया। हर प्रतिकूल परिस्थिति में मैंने छात्र-हित के अमोघ अस्त्र का इस्तेमाल किया और मेरा फार्मूला सफल रहा। रोटेशन के क्रम में मुझे तीन बार विभागाध्यक्ष की जिम्मेदारी मिली। इसके अलावा भी पी-एच.डी. और एम.फिल. तथा पी.जी. और यू.जी. बोर्ड के चेयरमैन तथा संयोजक के रूप में सैकड़ों बैठकें हमने की होंगी, किन्तु सभी बैठकों में सारे प्रस्ताव बहुमत से नहीं, सर्वसम्मति से पारित हुए। यह कोई सामान्य उपलब्धि नहीं है। दूसरे विश्वविद्यालयों में ऐसे उदाहरण शायद ही मिलें। हमने तय कर लिया था कि किसी भी विवाद की स्थिति में निर्णय छात्र-हित में ही लिए जाएँगे और इस पर सबकी सहमति बन जाती थी। कलकत्ता विश्वविद्यालय की जनतांत्रिक कार्यशैली, अपनी विनम्रता और छात्र-हित को सर्वोपरि माननेवाले अपने दोनों प्रमुख सहयोगियों की उदारता को मैं इसका प्रमुख कारण मानता हूँ।

हाँ, इसका दुष्परिणाम यह जरूर हुआ कि दोनों ने जल्दी ही समझ लिया कि मैं उनका 'अपना' नहीं हूँ। दोनों में किसी से भी मेरी अन्तरंगता नहीं हो पाई, किन्तु मेरी विनम्रता और विभाग के प्रति निष्ठा के कारण दोनों का हमेशा सहयोग मिलता रहा।

मेरे कार्यकाल की सफलता इससे भी प्रमाणित होती है कि 2014 में अवकाश ग्रहण कर लेने के बाद, सेवा-विस्तार (एक्सटेन्शन) काल में भी तत्कालीन कुलपति प्रो. सुरंजन दास ने अपने विशेषाधिकार का इस्तेमाल करते हुए, मुझे ही पी-एच.डी. और एम.फिल. कमेटी का संयोजक तथा यू.जी. बोर्ड का चेयरमैन बना दिया, जिसे सेवा-विस्तार की अवधि में भी मैंने सफलतापूर्वक निभाया, जबकि सेवा-विस्तार के दौरान किसी भी प्रशासनिक पद पर नियुक्ति की परम्परा नहीं है।

विभाग में जगदीश्वर जी और शम्भुनाथ जी जब भी आमने-सामने होते थे तो उनके बीच व्यंग्य-बाण के आदान-प्रदान होने लगते। मैं केवल प्रत्यक्षदर्शी बनकर उनका आनन्द लेता। फिर हम साथ-साथ चाय पीते और ठहाके लगाते। कभी-कभी तो उस विशाल स्टाफ रूम में बैठे दूसरे शिक्षकों को हमारे ठहाकों से असुविधा होती और तब हमें 'सॉरी' बोलना पड़ता। पहला प्रहार अमूमन शम्भुनाथ जी की ओर से ही होता, किन्तु सब कुछ बड़े हलके और रोचक वातावरण में।

कभी अशोभन स्थिति पैदा नहीं हुई। शम्भुनाथ जी कहा करते थे कि मतभेद चाहे जितना भी हो, आपस में संवाद बना रहना चाहिए और हमारे विभाग में शिक्षकों के बीच कभी भी संवादहीनता की स्थिति नहीं आने पाई, यद्यपि हम तीनों के अपने स्वतंत्र विचार थे, अध्ययन के स्वतंत्र क्षेत्र थे और विश्वविद्यालय की परिधि से बाहर की अपनी स्वतंत्र दुनिया थी।

मेरी स्थिति उन दोनों से बिलकुल भिन्न थी। मैं 40 साल की उम्र में कलकत्ता आया था। मैं पौधा नहीं था जिसे गोरखपुर से ले जाकर कलकत्ता में रोप दिया गया हो। मैं तो पूरा एक पेड़ जैसा था जिसे उखाड़कर कलकत्ता में लगाया गया था। चाहे जितनी भी सिंचाई कर लीजिए, खाद-पानी दे लीजिए, उखाड़कर नई जगह लगाए हुए पेड़ की स्वाभाविक हरीतिमा नहीं लौटाई जा सकती। मेरा पूरा परिवार, मेरे रिश्ते-नाते, मेरी शिक्षा-दीक्षा सब कुछ उत्तर प्रदेश के ग्रामीण परिवेश की थी। मेरा मन सदा अपनी जड़ों की ओर ही लगा रहता था। अकारण नहीं है कि, वैचारिक मतभेद के बावजूद कोलकाता में 'गाँव की कलम' के लेखक कृष्णबिहारी मिश्र के साथ शाम की बतकही मुझे अधिक रुचती थी और अमूमन विश्वविद्यालय से लौटते समय शाम की चाय हरिमोहन राय लेन स्थित मिश्र जी की 'कुटिया' में पीता था। 'अपनी भाषा' के जितने भी बड़े आयोजन हुए, उनमें कृष्णबिहारी मिश्र की उपस्थिति अनिवार्य जैसी थी।

थोड़े-थोड़े अन्तराल के बाद हम तीनों रिटायर हुए। जगदीश्वर जी तो दिल्ली चले गए किन्तु मैं कलकत्ता वासी हो चुका था। कलकत्ता की नेशनल लाइब्रेरी, राम मन्दिर पुस्तकालय और उसके पुस्तकालयी श्रीराम तिवारी और उनके सहयोगी श्रीमोहन तथा कलकत्ते के 'अपनी भाषा' के साथियों का मोह मुझे कलकत्ते से बाँधे रहा। आज भी कलकत्ता में रहता हूँ तभी कलम की चाल में रवानी आती है। गाँव में चाहे जितना भी मन लगे, कलम रफ्तार नहीं पकड़ पाती।

मुझे गर्व है कि मैं प्रो. शम्भुनाथ, प्रो. चन्द्रकला पांडेय तथा प्रो. जगदीश्वर चतुर्वेदी सहित दूसरे कई प्रतिष्ठित शिक्षकों के साथ तेईस वर्ष से भी ज्यादा दिनों तक अध्यापन किया। कलकत्ता ने मेरे मानस का विस्तार किया, चिन्तन की दिशा बदली और मेरे भीतर सच्चे अर्थों में नागरिकताबोध पैदा किया। अपने विश्वविद्यालय की समृद्ध और व्यवस्थित लाइब्रेरी, असाधारण ख्याति के शिक्षकों की सहजता और विनम्रता, आशुतोष बिल्डिंग और दरभंगा बिल्डिंग की मोटी-मोटी ऐतिहासिक दीवारें, कदम-कदम पर मनीषियों के पदचिह्नों की स्मृतियाँ, संगमरमर की चौड़ी-चौड़ी सीढ़ियों पर दिन-दिन भर बैठे और बतियाते रहनेवाले छात्र-छात्राओं की मुद्राएँ, आए दिन होते रहनेवाले दुनिया भर के विद्वानों-साहित्यकारों के व्याख्यान,

कलाकारों के कला-प्रदर्शन, सांस्कृतिक आयोजन आदि ने मेरे भीतर जीवन के प्रति एक नये तरह का अनुराग पैदा किया। इंडियन कॉफी हाउस में घुसते ही सत्यजीत रॉय, अमर्त्य सेन, मृणाल सेन, अपर्णा सेन, ऋत्विक घटक, सुभाष मुखोपाध्याय, सुनील गंगोपाध्याय, संजीव चट्टोपाध्याय, समरेश मजूमदार, शक्ति चट्टोपाध्याय आदि की छाया मँडराती हुई दिखाई देने लगती थी। इनकी अड्डेबाजी ने कलकत्ते के कॉफी हाउस को ऐतिहासिक और अद्वितीय बनाया। इसी ऐतिहासिक बिल्डिंग में कॉफी हाउस से सटा बंगीय हिन्दी परिषद है। यहाँ भी कभी-कभी जाना होता है। इतने महत्त्वपूर्ण स्थान पर बंगीय हिन्दी परिषद के लिए स्थान उपलब्ध कर लेना पं. ललिताप्रसाद सुकुल्ल की प्रकृति और पौरुष का प्रमाण है। कॉफी हाउस के सामने के संस्कृत कॉलेज में लम्बे समय तक पश्चिम बंग हिन्दी अकादमी का कार्यालय था जहाँ बैठकों के लिए अमूमन जाना पड़ता था। कॉलेज में घुसते ही ईश्वरचन्द विद्यासागर की प्रतिमा है जिसके सामने सहज ही सिर झुक जाता था। कॉलेज स्ट्रीट में दूर-दूर तक फैली नई-पुरानी बहुरंगी किताबों की असीमित दुनिया अकेली कलकत्ता में ही सुलभ है। कलकत्ता विश्वविद्यालय में अध्यापन मेरे जीवन का स्वर्णिम काल था। यहाँ पढ़ने-पढ़ाने का जो सुख मिला, विद्यार्थियों का जो प्यार मिला, वह तो अवर्णनीय है ही।